AF155289

ANDREAS SCHRÖFL

Schankschluss

LETZTE RUNDE »Sanktus, ich werde bedroht!«, keucht Regula von Kessel-Wullmsdorff, Erbin eines Molkerei-Imperiums und neuerdings Käuferin der Münchner Sternbrauerei. Da sie einen Anschlag auf ihr Leben vermutet, bittet sie Alfred Sanktjohanser darum, sie auf der Feier ihres 50. Geburtstags zu beschützen. Der Sanktus sagt zu, da sich Regulas Geschäftspartner Thore als leiblicher Vater seiner Stieftochter Martina entpuppt und sowohl seine Frau Kathi als auch seine Kinder Martina und Schorschi an dem Fest teilnehmen werden. Kurz zuvor war Regulas Ehemann tot an der Bavaria aufgefunden worden. Gemeinsam mit Kommissarin Schranner will der Sanktus dessen Tod aufklären. Doch auch sein Privatleben fordert ihn, denn der Haussegen hängt nach dem Eintritt des neuen Kindsvaters in das Familienleben mehr als schief. Eine irre Woche beginnt. Wird es dem Sanktus gelingen, den Fall zu entwirren?

Andreas Schröfl, 1975 in München geboren und aufgewachsen, erlernte das Handwerk des Brauers und Mälzers in einer Münchner Großbrauerei. Anschließend studierte er an der Universität Weihenstephan und arbeitete fünf Jahre als Braumeister in einer bayerischen Brauerei. Andreas Schröfl lebt mit seiner Familie in einem Dorf am Rande der Hallertau. Die Sanktus-Bier- und München-Krimis vereinigen seine Liebe zum Beruf, die Verbundenheit mit München und der bayerischen Tradition sowie seine langjährige Leidenschaft für Kriminalromane.

ANDREAS SCHRÖFL

Schankschluss

BIERKRIMI

GMEINER

Immer informiert

Spannung pur – mit unserem Newsletter informieren wir Sie
regelmäßig über Wissenswertes aus unserer Bücherwelt.

Gefällt mir!

Facebook: @Gmeiner.Verlag
Instagram: @gmeinerverlag
Twitter: @GmeinerVerlag

Besuchen Sie uns im Internet:
www.gmeiner-verlag.de

© 2023 – Gmeiner-Verlag GmbH
Im Ehnried 5, 88605 Meßkirch
Telefon 0 75 75 / 20 95 - 0
info@gmeiner-verlag.de
Alle Rechte vorbehalten
1. Auflage 2023

Lektorat: Claudia Senghaas, Kirchardt
Herstellung: Mirjam Hecht
Umschlaggestaltung: U.O.R.G. Lutz Eberle, Stuttgart
unter Verwendung eines Fotos von: © Master1305 / shutterstock.com
Druck: GGP Media GmbH, Pößneck
Printed in Germany
ISBN 978-3-8392-0408-5

Für meine Resi.
Mi vida, mi amor.

PERSONENVERZEICHNIS

Alfred Sanktjohanser, der »Sanktus«, Bierbrauer und Hobbydetektiv

Familie:
Kathi, seine Frau, Programmiererin, ruhender Gegenpol zu ihrem Mann
Martina, Kathis Tochter, inzwischen fast volljährig
Schorschi, Sanktus' und Kathis Sohn, ein quirliger kleiner Mann
Der alte Sanktjohanser, Sanktus' Vater, Familienoberhaupt, oft anstrengend

Sanktus' Freunde und Ermittler:
Quirin Himsl, der »Graffiti«, Sanktus' Jugendfreund und zwielichtiger Geschäftsmann, sehr gut aussehend, Bazi
Schlauch-Gernot, Bierbrauer im Gärkeller, cholerisch
Malte Rosen, der »Piefke«, Biersieder im Sudhaus, Erbsenzähler
Giovanni, inzwischen Bierbrauer, aufbrausend
Helmut Ehrensberger, Brauer im Flaschenkeller, ruhig, besonnen
Andreas Fischhuber, der »Haferl«, neunmalklug, der »Neue« bei den Brauern
Bhuphinder Singh, Inder, Wirt und Koch im Stammlokal *Neue Kirche*, katastrophaler Autofahrer
Ashwini, seine Nichte, Bedienung in der *Neuen Kirche*, trägt Sari, Schönheit

Hanspeter Häberle, Mitinhaber der *Haidhauser Bierwerkel,* Bierbrauer, gemütlicher Schwabe

Doktor Jens Engler, der »Drengler«, *Steuerberater und Bekannter, Preuße, Schicki-Micki und Gschaftlhuber*

Die Polizei:

Bine Schranner, junge Kommissarin, hat alles im Griff

Rudi Bergmann, amtierender Kommissar, Franke, alter Freund von Sanktus, Pfundskerl

Charlie Burgmaier, Polizist, Sanktus' langjähriger Feind

Lenz Hofer, Polizist, Handlager von Burgmaier

Holger Brinkmann, Gerichtsmediziner, Quotenpreuße

Graffitis Handlanger

Murat, Nikos, Pröbstl, Binser

Weitere

Reinhard Wullmsdorff, »Puddingbaron«, Inhaber eines Molkereiimperiums

Regula von Kessel-Wullmsdorff, seine Frau

Emil Vesely, Arzt

Karolina Vesely, seine Frau

Alexandra Vesely, deren Nichte

Sieglinde Neureuther, Anwältin

Ronny Merkel, ihr Mann

Thore Mommsen, kaufmännischer Leiter der Molkereiwerke

Franz-Xaver Stern, Brauereibesitzer

Maricruz Santiago, Haushälterin bei Mommsen

Theo Wullmsdorff, Reinhards Bruder
Freya Wullmsdorff, seine Frau
Jürgen Wullmsdorff, deren Sohn

HEUTE 19 UHR

Wenn Leute behaupten, ihnen sei es ums Herz schwer, beschreiben sie den immensen Druck, der sich im Brustkorb ausbreitet, wenn du kurz nicht mehr weiter weißt. Der Druck schnürt sich nach unten ab, breitet sich jedoch auch nach oben in Richtung Schädel aus, wo er dir »en passant« die Kehle zuzieht. Du kannst nicht mehr schlucken, und dein Rachen sowie die Nebenhöhlen drohen zu zerplatzen. Der einzige Ausweg wäre ein ad hoc Druckabbau über die Tränendrüsen, aber du bist gerade nicht imstande zu weinen.

Samstagabend, Sauwetter. Langsam sieht der Sanktus am Eingang des großen Brauereitors nach oben und betrachtet das Wappen der *Sternbrauerei*. Ein kurzes Gefühl der Wärme vergangener Zeiten keimt in ihm auf. Hier hat er seine Lehre zum Brauer und Mälzer gemacht, seine Kathi zum ersten Mal getroffen, Mörder gesucht und viele Jahre seines Lebens verbracht.

Der Regen prasselt auf sein Gesicht. Sein Blick ist verschwommen, und er fühlt den Anflug eines Schwindels in seinem Kopf. Da hilft die kühlende Wirkung der Tropfen auch nichts mehr. Der Druck ist da. Schon die ganze Zeit. Schnell blickt er wieder geradeaus, muss sich jedoch kurz an der Mauer der Toreinfahrt festhalten. Sein Atem riecht nach Whisky. Ob es irischer oder schottischer war, weiß er nicht mehr. Ist auch nicht von Belang. Uninteressant.

Langsam nähert er sich der Gittertür und schafft es dann beim dritten Anlauf, den Schlüssel ins Schloss zu platzieren und aufzuschließen.

Schlurfend nimmt er den Weg zum Sudhaus auf. *Diese Stimme.* Er hat immer noch diese Stimme im Ohr. Diese Stimme, die ihm genaue Anweisung gegeben hat, was nun zu tun sei. Martina! Mein großes Mädchen. Wie hat alles so weit kommen können? Er hat versagt.

Nun sieht der Sanktus am hohen Malzturm entlang nach oben, öffnet dann die große Glastür rechts im Gebäude daneben, torkelt die breite Treppe hinauf zum Sudhaus und schleicht durch die beleuchtete Schaltwarte zum Kühlschrank in das dahinter liegende Biersiederkammerl. Niemand ist in der Brauerei, denn es ist Wochenende. Er öffnet den Kühlschrank. Das Licht des Geräts blendet ihn, und er schreckt fast zurück. Ein schneidender Schmerz durchfährt sein Hirn.

Aha, *Stern Dunkel.* Bravo. Dunkel passt. Dunkles Bier für dunkle Stunden.

Mit der Flasche in der Hand steigt er nun die zahlreichen Stufen des Treppenhauses zur oberen Plattform des Malzturms hinauf. Zwischendrin muss er völlig außer Atem rasten. Erst jetzt fällt ihm auf, dass er pitschnass ist.

Oben, im Freien angekommen, lässt er seinen Blick über München schweifen. München, seine Stadt, die ihm alles gegeben und jetzt alles genommen hat. Er setzt sich auf den Betonboden und öffnet die Bierflasche.

ERSTER SAMSTAG

Völlig irr. Wahnsinn kein Ausdruck, und der Sanktus mittendrin. Eigentlich hätte er es ja wissen müssen, wie dieser Hanswurst aufgetaucht ist, dieser falsche Fuffziger, also dieser Judas.

Wenn einer schon Thore heißt. Thore, verstehst du? Thore Mommsen. Da hätte man es doch schon wissen können, dass das schiefgeht. Und dann ist dieser Idiot auch noch der leibliche Vater von der Martina, also von seiner Stieftochter. Dolchstoß kein Ausdruck! Der Sanktus hätte die Wände hochgehen können, so geladen war er.

Frage: Wie hatte sich die Kathi denn seinerzeit vor 18 Jahren diesem Volldeppen hingeben können? Und auch noch schwanger werden? Von dem? Die Antwort hat der Sanktus nicht geben können, denn a) überhaupt unerklärbar, und b) hat es nur die Kathi gewusst, und die hat gerade so eine Wut auf ihn gehabt, dass sie nicht mehr mit ihm gesprochen hat. Wie du siehst, sind die Sterne nicht gut über dem Sanktus-Himmel gestanden, und der Haussegen praktisch schief kein Ausdruck.

Der Sanktus hatte schon immer seine Wickel mit seiner Frau gehabt, vor allem, wenn ihn sein Ermittler-Gen in der Vergangenheit zu sämtlichen ungeklärten Morden Münchens hingezogen hatte. Aber da war das logisch, weil die Kathi einfach nur Angst um ihn gehabt hat. Um ihn und ihre Familie, also die Martina und den Schorschi, seinen leiblichen Buben. Mütterliche Instinkte praktisch Anfänger.

Aber dieses Mal war es anders. Sie war richtig stinkig auf ihn und mit den beiden Kindern zum Thore auf sein Anwesen in Planegg gefahren, um die Allerheiligenferien dort zu verbringen. Allein wie dieser Kasperl schon Planegg gesagt hat seinerzeit, also Plan-egg, mit langgezogenem »a«, hätten beim Sanktus schon alle Alarmsirenen losgehen müssen. Da hätte er schon aufschrecken müssen. Aber mei, bist du halt erst einmal so freundlich, wie's geht, weil der leibliche Vater deiner Stieftochter kommt ja nicht alle Tage des Weges, und man will dem Kind ja den Erzeuger nicht vorenthalten. Da kann man ja nicht draufkommen, dass es sich anscheinend um einen Don Juan oder Casanova handelt, der seine Verflossene wieder einsammeln will, oder was auch immer. Und der Sanktus hätte sich auch nie gedacht, dass die Kathi da drauf anspringt. Auf diesen plumpen Anbiederungsschnickschnack. Grad die Kathi … Hältst du nicht für möglich? Nicht, gell! Es ist aber auch nicht von der Hand zu weisen, dass sie der Sanktus in diese Ecke hineingedrängt hat, mit seiner Eifersucht und Hetzerei gegen dieses Individuum. Und wahrscheinlich hat dann sein Seitensprung das Übrige dazu getan.

Doch heute war sein Tag gekommen, denn Regula von Kessel-Wullmsdorff, die Retterin der *Sternbrauerei*, hatte seine Hilfe angefordert. Und über diesen Einsatz hat er der Kathi und seinen Kindern auf einmal ganz nahe sein können.

Jetzt fragst du mit Recht, ja, wie ist denn das alles passiert? Und wie hat es so weit kommen können?

Angefangen hat es mit diesen beiden komischen Selbstmorden, und wie die Schranner Bine und Sanktus' Brauerspezl am selben Tag in die *Haidhauser Bierwerkel* sozusagen eingefallen waren.

EIN SELBSTMORD

Der ältere Herr keucht atemlos. Er hat Schweiß auf der Stirn, und es ist offensichtlich, dass es ihm nicht gut geht. Alles in allem macht er einen gehetzten Eindruck, und dem aufmerksamen Münchner sollte auffallen, dass der Mann beim Gehen leicht schlingert und sich immer wieder mit einer Hand an die Stelle seines Kamelhaarmantels greift, unter der sich sein Herz befindet. Doch diesen aufmerksamen Münchner gibt es in der heutigen singulären Großstadtgesellschaft nicht mehr. Er ist nur noch mit sich selbst und seinem schwarzen Kasterl in der Hand beschäftigt, und es verwundert, dass eigentlich nicht mehr Unfälle im Straßenverkehr passieren, da niemand mehr seine Umgebung und seine Mitmenschen wahrnimmt.

Mit der zweiten Hand versucht der Herr, der durchaus einen vornehmen Eindruck in Richtung Bogenhausen oder gar Grünwald macht, einen kleinen Stöpsel, der mit seinem Mobiltelefon verbunden ist, in seinem Ohr zu behalten. Zwischendurch blickt er, als wäre er unter gewaltigem Druck, um sich, und es hat den Eindruck, als ob er sich verfolgt fühlt.

Doch er kann noch so oft den Zwischengeschossbereich der U-Bahnhaltestelle Odeonsplatz absuchen, er wird seinen Verfolger nicht erkennen, da zu viele Leute unterwegs sind.

Zügig marschiert der Herr in Richtung Rolltreppe und beginnt die Abfahrt zum Bahnsteig der U4/U5.

Unten angekommen, wendet er sich zum Bahnsteig in Richtung Karlsplatz/Stachus und hastet, so gut es sein Alter zulässt, zum hinteren Drittel, wo sich weniger Leute befinden. Er blickt abermals nervös um sich, doch er scheint nichts zu erkennen. Die Anzeigetafel vermeldet die einfahrende U-Bahn in Richtung Laimer Platz in zwei Minuten.

Eine junge Frau im esoterisch angehauchten Outfit, die mit ihrem Kinderwagen auf die U-Bahn wartet, ist die Erste, der das Verhalten des Mannes merkwürdig vorkommt. Sie kann nicht genau sagen warum. Ist es sein schlingernder Gang oder sein ängstliches Umhersuchen? Hat sie unbewusst die Schweißtropfen auf seiner Stirn wahrgenommen, als er gerade an ihr vorbeiging? Sie kann es nicht genau beurteilen. Sie hat einfach die Gabe, Menschen, die etwas bedrückt, zu identifizieren. Und dieser vornehme ältere Herr hatte einen riesigen Ballast auf seiner Seele. Da war sie sich ganz sicher.

Der Herr drückt nun den kleinen Kopfhörer zitternd und doch vehement in sein Ohr und macht den Eindruck, als würde er angespannt lauschen. Plötzlich scheint ihn ein Blitz zu durchfahren, und er geht für eine fast unmerkliche Sekunde in die Knie.

Genau in dem Moment, als die junge Frau auf ihn zugehen und sich um sein Befinden erkundigen will, erscheinen die Lichter der einfahrenden U-Bahn im Tunnel. Sie will ihm zurufen, ob es ihm nicht gut gehe, aber das Geräusch des weiß-blauen Untergrundzuges wird immer lauter, und sie spürt den aufkommenden Wind, der durch das Luftpolster, das der Waggon vor sich herschiebt, ausgelöst wird. Der Herr sieht ihr kurz in die Augen, und sie meint zu erkennen, dass er ihr zunickt.

Dann scheint er all seine Kraft zusammenzunehmen, läuft in Richtung Bahnsteigkante und lässt sich fallen. Das Quietschen der U-Bahnbremsen ist zu hören und wird kurz darauf von dem losbrechenden Tumult auf dem Bahnsteig abgelöst.

NOCH EIN SELBSTMORD

Die Dame in den 60ern, ihres Zeichens erfolgreiche Rechtsanwältin, sieht im Minutenabstand auf ihr Handy, doch der erwartete Anruf ist bisher ausgeblieben. Sie versucht, das mittelmäßige Charity-Galadiner, das in diesem Hotel zugunsten Obdachloser serviert wird, so gut es geht zu genießen und nicht an ihr bevorstehendes Ende zu denken. Ihr Tischnachbar, ein in die Jahre gekommener verkalkter Professor, scheint, den zweiten Frühling entdeckt zu haben und versucht, sich ihr auf plumpeste Weise anzunähern. Sie bewahrt die Contenance und beschränkt sich auf Small Talk und ein Anstoßen von Zeit zu Zeit.

Ihr Tischnachbar passt zum Gesamtniveau der Veranstaltung. Die Zusammenstellung des Menus war lieblos, der Kaviar eine Frechheit, das Roastbeef trocken, und die Meeresfrüchte schmecken nach altem Brackwasser. Nur der Champagner ist in Ordnung, was ihre Henkersmahlzeit ein wenig aufpeppt. Handelt es sich hier um späte Rache, ist ihr Gedanke, oder warum quält man sie mit dieser Mittelmäßigkeit?

Plötzlich leuchtet ihr Handy auf, und sie steckt sich den kleinen Kopfhörer in ihr Ohr. Die Anweisung ist klar und deutlich.

Sie entschuldigt sich kurz beim Professor, nimmt seine Hand von ihrem Oberschenkel und begibt sich aus dem Speisesaal hinaus zur Rezeption in der Hotellobby.

Dort angekommen, nennt sie ihren Namen und erhält eine Schlüsselkarte zu einem Zimmer im vorletzten Stockwerk des Hochhauses. Das Mobiltelefon ist nun stumm.

Sie fährt mit dem Aufzug nach oben und versucht, das junge Pärchen, das sich auf unterster Schubladenebene piesackt, auszublenden, obwohl der Mann äußerst attraktiv ist und sie sich wundert, was er an der landpomeranzenartigen Frau wohl finden mag. Sie wirft dem Mann einen strafenden Blick zu, woraufhin dieser verstummt.

Langsam nähert sie sich nun ihrem auf der Hülle der Schlüsselkarte ausgewiesenen Zimmer, steckt die Karte in den dafür vorgesehenen Schlitz des Türschlosses und öffnet. Sie bemerkt sofort den Luftzug, der ihr entgegenweht. Es liegt daran, dass das Zimmerfenster geöffnet ist. Ein Phänomen, das in den Räumen der höheren Hoteletagen aus Sicherheitsgründen normalerweise nicht auftritt. Langsam beginnt sie zu verstehen.

Sie sieht sich um, entdeckt jedoch keine Kamera im Zimmer, ist sich aber sicher, dass jeder ihrer Schritte beobachtet wird. Auf dem Tisch befinden sich eine Flasche eisgekühlter Champagner und ein einziges Glas. Sie öffnet den Schaumwein, schenkt ein und trinkt heftig zitternd schnell drei Gläser hintereinander, bis sie aufgrund des sich aufbauenden Kohlensäuredrucks in ihrer Speiseröhre aufgeben muss. Ein lang gezogener Rülpser entweicht ihr. Sie muss fast lachen. Früher wäre ihr so etwas nie passiert.

»Scheiß drauf«, ist alles, war ihr einfällt. Sie setzt die Flasche direkt an den Mund und versucht, sich für das Bevorstehende weiter Mut anzutrinken.

Als sie die Flasche fast geschafft hat, macht sich das Telefon wieder bemerkbar, und sie lauscht gewissenhaft. Tränen laufen ihr nun die Wangen hinab, und sie ballt vor Wut und Wehmut eine Hand zur Faust. Am Ende der Anweisung nickt sie, steckt das Telefon in die Jacke, die sie über ihrem Abendkleid trägt, schlüpft aus ihren roten Pumps, stellt den Stuhl des kleinen Hotelschreibtischs zum offenen Fenster und steigt darauf. Kurz verliert sie fast das Gleichgewicht, da der Champagner bereits zu wirken begonnen hat. Sie sieht noch einmal auf ihr Handy und versucht einen klaren, abschließenden Gedanken zu fassen, doch der Alkohol, den sie schon im Blut hat, versagt es ihr.

Sie nimmt einen tiefen Atemzug der kühlen Herbstbrise, blickt noch einmal auf die bunten, glitzernden Lichter Münchens und stößt sich vom Stuhl ab.

DIE ÜBERNAHME

Es war ein milder Frühherbsttag und du hast noch im Freien sitzen können, sprich, den Bayern und im Speziellen den Münchner hat es in die freie Natur gezogen. Bei solch einem

Wetter hat er »'naus müssen«, sprich in den Biergarten, um die letzten Sonnenstrahlen des Jahres bei einer Maß, gegebenenfalls auch mehr, zu tanken.

So war auch der Hinterhof der *Haidhauser Bierwerkel*, die der Häberle Hanspeter und der Sanktus betrieben haben, gut besucht. Der Hanspeter hatte inzwischen seinen Job beim *Sternbräu* aufgegeben und sich rein ihrem Craftbier-Shop mit hauseigener Brauerei zugewandt, da der Verkauf ab Rampe nicht enden wollte. Der Münchner an sich ist anscheinend immer noch auf ein spezielles Bier als Kontrapost zum omnipräsenten Hellen gestanden, und das war gut so.

Die Prognosen hatten der allgemeinen Craftbier-Welle ein abruptes Ende und die Rückkehr zu traditionellen Sorten vorhergesagt, doch die Nachfrage nach bierigen Spezialitäten war bis dato nicht abgebrochen, und die *Bierwerkel* ist besser dagestanden als je zuvor. Klar, das ganz exotische Super-Duper-Imperial-Stout-angehauchte Session-IPA hat Federn lassen müssen, aber der Wunsch nach Bieren aus kleinen Start-ups war immer noch da, was auch der fulminante Start der *Giesinger Brauerei* gezeigt hatte.

Heute wurde vor allem das *Haidhauser Märzen*, ein traditionelles Märzenbier mit einem Schuss *Cara Red Malz*, ausgeschenkt, das dem Bier im Sonnenlicht eine wohligwarme rötliche Farbe gegeben hat. Angelehnt an die Farben des Herbstes. *Indian Summer* zentraler Ausdruck. War natürlich Hanspeters Idee, der sozusagen der »Créateur de la Bière« war. Den Geschmack hatte er mit einem Hauch aus *Islay-Whisky-Malz* verstärkt. Nur so viel, dass es niemandem aufgefallen ist, der süße Märzengeschmack jedoch einen minimal rauchigen Konterpart hatte. Unterstrichen hat das Ganze die Vollmundigkeit einer Stammwürze von 13,5 Prozent und circa sechs Prozent Alkohol. Der Sanktus hätte sich in das Gebräu hineinsetzen können, so gut hat es ihm geschmeckt.

Der Hanspeter hatte den Biergarten im Griff, und der Sanktus war gerade, angestachelt vom Rauchmalz des Märzzens, dabei, einen dunklen *Bock* mit genau dieser Zutat zu brauen. Dieses Mal jedoch in stärkerer Ausprägung. Er würde das Bier *Smokey King Ludwig* taufen. Die Idee hatte er sich in einer Brauerei in Hallerndorf in der Nähe von Forchheim in Franken geholt. Allein im Duft der Maische und der Würze hätte er Sunden verbringen können, und er ist sich vorgekommen wir der Jean-Baptiste Grenouille aus dem Roman *Das Parfum*, der immerzu jeden Geruch in sich aufsaugt. So ist er mit geschlossenen Augen und ausgestreckten Armen vor der Würzepfanne gestanden und hat das rauchige Aroma eingeatmet, als fünf Gestalten mit Zeter und Mordio in die kleine Brauerei eingefallen sind. Seine Brauerfreunde der *Sternbrauerei* in vollem Elan!

»Hast es schon ghört, Sanktus?«, hat der Schlauch-Gernot mit vollem Organ geplärrt. »Die sperren uns zua. Oder mia machen in Zukunft Joghurt!«

Dann hat er fest durchschnaufen müssen und ist fast in sich zusammengesackt.

Den Sanktus hat es vehement aus seinem Traum von einer schottischen Insel, an deren rauer Küste sich die Wellen bei Wind und Wetter brechen, gerissen, er hat die Augen gerollt und sich mit beiden Händen an sein Herz gelangt.

»Schlau, sag a mal, spinnst du?«, hat er geschrien. »Willst du mi umbringen, oder was?«

»Naa, weil ich mich jetzt dann selber umbring«, hat der Schlauch-Gernot gerufen. »Weil des is mein End! So schaut's aus!«

»Er übertreibt wieder, wieder«, hat der Ehrensberger Helmut, das letzte Wort, wie immer wiederholend, beschwichtigt und den Kopf geschüttelt.

»So reagiert er gerne, der gemeine Bayer, nöch«, hat der Piefke, also der Malte Rosen, bestätigt. »Und da wollten sie mal wieder Bundeskanzler werden. Konnte ja nur schiefgehen.«

Jetzt hat er überheblich grinsend mit der rechten Hand abgewinkt. Völlig überzogene Hybris sozusagen, dieses Bergvolk hier, sein Ausdruck.

»Ja genau«, hat der Schlauch-Gernot fast geplärrt. »Wär immer no besser als euer Hamperer da g'wesen ...«

»Bei unse in Italia«, hat der Giovanni, der inzwischen die Prüfung zum Brauer und Mälzer abgelegt und das ewige Tankwaschen im Lagerkeller hinter sich gelassen hatte, angefangen und schlagartig abgelassen, da der Sanktus die Hand gehoben hatte.

»Stoooooopppp!«, hat er gerufen, denn vom unerwarteten Überfall zum Politisieren in zwei Minuten war einfach zu viel für ihn. »Ihr setzts euch jetzt raus in den Verkostungsraum«, den Biergartengästen wollte er diese Hanswurstendelegation nicht zumuten, »lassts euch vom Hanspeter ein *Märzen* einschenken, und ich komm dann zu euch, wenn die Würzekühlung läuft. Verstanden?«

Einstimmiges Nicken, und nun ist dem Sanktus erst aufgefallen, dass zum ersten Mal ein fünfter Brauer dabei war. Er war etwas kleiner als der Sanktus, hatte einen Ansatz zum Bierbauch, dunkelbraune, wirr abstehende Haare und einen Vollbart. Auffallend waren seine großen, hervorstechenden Augen, die ihm das Aussehen eines Fischs im Aquarium gegeben haben.

»Halt!«, hat der Sanktus gerufen. »Wer bist na du?«

Der neue Brauer ist schlagartig stehen geblieben, so als ob ihn der Blitz getroffen hätte, hat sich ruckartig um 180 Grad gedreht, hat die Hand vorgestreckt und ist auf den Sanktus im Stechschritt zugekommen. Sein Gang hat den Sanktus an eine Henne erinnert, weil er mit dem Kopf nach jedem Schritt ein bisserl nach vorne gezuckt ist.

»Fischhuber, Andreas, Filterkeller«, ist es, wie aus der Pistole geschossen, gekommen, »also Andi. Fischhuber, Andi. Grüß Gott, Herr Sanktus. Hab schon viel von Ihnen gehört.«

»Eigentlich müsst er Gschaftlhuber heißen, beziehungsweise Gscheithaferl«, hat der Schlauch-Gernot aus dem Türrahmen zum Verkostungsraum gerufen.

»Drum heißt er bei uns ›der Haferl‹, Haferl«, hat der Ehrensberger aufgeklärt.

»Cool«, hat der Sanktus gemeint. »Der, mein ich, ist euch grad noch abgegangen.«

Und jetzt seids aufgestiegen zum Deppen-*Quintett*, hat er sich gedacht und schmunzeln müssen.

Als der Sanktus nach einer guten halben Stunde, er hatte sich extra Zeit gelassen, in den Verkostungsraum gekommen ist, war die Stimmung schon bierselig, da die fünf Brauer bereits beim dritten *Märzen* waren. Natürlich Halbe, sonst wäre es komplett aus dem Ruder gelaufen.

Genau in dem Moment, als sich der Sanktus zu den Brauern setzen wollte, ist der alte Sanktjohanser, Sanktus' Vater, vom Biergarten her in die *Werkel* hereingekommen.

»Servus, Buben«, hat er gemeint. »Griaß di, Fredi. Wollt nur vorbeischauen. Der Garten ist guad voll. Soll ich a Zeitl zapfen? Du hast ja schließlich hohen Besuch.«

Dabei hat er auf das Quintett gezeigt und gelächelt.

»Passt wia d' Faust aufs Aug', Papa. Danke«, hat der Sanktus geantwortet. »'s Rauchbier hab ich grad beim Anstellen. Wird a Traum!«

Der alte Sanktjohanser hat die Augenbrauen gehoben und versucht, einen gespannten Eindruck zu machen.

»Wern ma sehen, Bua. Wern ma sehen«, hat er geantwortet und irgendetwas von einem modernen Schmarren gemurmelt.

Der Sanktus hat sich selbst ein *Märzen* geholt und sich nun zu den anderen gesetzt.

»Also, legts los! Was gibt's? Wer sperrt zu?«

Und wie du die Brauer kennst, haben nun alle zusammen losgelegt, wobei der Schlauch-Gernot und der Giovanni, wie immer, am lautesten geplärrt haben und du somit kein Wort verstanden hast. Halt, Worte ja, sprich Wortfetzen, aber Zusammenhang chancenlos kein Ausdruck.

Der Sanktus hat sich in die Zeit, als sie zusammen ihren ersten Mordfall gelöst hatten, zurückversetzt gefühlt und hat lachen müssen, weil er seine Freunde ja nun schon seit Jahren gekannt hat, und es war für ihn immer wieder eine Gaudi, ihnen bei dem Versuch, einen Sachverhalt in chronologischer Reihenfolge wiederzugeben, zuzuhören. Jeder hat nun gemeint, er muss den anderen übertönen und hat mit wilden Gesten versucht, seine Position zu verstärken. Kurz vor dem Moment, als es wieder einmal soweit war, dass der Giovanni dem Schlauch-Gernot an die Gurgel gehen und der Sanktus eigentlich einschreiten wollte, hat der Haferl einen Plärrer losgelassen, und alle ringsum waren seltsamerweise auf einen Schlag still, also stad sozusagen.

»Sagts amal, hat's euch?«, hat der Haferl mit seiner etwas piepsigen Stimme gefragt. »Was denkt denn der Herr Sanktus von uns?«

»Sanktus langt, langt«, hat der Ehrensberger betreten gemeint.

»Definitiv«, der Sanktus.

»Merci, Sanktus«, hat der Haferl geantwortet, ihm abermals ruckartig die Hand hingestreckt und dem Sanktus tief mit seinen Glupschaugen in dessen geschaut. »Andi. Oder einfach Haferl!«

Dabei hat er mit dem Kopf genickt.

»So, wer erzählt?«, hat der Sanktus gefragt.

»Soll er doch gleich selber reden, der Haferl, wenn er so gscheit ist«, hat der Schlauch-Gernot gerufen.

»Ja, genau«, hat der Haferl geantwortet und ihn mit seinem durchdringenden Blick angesehen. »Und dann redest mir bei jedem zweiten Wort dazwischen. Das kenn ich schon. Vergiss es!«

»Sinde wie altes Ehepaare«, hat der Giovanni gemeint.

»Also«, hat der Piefke angefangen, »na muss der Preuße halt mal wieder die Führung übernehmen, nöch. Wie im alten Kaiserreich.«

»Da habts uns schon bschissen«, hat der Haferl hasserfüllt eingeworfen und drohend den Zeigefinger in die Höhe gestreckt. »Da habts den König Ludwig mit viel Geld rumgekriegt, und jetzt müssen wir euch Deppen aushalten …«

Der Ehrensberger hat dem Haferl beruhigend die Hand auf den Arm und seinen Zeigefinger auf die Lippen gelegt. Der Haferl hat sich sofort wieder beruhigt.

»Also, dat war so«, hat der Piefke angefangen. »Die Gerüchte sind ja schon seit Langem herumgegangen, dass die Familie Stern die Brauerei eigentlich veräußern möchte, nöch. Die Grundstückspreise in München rechtfertigen ja einen Industriebetrieb im Stadtgebiet schon lange nicht mehr. Siehste an unsrer Konkurrenz. Die einen sind ja auch hinaus aus der Stadt, weg vom Berg. Beim nächsten gibt's auch schon Gerüchte, nöch. Na, ja. Auf jeden Fall läuft die Marke *Stern* gut, und jetzt bekommste halt noch wat für den Schuppen, nöch.«

Ringsherum betretene Gesichter.

»Ja genau. Jahrelang hat die Brauerei das Geld für die Immobilien erwirtschaftet und jetzt ist sie nix mehr wert«, hat der Schlauch-Gernot gebrüllt.

»Der Mohr hat seine Schuldigkeit getan, der Mohr kann gehen«, hat sich der Haferl echauffiert und dabei mit dem Zeigefinger in die Luft gestochen.

Nun strafender Blick von Piefke und Sanktus. Der alte Sanktjohanser hat sich bemüht, beim Zapfen möglichst keine Geräusche zu verursachen, um das Gespräch verfolgen zu können.

»Hinzu kommt«, hat der Piefke weitergemacht, »dass das Sudhaus dringend erneuert werden müsste. Die Geräte sind alt, und die Energiebilanz ist mehr als fragwürdig. Hier bräuchte es eine grundlegende Investition.«

»Stichwort *Sustainability*, *Energy Recovery*«, hat der Haferl eingeworfen und die eh schon überdimensional großen Glupschaugen weit aufgerissen.

»Fresse!«, seitens Schlauch-Gernot.

»Stai zitto!«, der Giovanni.

Der Haferl hat einen verstimmten Eindruck gemacht und die Arme verschränkt, aber lange hat diese Phase nicht gehalten.

»Und jetzt kommen, wie immer, die Amigos, die Inzucht«, hat er noch einen draufgelegt.

»Na, so schlimm ist es nicht«, hat der Piefke beschwichtigt, »aber es ist schon so, dass die Familie Stern mit der *Molkerei Wullmsdorff* aus Niedersachsen verwandt ist, nöch.«

»Preißn, das war wieder so klar!«, hat der Schlauch-Gernot gekeucht, was ihm einen Magenrempler vom Ehrensberger eingebracht hat.

Kopfschütteln seitens Piefke.

»Tja, nun ist der alte Wullmsdorff anscheinend ein Liebhaber des Münchner Bieres, denn er hat seine Frau einst auf dem Oktoberfest kennengelernt, nöch. Und ebendieser Herr hat es sich nun auf die Fahnen geschrieben, sich die Marke *Sternbräu* anzueignen und in die weite Welt hinauszutragen«, hat der Piefke doziert.

»Zu werfen«, hat der Haferl gequiekt. »Hinauszuwerfen, also uns, die Belegschaft. So schaut's aus!«

»Tja«, hat der Piefke bestätigt. »So sieht's leider aus, denn eine Brauerei in der Nähe von Hannover sei schon gefunden, die die Produktion unserer *Sternbiere* kosteneffizient übernehmen kann, nöch. Zuerst hat er noch versprochen, dass das wahrlich bayerische Getränk weiterhin in der Landeshauptstadt mit Herz in der *Stern-Braustätte* hergestellt werden muss und wir uns alle in Sicherheit wiegen könnten. Doch an diese These kann sich dieser unehrenhafte Milchpantscher leider nun nicht mehr erinnern. Schade, nöch?«

»Kosteneffizient, pah«, hat der Schlauch-Gernot nachgeäfft.

»Sauber«, hast du es vom alten Sanktjohanser an der Theke gehört.

»Heilandsack, bin froh, dass i da nimme schaff!«, hat der Hanspeter bekräftigt, der inzwischen neben seinem Aushilfsschankkellner dem Gespräch gelauscht hat. »Des isch ja furchtbar. Was macht ihr jetscht?«

»Nächsten Montag ist erst einmal eine Betriebsversammlung mit dem zukünftigen Besitzer, der Gewerkschaft und dem Betriebsrat. Dann sehen wir weiter, aber ich denke, wir sollten schon mal anfangen, Bewerbungen zu schreiben«, hat der Piefke geseufzt.

Dem Sanktus war jetzt schlecht. Der *Sternbräu* zu verkaufen? Seine Lehrbrauerei? Der Anfang seines Bierbrauerdaseins. Sein Stolz. Münchens Stolz. Die Brauerei, die traditionell ausschließlich in der Bügelverschlussflasche abgefüllt hat. Das *Stern Dunkel*, das beliebteste Münchner Bier neben dem mit dem freundlichen Mönch, ein Auslaufmodell? Das alles hat vorbei sein sollen? Das konnte nicht angehen. Bei dem Gedanken hat es dem Sanktus einen Stich ins Herz gegeben, wie wenn er mit der Trambahn an der früheren *Hackerbrauerei* vorbeigefahren ist, wo heute nur noch ein nichtssagendes weißes Bürogebäude steht. Nur noch schlimmer, also sozusagen Todesstoß.

»Man muss nachdenken, was man tun kann«, hat der kleine Ludwig Thoma in den *Lausbubengeschichten* immer gesagt. Dann hatte er die Tante Frieda aus dem Haus getrieben. Aber was hat der Sanktus tun sollen? Er hat ja schlecht gegen den *Molkereikonzern Wullmsdorff* aufbegehren können. Was haben die eigentlich hergestellt, hat sich der Sanktus gefragt. Irgendwie war ihm kein Produkt geläufig.

»Pudding«, hat der Haferl eingeworfen, als ob er den Sanktus-Gedanken gelesen hätte. »Man nennt ihn auch den ›Puddingbaron‹. Mit dem hat sein Vater angefangen. Später ist alles Mögliche zur Produktpalette dazugekommen. Das ist sozusagen ein Imperium. Ich mag ja am liebsten Schoko-Mango-Grießbrei mit Himbeertopping.«

Dabei hat sich der Haferl über die Lippen geleckt und mit der Hand über den Bauch gestreichelt.

Der Sanktus, dem es bei der bloßen Vorstellung dieser Mischung noch schlechter geworden ist, als es ihm eh schon war, hat einen tiefen Schluck aus seinem Märzen genommen und dezent aufgestoßen.

»Ein Imperium«, hat er geflüstert. »Da wird ma ned viel Möglichkeiten haben. Wie ist der Puddingbaron so drauf? Weiß man das?«

»Anscheinend ein preußischer Sturschädel. Was er sich einmal in den Kopf gesetzt hat«, hat der Piefke philosophiert, »das zieht er durch. Also wenig Chancen auf eine Planänderung. Wie schon gesagt, Bewerbungen schreiben, nöch, meine lieben Leidensgenossen.«

»Ich schule um auf Künstler«, hat der Haferl prognostiziert. »Das war schon immer mein Traum, weil ich spür, dass das ganz tief in mir verwurzelt ist.«

»Und was willst na künsteln, künsteln?«, hat der Ehrensberger gefragt.

»Installationen. Geschweißt aus Brauereiutensilien«, hat der Haferl geantwortet und mit den Armen gerudert, als würde er eine Weltneuheit präsentieren. »Oder Bilder. Weiß noch ned. Ich warte noch, bis mich die Muse küsst.«

Der Sanktus jetzt nur noch am Kopfschütteln.

»Ike gehe suruck nach Italia«, hat der Giovanni dramatisch proklamiert. »Meine Cugino hat in Sicilia eine Bar. Brauchte bestimmt einen Ober. Dann gibt's da bayerische Bier, das ike importiere und die Touriste für teuer Preis verkauf! Oder ike mache in der Landbergerstraße eine Pizzeria auf. Weiße auch nok nikte.«

Kopfschütteln noch nicht besser.

»Ich bewerb mich beim *Mönch*«, hat der Schlauch-Gernot gemeint und sein Bier lautstark auf den Stehtisch gestellt. »Zur Not fahr ich da Stapler!«

Dann hat er sein Bier auf ex ausgetrunken.

»Und du, Piefke?«, hat der Sanktus gefragt.

»Ich seh zu, dass ich in Hannover in der dezidierten Brauerei etwas bekomme. Da werden se ja auch wen benötigen, der die bayerischen Prozesse versteht. Weißbier zum Beispiel«, hat der Piefke gelassen erklärt.

»Des is halt der Vorteil, wennst a Preiß bist«, hat der Schlauch-Gernot konstatiert. »Da machts dir nix aus, wennst in den Norden musst. Für unsereinen undenkbar. Sagts, ha?«

Der Sanktus und sein Vater haben nun lauthals rausgeprustet.

»Mir bräuchda vielleicht an Bierfahrer, falls ma nächschtes Jahr an Heimservice starta«, hat der Hanspeter eingeworfen.

»Jetzt schau ma amal, wie sich des alles entwickelt«, hat der Sanktus geschlossen. »Wer weiß, was noch alles kommt …«

Und gekommen ist es wirklich komplett anders.

DER TOTE BARON

Ja, gekommen ist es wirklich ganz anders, denn du magst jetzt nicht an den Zufall glauben oder sagen, das ist doch jetzt sowas von an den Haaren herbeigezogen, aber knapp eine Stunde nach der Job-Rallye ist die Schranner Bine, amtierende Kommissarin beim Münchner Mord, in die

Bierwerkel gestürmt gekommen und hat gerufen: »Sanktus, ich glaub, mia ham an Fall!«

Dann hat sie die illustre Runde begutachtet und gemeint: »Und die richtigen Leut hamma a scho da. Des passt wie d' Faust aufs Aug. Perfekt.«

Dann hat sie gegrinst, hat dem Sanktus das frisch gezapfte Märzen aus der Hand genommen und »Prost!« gerufen.

Der Sanktus hat geschaut, wie ein Schwalberl, wenn's blitzt, die Brauer total verdattert, und der Haferl hat seine Glupschaugen gerollt, dass alles zu spät war.

»Sie!«, hat er fast geschrien und mit dem Finger zitternd, die Augen weit aufgerissen, auf die Bine gedeutet, »Sie müssen die Schranner Bine sein, gell? Fischhuber! Andi Fischhuber, genannt Haferl. Sehr angenehm. Melde mich zum Dienst! Also, stets zu Diensten.«

Jetzt hat er sich verbeugt, mit seinem Arm gerudert und einen Diener gemacht, wie wenn er einen König hofieren würde.

»Wird wieder ermittelt? Dann wär ich der neue … also Detektiv …«

Die Brauer haben jetzt verlegen in den Boden geschaut, und die Schranner Bine hat sich schiefgelacht.

»Wo habt's denn den her?«, hat sie gefragt.

»Aus dem Filterkeller. Unser neuer Kellergeist. Haferl heißt er, weil …«, hat der Ehrensberger den Satz nicht vollenden können.

»Weil er so ein Gscheithaferl ist«, hat die Bine vervollständigt.

»… er, weil«, hat der Ehrensberger seine letzten Silben wiederholt. »Ja, ja.«

»Was haben wir denn für einen Fall?«, hat der Sanktus wissen wollen.

»Eure Brauerei soll doch übernommen werden. Das wissts ja schon, oder?«, hat die Bine gefragt, und ein Grummeln war aus der Runde zu hören. »Der Chef der Molkerei ist ein gewisser Reinhard Wullmsdorff. Und jetzt haltets euch fest. Der ist gerade tot aufgefunden worden.«

Jetzt Ruhe in der Runde. Andacht kein Ausdruck.

»Ja, verreck!«, hast du nun den alten Sanktjohanser ausrufen hören können. »I werd narrisch!«

»Herr Profiler«, hat sie den Sanktus gefragt. »Würden Sie mir bitte ein weiteres Mal die Ehre erweisen?«

Der Hanspeter hat mit dem Kopf genickt und dem Sanktus somit bestätigt, dass er sich den Rest des Tages freinehmen hat können.

Der Sanktus hat sich bei der Bine untergehakt, und die beiden sind aus der Tür auf die Kuglerstraße, wo der Polizei-Fünfer gewartet hat, hinausgetreten.

Der Haferl hat drinnen einen Schritt in eine, dann einen in die andere Richtung gemacht und verwirrt umeinander gedeutet.

»Ja, und wir?«, hat er gestottert. »Dürfen wir ned mit?«

Der alte Sanktjohanser hat ihm ohne Worte einer Erklärung eine neue Halbe *Märzen* in die Hand gedrückt.

»Wo fahr ma hin?«, hat der Sanktus gefragt.

»Dahin, wo's immer am schönsten war«, hat die Schranner Bine geantwortet.

Der Sanktus kurz verdutzt, hat sich schnell wieder an den Monaco Franze erinnert, als dieser von seinem Gspusi, der Elli, Abschied nimmt, da er mit seiner Frau Anette von Söttingen auf die Bermudas auswandern will, beziehungsweise muss.

»Bei dir daheim in der Wohnung?«, hat er nun analog

dem Franze geantwortet, aber die Bine hat, wie seinerzeit die Elli, nur den Kopf geschüttelt.

»Das wär ja noch schöner, wenn ich da eine Leich hätt«, hat sie lachend gesagt. »Also, Franze?«

»Na kann's nur die *Bavaria* auf der Wiesn sein«, hat der Sanktus geschlussfolgert.

»A Hund bist scho, Franze«, hat die Bine lächelnd bestätigt, das Fenster aufgemacht und das Blaulicht aufs Dach gesetzt.

Jetzt hat der Sanktus gewusst, dass es um seinen Magen erst einmal nicht so gut bestellt sein würde.

Auf der Theresienwiese unterhalb der Treppen zur *Bavaria* angekommen, ist der Sanktus erst einmal zu einem Grünstreifen geflüchtet und hat sich in hohem Bogen dort hinein übergeben, weil fahr du mal mit der Schranner Bine, mit einem Blaulicht bewaffnet, durch ganz München. Grausam, wenn du da magentechnisch anfällig bist.

»Ah, moin, Herr Sanktjohanser. Oder heißen Sie heut mal wieder Kopfeck? Ist Ihnen nicht gu-ut?«, hat der norddeutsche Rechtsmediziner, der ebenfalls gerade angekommen war und den der Sanktus von den letzten beiden Fällen gekannt hat, geulkt. »Heute ma außerhalb 'ner Kirche.«

Kirche hat er wieder wie *Köörche* ausgesprochen, und der Sanktus hat die Augen verdreht, sich den Mund abgeputzt und ihn mit einem Blick belegt, sodass der Preuße achselzuckend das Weite gesucht hat.

»Dieser Kletzen scho wieder, Zefix«, hat der Sanktus geflucht, und die Bine hat ihm über den Rücken gestreichelt.

»Den bring ma nimmer los. Wie alle Preißn, die sich mal hier angesiedelt haben. Aber der ist eigentlich ganz nett. Holger Brinkmann heißt er, also seit seiner Scheidung eigentlich wieder Holger Nielsen.«

»Nils Holgersson«, hat der Sanktus grinsend gemeint. »Passt wie die Faust aufs Aug. So schaut's aus!«

Die beiden sind nun die Stufen zu der riesigen Bronzestatue, die auf einem monumentalen Sockel positioniert war, emporgestiegen. Der Sanktus, praktisch Anti-Sportler, ist direkt ins Schnaufen gekommen und hat sich erinnert, dass das vor ein paar Jahren auf dem Oktoberfest mit ein paar Maß Bier in der Birne leichter zu bewerkstelligen gewesen war. Er hat dringend abnehmen müssen. Da beißt die Maus keinen Faden ab. Man hat wieder einmal sehen müssen, was man tun kann.

Von oben her haben sie schon ein Stimmengewirr hören können, aus dem sich das nölende Organ des Brinkmann herauskristallisiert hat. Sie mussten der Leiche also ganz nahe sein.

Kurz bevor die Personen am Ende der obersten Stufe zu sehen waren, hat der Sanktus auch schon ein näselndes Fränkisch hören können. Der Bergmann Rudi, Bines Chef, war also auch bereits da.

Keuchend ist der Sanktus mit der Bine von der Treppe in Richtung Sockel geschlurft. Das Areal war großräumig abgesperrt, und am Boden, mittig um den untersten Sims des Sockels herum, hat sich eine Menschentraube gebildet gehabt.

»Aber warum is na der jetzt erscht entdeckt worn«, hat der Rudi lautstark in die Runde gefragt.

Der Sanktus hat nur durch das Gewirr an blauen Uniformen einen Blick zum Steinsockel erhaschen können. Dort ist jemand gesessen. Jemand, der sich nicht gerührt hat.

Es war der tote Puddingbaron Wullmsdorff in einem 1A bayerischen Trachtenanzug. In den Händen hat er ein Plakat gehalten, das die Aufschrift »Verräter der Münchner Bierkultur!« getragen hat. Das Plakat war ihm mit einer Wäscheleine um den Hals gehängt worden. Mittig auf seiner Stirn war ein Einschussloch zu sehen. Jetzt hat der Sanktus kurz seinen Spezl, den Bummerl, wieder vor Augen gehabt, als er ihn vor Jahren erschossen aufgefunden hatte.

»Der kann doch ned scho seit in der Früh da so sitzen. Aber beim helllichden Dach kann ihn doch a niemand da herbracht haben. Sach amal, was is' na des für a Scheiß heut?«, hat der Bergmann gemosert.

»Also, der Mann ist schon seit mehreren Stunden tot. Genau kann ich es nicht sagen. Ich denke aber, dass er schon leblos hierhergebracht wurde«, hat der Brinkmann in seinem Krabbenkutter-Slang doziert. »Tod aufgrund Kopfschusses!«

»Ah geh!«, ist's vom Sanktus gekommen, und der Rudi hat sich umgedreht.

»Ah, der Weißbier-Profiler«, hat der ausgerufen.

»Sherlock Bergmann. Habe d' Ehre«, hat ihn der Sanktus begrüßt.

Der Brinkmann hat nur den Kopf geschüttelt und sich verdrückt.

»Bericht folgt morgen. Tschö mit ö!«, hat er gerufen und ist die Treppen sozusagen hinuntergesprungen.

»Tschö mit ö. Ja, du mich auch«, hat der Sanktus gemurmelt und sich vorsichtshalber noch einmal um den Mund herumgewischt, zwengs Grünstreifen-Reste, verstehst?

»Der kann doch ned unerkannt seit heut in der Früh hier sitzen«, hat der Bergmann wiederholt. »Was meinst du, Sanktus?«

Der Sanktus hat sich umgesehen, und ihm ist ein großer Karton aufgefallen, der sich weiter links in einem Gestrüpp verfangen gehabt hat.

»Den könnten sie über ihn gestülpt haben. Irgendwann hat ihn wahrscheinlich der Wind weggeblasen, und man hat ihn entdeckt. Oder irgendwie so«, hat der Sanktus kombiniert.

Dann hat er sich zu den Schuhen der Leiche hinuntergebückt.

»Da sind Spuren von Gras und Erde dran«, hat der Bergmann gemeint.

»Dann haben sie ihn wahrscheinlich von der Straße da hinten, also von der Theresienhöhe, hergebracht«, hat die Bine vermutet.

»Wahrscheinlich in der Nacht«, der Sanktus. »Schnell mit dem Auto hergefahren und abgesetzt. Karton drüber und gut war's!«

»Nehmd a mal bidde die Kardonnage da mit«, hat der Bergmann der Spurensicherung zugerufen. »Bidde auf Spuren von unserem Opfer undersuchen. Danke!«

»Riechst du des, Rudi?«, hat der Sanktus gefragt.

Beide haben jetzt an der Leiche geschnuppert.

»Modrich!«, hat der Bergmann gemeint.

»Ja, modrig und a bisserl nach Mottenkugeln«, hat der Sanktus hinzugefügt, und die Bine hat die Eindrücke der beiden notiert.

»So, Motiv?«, hat der Sanktus gefragt.

»Ja, wennds des ihr ned wissts«, hat der Bergmann gefrotzelt. »Euer Brauerei wolld er zusperren. Da hamma an Betrieb voll Verdächticher, oder?«

»Aha«, hat der Sanktus gemeint. »Ein *Sternbräu*-Mitarbeiter war's. Logisch. Na bist ja scho durch mit deinen

Ermittlungen. Bravo, Rudi! Kommissar Isidor Kugelblitz ermittelt. Sie töten, wir lösen den Fall mit der roten Lupe in weniger als fünf Minuten. Sehr gut.«

»Ja, was na sonst? Liecht doch auf der Hand. Also die Wahrscheinlichkeit ist hoch. Musst du zugeben, Sanktus!«

»Weng meiner. Aber ich glaub's ned.«

In diesem Moment hat ihm die Schranner Bine einen leichten Stups in die Rippen gegeben und in Richtung Theresienhöhe gezeigt. Von dort ist der *Bestattungsdienst Hingerl* mit quietschenden Reifen in Richtung *Bavaria* gekommen.

»Der Leichen-Seppi und sein irrer Vater«, hat der Sanktus leise geseufzt. »Die hab ich ja schon ewig und drei Tag nimmer gesehen.«

Nachdem der Leichen-Seppi den Toten im Wagen seines schwarzen Gefährts verstaut gehabt hat, ist er noch zum Sanktus hergekommen. Wie immer hat er ausgeschaut wie von den *Men in Black* mit schwarzer Sonnenbrille und Anzug. Der Vater, zaundürr und ausgemergelt wie eh und je, hat, auch wie immer, mit verschränkten Armen an den Wagen gelehnt auf seinen Sohn gewartet.

»Ich hätt's wissen müssen«, hat der Leichen-Seppi gesagt. »Ich hätt's wirklich wissen müssen. Jetzt war lang a Ruh. Lauter natürliche Tode. Fast kein Selbstmord und Mord scho gleich gar ned. Und kaum geht's wieder los, bist du dabei.«

»Seppi«, hat der Sanktus angefangen. »Da kann ich ja nix dafür …«

Doch weiter ist er nicht gekommen, und der Seppi hat ihn, mit seiner Hand vor Sanktus' Gesicht rumwedelnd, abgewürgt.

»Freili ned, Sanktus. Freili ned. Aber immer, wenn du auftauchst, geht's Gschäft für a kurze Zeit richtig guad. Ehrlich. Mia ham scho echt Zeit lang nach dir ghabt. Meine Frau hat schon oft gefragt, ob du gar nimmer ermittelst. Aber jetzt erst haben wir zwei Selbstmörder gehabt. Den einen hab ich in der U-Bahn am Odeonsplatz wieder zusammengepuzzelt, und die andere hab ich unter dem *Arabella Sheraton* zusammengekratzt. Da hab ich gesagt, Mausi, hab ich gesagt, jetzt müsst er eigentlich bald auftauchen, der Sanktus. Es riecht förmlich danach. Und schau«, jetzt hat er dem Sanktus auf die Schulter geklopft, »schau, jetzt samma scho beinand.«

Der Sanktus hat vor lauter Staunen nichts mehr sagen können und hat nur noch nach Luft geschnappt.

»Da schau her. Da hast mei Visitenkarte. Nicht verzagen, Seppä fragen. Ruafst mi bei der nächsten Leich einfach gleich an. I bin da! Definitiv. Oiso, alter Spezi. Servus bis nächste Woch, oder? Seh' ma uns bestimmt wieder. Pfiat di, Sanktus!«

Im Weggehen hat der Sanktus ihn noch sagen hören: »Jetzt rollt er wieder, der Rubel! Auf geht's, Papa. Pack ma 's.«

DIE NACHBESPRECHUNG

Der Sanktus und die Bine sind, nachdem sie den Tatort verlassen hatten, geradewegs in die *Neue Kirche* gefahren. In die *Bierwerkel* wollten sie nicht zurückkehren, da sie Angst hatten, dass die Bierbrauer dort in einem nicht mehr ganz einwandfreien Zustand anzutreffen wären. Außerdem hatten sie den Bhupinder, den indischen Koch und Wirt der *Neuen Kirche,* schon lange nicht mehr besucht.

Der Bhupinder war äußerst erfreut, seine Freunde wieder einmal zu sehen, und da der Sanktus mit der Kommissarin zu Gast war, hat er natürlich sofort Lunte gerochen.

»Oh, ihr swei. Ick seh das genau. Ihr tuts wieder ermitteln. What happened? Hamma murderer oder lauft a Killer frei rum? Tell me«, hat er geflötet. »Wenn ick euch wo hinfahren soll, tell me too, weil der Blitz von Bangalore is always ready for take-off. Woasst ja eh, Sanktus!«

»Eh klar, Hansä, vielen Dank. Aber jetzt müss ma uns erst amal besprechen. Aber, da du ja eh keine Ruhe gibst: Einen Mord hamma.«

»Sanktus«, hat ihn die Bine angefahren, »Ruhe jetzt. Sonst nehm ich dich nimmer mit, Herrschaftszeiten.«

»Ja, bin eh schon stad. Aber er gibt ja wirklich ned auf. Sonst kommt er alle fünf Minuten an unseren Tisch und will uns ausfragen. Das ist wirklich keine Gaudi.«

»So, what can I bring?«, hat der Bhupinder gefragt. »Und? Wen haben sie gekillt?

»Bubi! Jetzt muss a Ruah sein!«, hat der Sanktus deutlich gemacht. »Sonst steh ma auf und gehen. Bringst mir ein Weißbier.«

»Und mir einen Cappuccino«, hat die Bine angeschafft.

»Weißenbeer und Cappu. Kommst sofort«, hat der Bhupinder gejodelt und im Gehen noch mal etwas von seinem »murderer« und »Bubi« gemurmelt.

»Sanktus, jetzt pass auf«, hat die Bine angefangen. »Wir haben diesen Mord an dem Wullmsdorff. Aber wir haben auch noch zwei Selbstmorde.«

»Ja, den am Odeonsplatz und den am Arabellapark«, hat der Sanktus eingeworfen.

»Wie weißt jetzt du das?«, hat die Bine nervös gefragt.

»Vom Seppi. Der hat die beiden abgeholt. Der sieht da einen Zusammenhang.«

»Wieso?«

»Weil, wenn zwei Selbstmorde, ein Mord und ich auftauchen, muss das zusammenhängen.«

»O mei«, hat die Bine sichtlich beruhigt geseufzt. »Ich hab mir schon denkt ...«

»Ja, von de suicides hat mir der Funeral-Joe gestern auch ersählt«, hat der Bhupinder, der sich lautlos an ihren Tisch geschlichen hatte, dazwischengebrabbelt.

»Funeral-Joe?«

»Na, ihr sacks Leichen-Seppi, I call him Funeral-Joe. So einfach!«

»Boah, ihr machts mich wahnsinnig«, hat die Bine genörgelt. »Also, Sanktus. Nachdem sich alle das Maul darüber zerreißen, aber anscheinend nichts wissen, schlag ich vor, der Bhupinder geht jetzt a mal hinter seinen Tresen und passt auf das Chai-Pulver oder von mir aus auf die Papadam auf, und wir reden mal ungestört. Nur zehn Minuten. Ist das zu viel verlangt?«

Jetzt hat sie grantig in Richtung Bhupinder geschaut, und der hat kapituliert und den Rückzug angetreten.

»So, jetzt pass auf«, hat sie angefangen und verschwörerisch zum Sanktus geschaut. »Wir haben da diese zwei Selbstmorde. Wie du gesagt hast. Einer in der U-Bahn Odeonsplatz und einer beim *Sheraton* im Arabellapark. Ein älterer Arzt namens Emil Vesely, Internist, Praxis in Bogenhausen, und eine Rechtsanwältin, Sieglinde Neureuther, Kanzlei ebenfalls in Bogenhausen.«

»Aha«, seitens Sanktus. »Noblig.«

»Schon«, hat die Bine gesagt und noch verschwörerischer getan. »Aber jetzt pass auf …«

Neben ihr war ein Räuspern zu hören, und der Bhupinder hat, etwas beleidigt tuend, das Weißbier und den Cappuccino abgestellt.

»Bin schon wieder weg. Sorry for disturbing. Sorry so much.«

»Ja, passt scho, Hansä, passt scho!«

»Sag du ned immer Hansä su mir, Sanktus. Du woasst, das i dös ned mog, Sefix!«, hat sich der Inder in vogelwildem Bayerisch beschwert.

»Ja, Herr Bhupinder. Ist recht, Herr Singh«, hat der Sanktus kommentiert, und der Inder hat sich verzogen.

Die Bine hat einen Schluck von ihrem Kaffee getrunken und gleich wieder den verschwörerischen Blick draufgehabt.

»Also jetzt pass auf«, hat sie gesagt. »Der Vesely und die Neureuther sind der Arzt und die Anwältin der Familie Wullmsdorff. Was sagst?«

»Aber des san ja Preußen«, hat der Sanktus gemeint. »Die wohnen doch in Hannover oder so?«

»Sanktus«, hat die Bine geseufzt, »den Preußen, der wieder heimgeht, den gibt's ned. Er hat sie am Oktoberfest kennengelernt und ist dageblieben. Er ist aus Garbsen bei Hannover, sie ist aus dem Schwäbischen. Anscheinend mit schweizerischen Wurzeln. Regula von Kessel-Wullmsdorff. Muss ich aber noch überprüfen.«

»Puddingbaronin aus Leidenschaft«, hat der Sanktus vervollständigt. »Um Gottes willen. Aber wie hängen die Selbstmorde mit dem Mord am Wullmsdorff zusammen?«

»Ja, so schnell bin ich jetzt auch nicht«, hat die Bine gemeint. »Sonst wär der Fall ja geklärt. Und waren es überhaupt Selbstmorde?«

»Gibt's Zeugen?«, hat der Sanktus wissen wollen.

»Im Fall U-Bahn ja. Mehrere Fahrgäste haben den Doktor Vesely auf dem Bahnsteig beobachtet, und alle haben ausgesagt, dass er nervös gewirkt hat und wie ferngesteuert, wie auf Kommando, vor die Bahn gesprungen ist. Eine Esoterik-Tante hat gemeint, sie hat viel negative Schwingungen gespürt, und auf dem Doktor sei eine große Last gelegen. Mann, die war vogelwild!«

»Und bei der Rechtsanwältin?«

»Die ist aus dem vorletzten Stockwerk gesprungen. Vorher war sie auf einer Benefiz-Gala.«

»Ja genau, Benefiz-Champagnerspritzen in Bogenhausen. Sehr gut«, hat sich der Sanktus echauffiert.

»Ja, passt schon. Also da war sie maximal nervös am Tisch. Ihr Tischnachbar hat das bestätigt. Er wollte mit ihr Konversation betreiben, aber sie habe nur auf ihr Handy geschaut. Dann sei anscheinend ein Anruf gekommen, und sie habe die Tafel verlassen.«

»Äußerst komisch!«, hat der Sanktus etwas zu laut gemeint.

»Was ist komisch? Der Mord, wo ihr beide wart«, haben sie die Stimme vom Haferl gehört. »Hat er recht gehabt, der Hanspeter, dass ihr bestimmt hier seid.«

Jetzt Hände-über-dem-Kopf-Zusammenschlagen seitens Ermittler-Duo.

»Haferl, was machst denn du da?«, hat der Sanktus wissen wollen.

»Ja, ermitteln. Ich hab extra nicht viel getrunken. Die anderen sind noch im Biergarten und stellen sich eine Halbe nach der andern rein. Da bin ich hierher verschwunden.«

Verdenken hast du es dem Haferl ja nicht können, weil die Brauerrunde, wenn besoffen war … na bravo. Aber brauchen haben sie ihn gerade überhaupt nicht können.

Der Haferl hat sich, ohne zu fragen, zu ihnen gesetzt und dem Bhupinder gewinkt und ein Bier bestellt.

»*Kingfisher*!«, hat der Sanktus noch nachgerufen, und der Bhupinder hat gegrinst und ihm zugezwinkert. Kurz darauf ist der Inder mit dem Bier aus seiner Heimat an den Tisch gekommen und hat sich auch hingesetzt.

»Hmm«, hat der Haferl geschwärmt. »A bisserl sauer und oxidiert, aber da schmeckst du halt das ferne Indien raus, gell! Gigantisch!«

Dann hat er gleich noch einen tiefen Schluck getrunken, und der Sanktus hat sich gefragt, ob der Haferl überhaupt zum bayerischer Brauer geeignet war. Der Bhupinder hat sich gefreut wie ein Christkindl.

»Wenn der suhören darf, na bleib i aa. Die Ashwini kommt eh glei und lost mi ab, weil hab i Feierabend. So losse geht«, hat er gesäuselt. »Hatta scho verloren, da murderer?«

»San Sie auch Ermittler?«, hat der Haferl gefragt.

»Yes, yes. Seit vielen Jahren. I bin der Harry wia beim Derrick.«

Der Haferl hat ihn fragend angeschaut.

»Harry hol scho mal den Wagen, you know. I am the driver. Der Blitz von Bangalore is always ready for take-off.«

»Der Blitz von Bangalore?«, hat der Haferl gefragt.

»Yes, a Hindustan Ambassador Modell 69«, hat der Bhupinder geantwortet.

»Oh, ein Ambassador«, hat der Haferl geschwärmt. »Wirklich von 1969?«

»Don't tell nobody. Er is von 1981. But even 40 years old.«

»Cool. 1.489 Kubikzentimeter, 34 Kilowatt. Richtig? Kann ich den amal anschauen?«, hat der Haferl gefragt. »Ich bin ein Fan von englischen und somit auch indischen Autos. Der Ambassador basiert ja auf dem Morris Oxford Series III.«

Dem Bhupinder hast du ansehen können, dass er keinen blassen Schimmer gehabt hat, wieviel PS sein Ambassador hat, aber er war schwer beindruckt, dass der Haferl das Gefährt gekannt hat.

»Klar, come on. Gents, ihr mussts kurs selber ermitteln, the Haferl and me kumma glei wieder.«

»Ja, schleichts euch«, der Sanktus.

Und weg waren die zwei.

»Jetzt schnell«, hat der Sanktus gemeint. »Was war komisch?«

»Beide haben ein Handy in der Jackentasche gehabt.«

»Sehr komisch!«

»Lass mich ausreden, Depp«, hat die Bine gezischt. »Bei beiden Handys waren Kopfhörer eingesteckt. Und die Esotante hat gemeint, der Vesely hat sich die ganze Zeit im Ohr umeinander gefummelt.«

»Meinst, jemand hat sich mit denen vor dem Suizid unterhalten? Oder haben die sogar irgendwelche Anweisungen gekriegt?«

»Keine Ahnung. Schaut so aus, aber selbst, wenn dich wer

anweist, deswegen bringst dich doch ned selber um, Sanktus, oder?«

»Guter Punkt, Bine, guter Punkt«, hat der Sanktus bestätigt.

Jetzt sind beide dagesessen und haben lautlos in ihre Getränke gestarrt. Der Sanktus in sein Weißbier, das eigentlich nur noch ein Noagerl war, die Bine hat in ihrem Cappuccinoschaum gerührt.

»Das macht doch keinen Sinn, oder?«

»Überhaupt ned, keine Ahnung«, hat der Sanktus bestätigt.

»Was macht keinen Sinn?«, hat der Haferl aus dem Off gefragt.

Die beiden Star-Ermittler hatten in ihrer Kontemplation gar nicht bemerkt, dass der fünfte Brauer im Bunde wieder an ihrem Tisch erschienen war.

»Ein Traum von einem Auto«, hat er philosophiert. »Diese Ausstattung, die Quasten und die Götterbilder. Ein Gedicht. Das ist eine Oase. Verstehts ihr das. Eine Oase des Orients. In diesem Auto ist das wahrhaftige Indien. Und des ist jetzt kein Schmarren. Der, wenn seine Soundanlage aufdreht, na bist du in Delhi, Bangalore, Chennai oder sonst wo. Brutal! Das hat mich jetzt direkt inspiriert. Nächste Woch drehen wir zwei a mal eine Runde, und ich darf auch fahren.«

Und jetzt hat er einen lauten Jucherzer getan und kurz die Faust in die Höhe gestreckt.

»Aber was ist komisch? Was macht keinen Sinn?«, hat er seinen Monolog beendet und das Thema abrupt gewechselt.

Jetzt hast du den Sanktus und die Bine sehen können, wie sie den Haferl völlig verwirrt mit offenem Mund angestarrt haben.

»Hä?«

»Na ihr habts grad gemeint, dass irgendwas komisch sei«, hat der Haferl noch einmal bekräftigt.

»Ja, schon …«, hat die Bine gestottert und dem Haferl die Geschichte mit den Kopfhörern am Handy erzählt.

Der Haferl hat jetzt die Arme vor dem Körper verschränkt und hat seinen Kopf nach hinten geneigt und die Augen geschlossen.

Völlige innere Ruhe, hat sich der Sanktus gedacht. Ist ein bisserl was von dem indischen Auto auf ihn übergesprungen. Wahrscheinlich meditiert er.

Auf einmal hat sich der Haferl aufgesetzt, hat mit irrem Blick in die Runde geschaut und mit der Handfläche auf den Tisch gehauen.

»Erpressung!«, hat er gerufen, und der Sanktus und die Bine haben ungläubig geschaut. »Oder wahre Liebe. Des könnts euch aussuchen. Aber wie alt waren die beiden? Scho eher älter, oder? Also Erpressung. So schaut's aus!«

Der Sanktus und die Bine jetzt am Kopfschütteln, weil womit willst du jemandem einen Selbstmord abpressen?

Der Sanktus ist nach dem Abendessen mit der Kathi auf der Wohnzimmercouch gesessen und hat den heutigen Tag Revue passieren lassen. Die Kathi war schockiert über die Nachrichten aus der *Sternbrauerei*.

Beim Thema Ermitteln mit der Schranner Bine war sie natürlich nur mäßig begeistert, aber da der Fall mit der Brauerei zusammenhing, war ihr klar, dass der Sanktus hier nicht von irgendwelchen Sherlock-Holmes-Aktionen abzubringen war.

»Weißt«, hat der Sanktus gemeint, »vielleicht ergibt sich ja durch den Tod vom Wullmsdorff eine Wendung, und der

Sternbräu muss gar nicht verkauft werden. Irgendein Stroh-
halm, an den wir uns krallen können.«

»Ihr?«

»Ja, eigentlich die Burschen, aber irgendwie gehör ich
doch noch immer dazu. Und sie tun mir halt leid. Die
haben ihr ganzes Leben in dem Schuppen verbracht, Schicht
gearbeitet, Wochenenddienst gemacht, auf der Wiesn geholfen ...«

»... Morde aufgeklärt«, hat die Kathi vervollständigt.

»Genau. Die Brauerei wirklich weitergebracht. Und jetzt,
wo's richtig gut geht, wollen sie zusperren. Bloß, weil da
in Niedersachsen billiger produziert werden kann? Kann
ja wohl ned sein. Je mehr ich da überleg, desto schlimmer
wird das«, hat der Sanktus geschimpft.

»Wird scho werden«, hat die Kathi gemeint. »Komm,
geh'ma ins Bett!«

Dann sind sie noch zum Schorschi ins Zimmer und
haben ihrem Sohn ein Gutenachtbussi gegeben. Der Bub
hat natürlich schon geschlafen. Der Sanktus hat auch schon
seine Hand an der Türklinke zu Martinas Zimmer gehabt,
ist aber nicht hinein, denn seine Steiftochter war bereits 17,
und da platzt du als Vater und männlicher Teil der Familie
nicht mehr einfach so mir nichts, dir nichts rein.

»Die ist eh ned da. Übernachtet bei der Betty-Lou«, hat
die Kathi ihn aufgeklärt.

»Unter der Woche? Es ist doch Schule«, hat der Sanktus verblüfft gefragt.

»Ja schon, aber morgen ist Freitag und sie haben nur zwei
Stunden. Außerdem lernen sie zusammen Mathe.«

»Wer's glaubt, wird selig«, hat der Sanktus gemurmelt.
»Aber na hamma ja jetzt praktisch sturmfrei!«

»Ja, Herr Sanktjohanser«, hat die Kathi geflüstert, ihm

die Arme um den Hals geschlungen und ihn zurück auf
die Couch gezogen.

EIN ZEITUNGSBERICHT

Münchner Morgenblatt

Eine Brauerei unter Verdacht –
Die Leiche an der Bavaria
Ein Bericht von Severin Birnstingl

München: Am Freitag, 22.10.2012 wurde die Münchner
Polizei am späten Nachmittag zu einem Einsatz auf die
Theresienwiese gerufen. Reinhard Wullmsdorff, der Besit-
zer der Wullmsdorffer Molkereibetriebe, *auch Pudding-*
baron genannt, wurde tot am Fuß der Bavaria aufgefun-
den. Wir berichteten bereits über die geplante Übernahme
der Münchner Traditionsbrauerei Sternbräu, *die jüngste der*
Münchner Großbrauereien, durch die Molkereibetriebe, die
die Gemüter der Bayerischen Landeshauptstadt an den Sie-
depunkt brachte. Nach Angaben der Polizei wurde Wullms-
dorff Opfer eines Gewaltverbrechens, und es sei nicht von
der Hand zu weisen, dass die Straftat mit der geplanten
Brauereiübernahme zusammenhängt. Aus verlässlicher

Quelle erfuhren wir, dass die Leiche beim Auffinden ein Plakat mit der Aufschrift »Verräter der Münchner Bierkultur!« um den Hals trug.

Kann Traditionsbewusstsein und die Liebe zum Bier so stark sein, dass bis zum Äußersten gegangen wird, oder spielen die Existenzängste der Brauereimitarbeiter eine große Rolle? Die Ermittlungen der Münchner Kripo werden die Motive hoffentlich ans Licht bringen.

Bis dahin steht die Belegschaft einer ganzen Brauerei definitiv unter Tatverdacht.

DIE BETRIEBSVERSAMMLUNG

Die Betriebsversammlung der *Sternbrauerei* hat im *Bräustüberl*, das sich direkt im Brauereikomplex befunden hat, stattgefunden. Die Spannung war förmlich in der Luft zu spüren und die somit zum Schneiden. Der hintere Teil der Wirtschaft war abgetrennt worden und hat sich langsam mit den Mitarbeitern der Brauerei gefüllt. Wie in einer bayerischen Kirche, wo Männlein und Weiblein getrennt in den Bankreihen dem Gottesdienst folgen, haben sich die verschiedenen Abteilungen an den Tischen geschart. In einem Eck sind die Bierfahrer gesessen, in einem anderen haben die Brauer Platz genommen, in einer hinteren Nische die

Füllereimitarbeiter. In der Mitte, auf dem Präsentierteller, wie, wenn sie das Herz des Unternehmens wären, die Verwaltungsangestellten. Das waren die gleichen, die am Brauermontag auf der Wiesn als Erstes die reservierten Plätze besetzten und dann den Bierbrauern, die sich ja logischerweise daheim noch duschen mussten und später eingetroffen sind, erklärt haben, dass hier gewiss nicht frei sei, weil grad jemand beim Pieseln wäre.

Frontal in der Mitte war ein Rednerpult aufgebaut.

Der Sanktus und die Bine waren auch dabei, natürlich aus ermittlungstechnischen Gründen, eh klar. Kommissarin und Profiler, offiziell. Sie sind wie zufällig am Brauertisch gesessen. Heimspiel sozusagen.

Das Stimmengewirr war immens und der Lärmpegel fast unerträglich. Natürlich waren der Schlauch-Gernot, der Giovanni und der Haferl an diesem Phänomen nicht ganz unbeteiligt. Die drei hatten sich wieder einmal in den Haaren und haben gestritten, ohne zu merken, dass sie eigentlich das gleiche gemeint haben. Aber kennst sie ja.

Nun alle Blicke in Richtung Eingang, da die Hauptakteure den Raum betreten haben. Zuerst der amtierende Geschäftsführer im leichten Trachtenstoiber, also die beige Ausführung, auch Braumeister-Smoking genannt. Er war eher klein, fast schmächtig, plattert, mit dunklem Resthaar, das wie gegelt gewirkt hat. Auf der Nase hatte er eine rote Lesebrille, die das Ziel, ihm wahrscheinlich ein intellektuelles Aussehen zu geben, völlig verfehlt hat. Danach ist der Betriebsratsvorsitzende Pölsterl erschienen, ein früherer Biersieder von stattlicher Statur. Angehabt hat er ein Ledertrachtensakko aus Leder, bei dessen Anblick dem Sanktus nur der Ausdruck »Affenfrack« eingefallen ist. Das Wahrzeichen des Vorsitzenden war sein dunkler gezwirbelter

Schnauzbart, der auf die Mitgliedschaft in einem Trachtenverein hat schließen lassen. Dem Pölsterl ist eine adrette blonde Dame in den 40ern gefolgt. Anhand ihres schwarzen Gewands hat der Sanktus geschlossen, dass es sich um die Witwe des Puddingbarons, Regula von Kessel-Wullmsdorff, handeln hat müssen. Hübsche Frau für ihr Alter, hat er sich gedacht und schnell gemerkt, dass er die 40 eigentlich auch schon überschritten hatte. Im Schlepptau hat sie einen blonden Mittvierziger gehabt, der den Sanktus an den Hinnerk Schönemann erinnert hat. Auch er im schwarzen Anzug.

Nun ist die Versammlung vom Pölsterl eröffnet worden, und es war wie immer, rhetorisch gesehen, eine einzige Katastrophe. Der Pölsterl war einfach alles, nur kein Redner, und das Zuhören war eher eine Zumutung. Der Sanktus hat's lustig gefunden, in die Gesichter ringsherum zu schauen, die völlige Verzweiflung bis zu hinter der Hand gehaltene Lachanfälle widergespiegelt haben. Das Highlight war der Seitenumbruch, bei dem der Pölsterl mitten im Satz eine Pause eingelegt hat, da er seine Rede anscheinend nicht mal annähernd auswendig gekannt hat. Ein Raunen ist durch den Raum gegangen, und ein paar weitere Gluckser waren auch zu vernehmen. Quintessenz der Rede: Er war mit der Übernahme nicht einverstanden.

Dann ist der Geschäftsführer an der Reihe gewesen. Da hast du gemerkt, dass er schon mehr Reden als der Pölsterl gehalten hatte. Rhetorik einwandfrei. Unter dem Strich: Der freie Markt entscheidet, und der Meistbietende gewinnt. Es ist zwar traurig, aber der Gewinn der Familie Stern muss halt einmal maximiert werden. Da führt kein Weg dran vorbei. Es wird ein Programm geben, sodass keiner der Mitarbeiter Angst haben muss. Over and out.

Die Stimmung im Raum kannst du dir vorstellen.

Nun ist die Tür aufgegangen, und ein komisches Manderl ist, eine Aktenmappe unter dem Arm, hereingeschossen gekommen. Das war der Vertreter der Gewerkschaft. Er hat allen die Hand geschüttelt und ist direttissima zum Mikrofon.

Na, auf dich hamma grad noch gewartet, Gedanke vom Sanktus, und so war's auch.

Die Rede des Gewerkschafts-Heinis hatte nichts, aber auch rein gar nichts mit der Brauereiübernahme zu tun. Sie war eine Aneinanderreihung von Gemeinplätzen mit dem Resultat: Wir geben nicht auf und kämpfen mit euch. Wie genau das hat gehen sollen, leider leere Menge. Geklatscht hat nur der Pölsterl.

Dann ist die Witwe auf das Podium gestiegen, und es war ruhig im Saal.

»Liebe Mitarbeiter*Innen, ich spreche heute zu Ihnen als Vertretung meines Mannes, der diese Worte eigentlich an Sie richten sollte. Ich spreche in tiefer Trauer, da er, wie Sie ja alle wissen, vor einigen Tagen einem Gewaltverbrechen zum Opfer gefallen ist. Ich möchte vorausschicken, dass ich im Gegensatz zur landläufigen Meinung, nicht der Auffassung bin, dass jemand aus Ihrer Belegschaft etwas mit dem Mord zu tun hat.«

Jetzt Raunen in der Menge.

»Ich vertraue der Münchner Polizei, und sie wird das Motiv ans Licht bringen. Da bin ich mir sicher. Doch lassen Sie uns nun über die Zukunft der *Sternbrauerei* sprechen. Wie Sie wissen, soll das Unternehmen in die *Wullmsdorffschen Molkereibetriebe* integriert werden.«

Jetzt wieder Unruhe im Publikum.

»Auch gehen Gerüchte und Informationen umher, die besagen, dass der Standort hier in München geschlossen werden und die Produktion nach Niederachsen verlegt werden soll. Diese Information entspricht in der Tat den Plänen meines Mannes.«

Jetzt großer Aufschrei und Lautstärkenpegel gegen unendlich. Die Rednerin hat beschwichtigend die Hände gehoben.

»Sicherlich werden Sie sich fragen, warum die Familie Stern nach all diesen Jahren der Erfolgsgeschichte einen Verkauf anstrebt. Die Familie Stern hat keine Nachkommen, an die das Unternehmen weitergegeben werden kann, und mein guter Freund Franz-Xaver Stern ist leider gesundheitlich nicht mehr in der Lage, die Geschäfte der Brauerei weiterzuführen. Ein Verkauf war unumgänglich, um das Weiterbestehen der Marke zu sichern.«

»Ja, in Hannover«, hat der Haferl nervlich völlig am Ende hineingeplärrt. »Das hat doch nichts mit Weiterbestehen zu tun.«

»Ich verstehe Ihren Unmut«, hat die neue Chefin bestätigt. »Aber mein Mann ist tot, und die Geschäfte gehen nun auf mich über.«

Fragende Gesichter.

»Komischerweise gibt es auch noch ein weiteres Gerücht, liebe Mitarbeiter*Innen. Dies besagt, dass ich aus Schwaben stamme. Ich bin jedoch gebürtige Niederbayerin, und als solche liegt es mir wirklich fern, bayerische Brauereien nach Norddeutschland zu transferieren. Somit, seien Sie sich sicher, dass die *Sternbrauerei* zwar in mein Unternehmen übergeht, jedoch so weiterbestehen wird wie bisher. Bier braucht Heimat. Die Produktion verbleibt hier in dieser Braustätte in München, und wir werden lediglich das Vertriebsnetz der Molkerei nutzen. Es wird zu keinen Kündigungen kommen, Sie werden lediglich neue Verträge erhalten. Alles Nähere wird Ihnen nun mein kaufmännischer Leiter, Herr Thore Mommsen, erklären. Vielen Dank, und Gott geb Glück und Segen drein.«

Es hat noch ein kurzer Moment der Stille geherrscht, dann ist ein Jubel ausgebrochen, und die Mitarbeiter haben sich von den Stühlen erhoben und sind in tosenden Applaus ausgebrochen. Die Bierbrauer haben sich umarmt, und der Haferl hat klatschenderweise eine Pirouette gedreht.

Dann hat der Mommsen die vorläufigen Details bezüglich des Betriebsübergangs, der Verträge und der betrieblichen Rentenprogramme geschildert. Doch hier hat fast keiner mehr so genau zugehört, da jeder mit seinem Mobiltelefon beschäftigt war und die Neuigkeiten an Familie und Freunde gesendet hat.

Zum Schluss sind alle Akteure zusammengestanden, und man hat ein Foto für die Presse geschossen. Der Sanktus hat auch kurz sein Handy hochgehalten und die Situation eingefangen. Er hat zugeben müssen, dass er fast ein bisserl in die Regula verliebt war. Rein platonisch natürlich.

DIE ERKENNTNIS

Nach der Betriebsversammlung sind die Brauer wieder zurück an die Arbeit gegangen, und der Sanktus ist heimgefahren.

Daheim hat er sich erst einmal sozusagen eine Siegerhalbe aufgemacht, natürlich ein *Sternbräu*-Bier, und auf das Weiterbestehen seiner Lehrbrauerei mit sich selbst angestoßen, da bisher niemand zu Hause war.

Kurz bevor er die Flasche leer gehabt hat, sind die Kathi und die Martina heimgekommen. Anscheinend waren sie beim Shoppen in der Stadt, was der Sanktus an der Fülle der Tüten, die sie in den Händen gehabt haben, geschlussfolgert hat. Der relativ hohe Lärmpegel und die ausgelassene Stimmung haben ihn auf einen sehr erfolgreichen Beutezug schließen lassen.

Der kleine Schorschi war heute mit dem alten Sanktjohanser unterwegs.

Als die beiden Damen in die Küche der Altbauwohnung eingetreten sind, hat es ihnen schlagartig die Sprache verschlagen, und sie haben den Sanktus mit großen Augen angesehen.

»Bist du scho daheim?«, hat die Kathi gefragt, und die Martina hat versucht, ein paar Tüten hinter dem Rücken zu verstecken.

»Eh klar«, hat der Sanktus gemeint. »War schnell vorbei.«

Die Kathi ist auf ihn zugekommen und hat ihn umarmt und ein Bussi auf den Mund gegeben.

»War's recht schlimm, Schatz?«, hat sie gefragt.

»Nein. War's ned. Aber du hast eine Konkurrenz ab heut. Ich bin verliebt«, hat der Sanktus geblödelt.

»So«, hat die Kathi, ihn immer noch umarmend, gesagt, »Und wer ist meine Nebenbuhlerin?«

»Regula von Kessel-Wullmsdorff, Puddingbaronesse!«, hat der Sanktus lächelnd geantwortet.

»Puddingbaronesse? Aha«, hat die Kathi gefrotzelt. »Aus Leidenschaft. Bestimmt.«

Jetzt haben beide lachen müssen.

»Ihr habts doch an Vogel!«, hat die Martina eingeworfen. »Ich geh in mein Zimmer.«

»Halt. Bleibts da. Martina, hol a Flasche Sekt«, hat der Sanktus gerufen. »Mia ham was zu feiern. Der *Sternbräu* wird ned zugesperrt. Cool, ha?«

»Ja, wie des?«, hat die Kathi erstaunt gefragt, und der Sanktus hat ihr von der Betriebsversammlung erzählt.

Zwischendrin sind sie von einem gewaltigen Plopp des Proseccos, den die Martina geholt und geöffnet hatte, aus ihrer Euphorie herausgerissen worden. Die Martina hat eingeschenkt, und sie haben angestoßen.

»Und drum bin ich schon a bisserl verliebt«, hat der Sanktus geschlossen.

»Das glaub ich dir«, hat die Kathi bestätigt.

Der Sanktus hat sein Handy aus der Hosentasche gezückt und der Kathi das Foto der Versammlung unter die Nase gehalten.

»Da schau«, hat er gesagt. »Das ist die Regula, Das ist der Pölsterl, das ist ein Vogel, und da der jetzige *Sternbräu*-Geschäftsführer, und der Hinnerk Schönemann da ist der Hiwi von der Regula.«

Die Kathi hat jetzt wortlos auf das Foto gestarrt.

»Mama, was ist denn?«, hat die Martina gefragt. »Du bist ja ganz bleich.«

»Weißt du, wie der heißt?«, hat die Kathi zitternd gefragt.

»Der da?«, hat der Sanktus gefragt. »Momme irgendwas. Thorsten oder so.«

»Ah so«, hat die Kathi erleichtert gesagt. »Dann hab ich den verwechselt. Gott sei Dank!«

»Mit wem denn, Mama?«, hat die Martina gefragt. »Muss ja ein schlimmer Mensch gewesen sein, so wie du geschaut hast.«

»Echt?«, hat die Kathi gefragt, und der Sanktus hat ihr genau angekannt, dass sie gerade nicht die Wahrheit gesagt hatte. »Nein, nein. Eigentlich nur ein Depp. Passt schon. Denkts euch nix. Alles in Ordnung.«

Nach dem Abendessen ist die Martina in ihr Zimmer gegangen, um mit der großen weiten Welt der jugendlichen Münchnerinnen per *WhatsApp* oder was auch immer zu kommunizieren.

Der Sanktus hat die Chance ergriffen, um das Thema Foto noch einmal aufzugreifen. Er hat ihre Hand genommen, ihr das Bild auf dem Mobiltelefon noch einmal gezeigt und sie gefragt: »Kathi, Hand aufs Herz. Ich kenn dich doch jetzt schon lang genug. Wer ist das auf dem Foto? Und sag mir jetzt nicht, dass du ihn nicht kennst.«

»Thore Mommsen? Kann des sein?«, hat die Kathi fast gestottert.

»Ja, genau. Thore. So hat er geheißen.«

Die Kathi hat ihm das Handy aus der Hand und ihn an der Hand genommen, ins Wohnzimmer gezogen und sich auf die Couch gesetzt.

»Was ist denn? Was tust denn so geheimnisvoll?«, hat er genervt gefragt.

»Setz dich zu mir her und sei leise«, hat die Kathi den Sanktus flüsternd aufgefordert, neben ihr auf der Couch Platz zu nehmen.

»Das,… das, … also der da …«, hat sie gestottert, »das ist der leibliche Vater von der Martina. Was mach ich denn jetzt?«

DIE WITWE

Der Sanktus und die Schranner Bine haben nun drei Besuche vor sich gehabt, und angefangen haben sie bei der Witwe des ermordeten Doktor Emil Vesely. Wie immer sind sie mit dem Polizei-Fünfer unterwegs gewesen, und der Sanktus hat die Gelegenheit gehabt, der Bine von seinem Aha-Erlebnis bezüglich des auf dem Handyfoto entdeckten Erzeugers seiner Martina zu erzählen.

»Puh!«, hat sie gemeint. »Starker Tobak. Wie geht's dir dabei?«

»Wie, wie geht's mir dabei?«

»Ja, eigentlich bist du der Vater von Martina. Du ziehst sie seit Jahren groß. Und ganz ehrlich: Die ist deine direkte Kopie. Also im Wesen halt. Eine echte Sanktjohanserin. Will ihn die Kathi treffen?«

»Mei, sie ist da hin- und hergerissen. Eigentlich ned, weil das war seinerzeit nur eine kurze Beziehung, und er muss sich als riesen Depp entpuppt haben. Aber sie überlegt halt wegen der Martina. Wenn sie schon einmal die Chance hat, ihren echten Vater kennenzulernen. Aber mei. Weiß man's. Ich glaub, sie brütet noch.«

»Ned so einfach«, hat die Bine kommentiert und den Blinker zum Abbiegen gesetzt. »Kann ich verstehen. Aber weißt was? Den könnten wir wegen dem Mord an seinem Chef auch vernehmen. Was meinst?«

»Coole Idee, Frau Kommissar. Ich leg ein Profil an!«

»So wird's gemacht, Herr Profiler.«

Die Frau Vesely hat vornehm in Bogenhausen in einer Villa mit großem Garten residiert. Nichtsdestotrotz hat sie einen bodenständigen Eindruck gemacht. Ihr äußeres Erscheinen war das einer gutmütigen, gut genährten Großmutter. Nichts hat an eine Prominentenarzt-Gattin erinnert. Auch der Tod ihres Mannes hat ihr anscheinend nicht so zugesetzt, wie man hätte vermuten können.

Nun sind sie in einem rustikalen Wohnzimmer gesessen und haben Tee getrunken, und die Frau Vesely hat gerade von ihrer Flucht aus der Tschechoslowakei nach dem Prager Frühling berichtet. Man hat die Herkunft immer noch an der Färbung ihrer Aussprache erkennen können.

»1968 simmer nach Deutschland kommen, und mein Emil hat die Chance kriegt, in a Praxis hier in Minchen einzusteigen. Von da ab is's immer weiter bergauf gangen, und der Emil ist sozusagen ein Promi-Arzt geworden. Also das war eher wegen seinem Kollegen, der wo ihn hat lassen in die Praxis einsteigen. Ihn hat's da eher mitzogen. Hat er a gutes Geld verdient, mein Emil. Drum hat er's ja gmacht. So a Promi-Fan war er jetzt auch ned und ein Karrieremensch scho gleich iberhaupt ned. Mir warn froh, dass ma hier gut angekommen und wieder auf die Fieß kommen sind. Eigentlich war er jetzt ja scho in Rente, aber fir ausgewählte Leut hat er noch wollen praktizieren. War er ja aa schon knapp über 70, mein Emil.«

»Frau Vesely, ich muss Sie das jetzt fragen. Sehen Sie irgendeinen Grund oder ein Motiv, warum Ihr Mann Selbstmord begangen hat?«, hat die Bine gefragt, und der Sanktus hat ganz wichtig einen Block herausgezogen und verständnisvoll in die Augen von der Vesely geschaut.

Die Witwe hat ein wenig gezögert und dann den Kopf geschüttelt.

»Ježíš Maria. Schaun S', des is a so: Der Emil war schwer krank. Krebs. Unheilbar, aber in unserem Alter wachst er ja nimmer so schnell, der Krebs. Also war es klar, dass es zu End geht. Wie Sie sehen, bin ich aa ned gar so erschittert, aber trotzdem kann ich's einfach ned glauben. Das hätt er mit mir geplant. Er hat alles mit mir geteilt. Wennst amal zusammen gflichtet bist, das verbindet. Wir waren immer ein Ganzes, so a Yin und a Yang. Da hat kein Blatt dazwischen passt. All die Jahrzehnte ned. Drum ist das jetzt scho eigenartig, dass er das gemacht hat. Aber wird er seine Grinde ghabt haben, mein Emil.«

Jetzt ist der Frau Vesely eine Träne die Wange runtergelaufen. Sie hat sie sich dann langsam mit einem Papiertaschentuch, das sie im Ärmel ihrer Bluse unten am Handgelenk verstaut gehabt hat, abgetupft.

»Haben Sie Kinder, Frau Vesely?«

»Ja. Also jein. Mir ham Tochter ghabt, die Christina. Die is aber bei am Unfall ums Leben kommen, und jetzt hamma nur noch a Enkelin, die Alexandra. Am Opa sei Liebling. Sie ist praktisch bei uns aufgwachsen. Ist unser Augenstern.«

»Und wo können wir die Alexandra finden?«, hat der Sanktus gefragt.

»Die ist grad irgendwo unterwegs. Glaub ich in Spanien oder Portugal. Geb ich Ihnen mal die Handynummer.«

Dann hat die Witwe eine Telefonnummer auf ein Blatt gekritzelt und dem Sanktus in die Hand gedrückt.

»Und wie was das Verhältnis zur Familie Wullmsdorff?«, hat die Bine weitergefragt.

»Mei. Das war eine von der wenigen Kundschaft, die er noch ghabt hat, mein Emil. Eigentlich war er ja der Arzt vom Wullmsdorff Reinhard. Mit ihm ist er gut ausgekommen. Haben sich fast 50 Jahr kennt, die zwei. Mit der Frau hat er ned so gut können. Die war ihm ned sympathisch. Hat er immer gsagt, die hat ihn nur wollen heiraten wegen dem Geld. Mei, aber ist immer schnell gsagt sowas. Ich hab sie einmal gsehen, und da war sie sehr nett. Hibsch und a charmante Frau. Glaub ich schon, dass sie dem Reini gfallen hat«, hat die Frau Vesely schmunzelnd gesagt.

»Wissen Sie, ob der Herr Wullmsdorff irgendwelche Krankheiten gehabt oder ob es etwas Spezielles zwischen Ihrem Mann und seinem Patienten gegeben hat? Irgendwas, das den Selbstmord etwas logischer erscheinen lassen würd«, hat die Bine einen Versuch gewagt, mehr Information aus der Frau herauszubekommen.

»Gnä Frau, wissen S'«, hat die Frau Vesely gesagt. »Die Krankheiten hat er mir eh ned dürfen sagen, und über die anderen Sachen hamma nie geredet, mein Emil und ich. Vielleicht wär's aus heutiger Sicht besser gwesen, aber da kann ma jetzt nix mehr ändern.«

Nachdem diese Quelle somit versiegt war, sind der Sanktus und die Bine weiter zum Ehemann der Rechtsanwältin Neureuther gefahren.

DER PHYSIKER

Die Neureuthers, Entschuldigung, das Ehepaar Sieglinde Neureuther und Ronny Merkel, haben relativ schlicht in einem Reihenhaus im Stadtteil Priel, einem Teil Bogenhausens, gewohnt.

Heutzutage ist alles Bogenhausen, da man so die Mieten etwas nach oben schrauben kann. Johanneskirchen und Oberföhring sind Bogenhausen Nord, Zamdorf ist heutzutage Bogenhausen Ost, nur Bogenhausen Süd gibt es nicht, da Haidhausen und somit schon immer »IN« und die Mieten Top-Level. Mein lieber Herr Gesangsverein.

Der Herr Merkel, dürr, grauhaarig, hornbebrillt, in beigefarbener Hose und braunem Pullunder mit Rautenmuster über einem weißen Hemd, hat geöffnet, und schon am Hauch des Hallos hat der Sanktus gemerkt, dass er es mit einem Sachsen zu tun hatte.

»Grüß Gott, Herr Merkel«, hat die Bine lautstark gerufen, und ein leises »Güdn Dooch« ist schulterhängend zurückgekommen.

Nachdem die Anfangsfreundlichkeiten und -formalitäten schnell abgehandelt waren, ist die Bine schnell zum eigentlichen Thema gekommen, nämlich, was könnte die Frau Neureuther zum Selbstmord getrieben haben? Aber hier leider ebenfalls Fehlanzeige.

»Isch weeß es nüsch, wögglisch nüsch«, hat er betont. »Die Sieglinde wöllde lediglüsch zu diesor Gala in das Hötel da. Da hatte sie söwiesö die ganze Woche Bauchweh. Jetzt is's mir klar, wiesö! Aber warüm se süsch ümgebracht hat, isch kann's eenfach nüsch sochen.«

Der Merkel hat nun leise geweint, und er hat der Bine richtig leidgetan. Er war Physiker, und es war offensichtlich, dass die Neureuther in dieser Familie die Hosen angehabt hat.

Der Merkel, hat sich der Sanktus gedacht, wenn du ihn in eine Ecke eines Raumes stellst, kommt er, und wenn er noch so viele Integrale berechnet, nie wieder raus. Aber drollig war er.

»Haben Sie mit Ihrer Frau auch mal über Klienten gesprochen? Zum Beispiel über die Familie Wullmsdorff«, hat die Bine wissen wollen.

»Nöö«, hat er überlegt, »über Klienten durfte sie ja gorni spreschen. Ünd Wüllmsdoff, sochen Sie …? Wüllmsdoff, da war was. Ei verbibbsch, wennsch müsch nur erinnorn gönnde.«

Dabei hat er die Finger einer Hand an die Stirn gepresst.

»Da hat sie nüsch viel gesocht. Da hat se nur immer gemeint, dass wär ündersde Schüblade, was da loofen würde. Da war was nüsch so ganz hasenrein. Aber was genau, isch gönnts nüsch sochen. Düd ma Leid.«

Also viel war wirklich nicht aus dem ältlichen Physiker herauszubringen.

»Haben Sie Kinder, Herr Merkel?«, hat die Bine gefragt.

»Kindoo? Nöö«, hat er kurz geantwortet, und der Sanktus hat ihm das aufs Wort geglaubt.

Die beiden sind also unverrichteter Dinge wieder abgezogen, wussten jedoch, dass die Anwältin an etwas Unangenehmem mit der – oder für die – Familie Wullmsdorff beschäftigt war.

»War das ein Dodl«, hat die Bine lachend zum Abschluss gesagt und noch einmal zurück zum Haus des Merkels geschaut.

Eine halbe Stunde, nachdem die beiden Ermittler das Haus des Physikers Ronny Merkel verlassen hatten, ist Herr Merkel, bekleidet mit Jeans, einer schwarzen Lederjacke und Sonnenbrille aus der Haustür gekommen, hat die Tür seines 4er BMW Coupés aufgeschlossen, hat den Blumenstrauß, der für seine 20 Jahre jüngere Freundin bestimmt war, auf den Beifahrersitz geworfen und ist viel flotter, als es ihm Bine je zugetraut hätte, in Richtung Stadtzentrum losgefahren.

REGULA

Vom Stadtteil Priel ist es nun nach Grünwald gegangen. Dort residierten die Wullmsdorffs standesgemäß. Warum alle nach Grünwald wollten, war dem Sanktus nicht klar, und warum hier ein niedersächsischer Preuße residieren muss, auch nicht. München war einfach dabei, seine Identität zu verlieren.

Der Sanktus, ein Anhänger des alten Münchens der 70er- und 80er-Jahre, war früher einmal davon ausgegangen, dass sich dieser Trend umkehren würde, ist jedoch weit danebengelegen. Die Globalisierung hatte auch vor der bayerischen Hauptstadt nicht Halt gemacht. Der Kampf war verloren, und München würde mit wehenden Fahnen im Multi-Kulti-Einheitsbrei untergehen. Da würde auch eine dritte Staffel des Beischläfers oder sonstige Münchener Serien (*auch dieser Krimi, Anm. des Autors*) nichts dran drehen und wenden können.

Der Sanktus hatte sich auch schon überlegt, analog zu Hubert, wahlweise mit oder ohne Staller aufs Land zu ziehen, wo die Welt, so wie es scheint, wenigstens noch ein paar Jahre in Ordnung sein würde.

Aber zumindest war ja die Regula, so wie es ausgesehen hat, Niederbayerin, und das hat den Sanktus milde gestimmt.

»Grüß Gott, Frau von Kessel-Wullmsdorff«, hat die Bine die Schlacht um die Information eröffnet, als die Regula die Tür auf ihr Klingeln hin geöffnet hat.

Die Regula war mit einer schwarzen eng anliegenden Lederhose, einer schwarzen Bluse und schwarzen offenen Schuhen bekleidet. Die Zehennägel waren in ihrem auberginefarbenen Ton angepasst, und die Füße waren sehr passabel, zumindest nach der Meinung vom Sanktus. Ihr blondes Haar hat sie heute offen getragen, und ihre Augen waren rot umrandet und es war offensichtlich, dass sie geweint hatte.

»Grüß Gott beinand«, hat sie die zwei begrüßt, geschnieft und sie hereingebeten.

Der Sanktus hat sich gefragt, ob die Dame leicht gelallt hatte. Etwa betrunken?

Die Empfangshalle des Hauses war feudal, und der Sanktus ist sich vorgekommen, wie in einem Südstaatenhaus bei *Vom Winde verweht*. Die Regula hat sie nun in die Bibliothek gelotst, stilecht sozusagen kein Ausdruck.

»Setzen Sie sich doch bitte«, hat sie gesagt. »Möchten Sie was trinken?«

»Gern. Ein Wasser, Frau von Kessel-Wullmsdorff«, hat die Bine gesäuselt.

»Ach, sagen Sie doch bitte Regula zu mir«, hat die Hausherrin gesagt und ein Glöckerl geläutet, woraufhin eine junge Dame, brünett, in schwarzer Kleidung eingetreten ist, der die Regula etwas ins Ohr geflüstert hat. Ihren rechten Schuh hat sie am großen Zehen baumeln lassen.

Der Sanktus hat einfach nicht wegschauen können, und die Regula hat das schmunzelnd zur Kenntnis genommen. Zefix, Gedanke seitens Sanktus. Aber bei einem war er sich nun sicher: Sie war definitiv leicht angetrunken. Aber kann man's dir bei so einem Verlust verübeln?

»Also, Scarlett«, hat der Sanktus angefangen, »Scarlett? Wie komm ich jetzt auf Scarlett. Also, Regula, wir möchten Sie nicht lang behelligen ...«

»Du, Regula, ned Sie«, hat sie lächelnd eingeworfen. »Unter Bayern ist des doch so Usus, oder?«

Der Sanktus jetzt perplex und doch begeistert. Diese Frau war die Erbin eines Millionenimperiums und war so was von normal. Das war ganz nach dem Sanktus-Gusto. Da hast du ihn haben können. Da waren ihm auch die zwei, drei Halbe, die sie sicherlich in der Lätschen gehabt hat, egal.

»Okay, guad«, hat er angefangen und sich die Hände gerieben, da ist die Tür aufgegangen, und die junge Dame hat zwei Gläser Wasser gebracht.

»Danke, Christiane«, hat die Regula geflüstert.

»Regula«, hat die Bine gefragt, »haben Sie einen Verdacht, wer Ihren Mann ermordet haben könnte?«

Komischerweise hat die Gastgeberin jetzt nicht bezüglich des »Du« eingehakt. War anscheinend lediglich dem Sanktus vorbehalten.

»Nein«, hat die Regula geantwortet. »Leider nein. Er hatte auch keine Feinde. Reinhard war die Liebenswürdigkeit in Person. Ich weiß auch nicht, ob jemand von der Konkurrenz … aber das wäre an den Haaren herbeigezogen. Nein. Wirklich ned!«

»Bitte, denk genau nach«, hat der Sanktus gefordert.

»Wenn, dann würde der alte Vesely was wissen, aber der hat sich leider das Leben genommen.«

Dann hat sie den Kopf in die Hände gestützt und geschluchzt.

»Was ist denn da los? Alle sterben s' weg. Der eine bringt sich selber um, der andre *wird* umgebracht.«

»Sieglinde Neureuther?«, hat die Bine leise gefragt.

»Was ist mit der Sieglinde? Die hat sich schon lange nicht mehr bei mir gemeldet«, hat die Regula gefragt.

»Regula«, hat die Bine in einem freundlich psychologischem Polizeiton gesagt, »ich muss Ihnen leider mitteilen, dass sich Frau Neureuther auch das Leben genommen hat.«

Die Regula ist wortlos aufgestanden, hat sich von den beiden weggedreht, ist zu einem Schrank gewankt, hat diesen geöffnet und sich einen Schnaps eingeschenkt. Den hat sie sofort auf ex ausgetrunken. Ihr Gesicht war immer noch von den beiden Ermittlern abgewandt.

Nun hat sie sich anscheinend mit den Händen die Tränen abgewischt und sich umgedreht. Ihr Lidstrich war leider etwas derangiert.

»Meinen Sie, das hat etwas mit dem Mord an Reinhard zu tun?«, hat sie wissen wollen.

»Das können wir jetzt noch nicht sagen«, hat die Bine geantwortet. »Es ist aber ziemlich wahrscheinlich.«

»Der Arzt und die Anwältin der Familie bringen sich um. Dann wird ein Familienmitglied umgebracht«, hat der Sanktus philosophiert. »Was sollst dir jetzt da für einen Reim drauf machen? Das soll einer verstehen. Hmm.«

»Keine Ahnung«, hat die Regula gemeint. »Ich war in die Geschäfte nicht eingebunden.«

Auf einmal hast du eine leise Bimmelmelodie durch ein gekipptes Fenster von der Straße hören können, und die Regula ist wie erstarrt dagestanden.

»Alles klar?«, hat der Sanktus gefragt.

»Wie?«, die Regula, und der Sanktus hat ihre Fahne gerochen.

»Du bist ganz blass.«

»Keine Ahnung«, hat die Regula geflüstert. »Mir ist kurz komisch geworden. Das muss der Stress ein.«

»Das war ein Eiswagen. So einer, der an die Seen kommt und den Kindern Eis verkauft. Komisch. Jetzt haben wir Oktober«, hat die Bine, die zum Fenster gegangen war, berichtet.

»Das ist der Klimawandel«, hat der Sanktus gesagt und gelacht.

»A bisserl eine schönere Melodie hätt er sich zulegen können. Hört sich ja gespenstisch an. Wie aus einem Horrorfilm«, hat die Bine lächelnd eingeworfen. »Aber, lassen wir uns ned stören.«

»Okay. Gut. Regula, wann hast du deinen Mann zuletzt gesehen?«, hat der Sanktus wissen wollen.

Die Regula ist langsam wieder sozusagen aufgetaut.

»Am Abend vor seinem Tod. Er wollte nach Niedersachsen ins Werk. Er ist am Nachmittag los. Ich hab mich zwar gewundert, dass er keine Handynachricht gesendet hat, als er angekommen ist, aber ihr Männer vergesst das ja immer. Und wir Frauen sitzen auf Kohlen. Das hab ich mir abgewöhnt, da drauf zu warten. Von daher bin ich ins Bett und hab erst durch die Polizei am nächsten Tag von seinem Tod erfahren, beziehungsweise, dass er gar nicht weg war.«

»Haben Sie Kinder?«, hat die Bine gefragt.

»Ja, einen Sohn aus erster Ehe. Benjamin.«

»Na warst du vor dem Reinhard schon einmal verheiratet?«, hat der Sanktus gefragt.

»Zweimal«, hat die Regula geantwortet. »Ich hab nie Glück mit den Männern gehabt. Der erste hat mich mit dem Buben sitzenlassen. Den hab ich nie wieder gesehen, und der zweite ist im Gebirge beim Wandern abgestürzt.«

»Und den dritten haben s' erschossen. Bravo!«, hat der Sanktus gemurmelt.

»Herrschaft«, hat die Bine gezischt. »Bist du ein Pfosten!«

»Er hat aber recht«, hat die Regula gemeint und zwei-, dreimal gelacht, wobei das eher so ein hysterisches Glucksen war.

An den Fingernägeln kauend, hat sie aus dem Fenster gesehen.

»Könnten wir den Kontakt von Benjamin kriegen?«, hat die Bine gefragt.

Die Regula ist kurz hinaus und mit einer Visitenkarte zurückgekommen.

»Ah«, hat die Bine gestaunt. »Zürich, Schweiz.«

»Wir haben Verwandte dort. Meine Oma war Schweizerin. Da kommt auch der Name Regula her.«

»Regula, dürften wir jemand schicken, der sich die E-Mails von deinem Mann einmal durchsieht und auf irgendwelche Hinweise prüfen könnte? Oder hatte er hier ein Büro, das wir uns mal ansehen könnten?«

»Gerne«, hat die Regula geantwortet, und die Bine war baff, weil normal wird an dieser Stelle immer gezögert und der Durchsuchungsbeschluss oder »-befehl« kommt aufs Tableau. »Alles, was helfen kann, den Mörder von Reinhard zu finden, soll mir recht sein. Gehen wir halt gleich rauf.«

»Eine letzte Frage, Regula«, hat die Bine noch eingeworfen. »Ich muss Sie das fragen. Wo waren Sie an dem Abend?«

Dem Sanktus war das unangenehm, weil er sich jetzt definitiv nicht vorstellen hat können, dass die nette Niederbayerin ihren Mann umgebracht hat.

»Kein Problem«, hat diese geantwortet. »Ich war den ganzen Abend mit der Bibi, der Muschi und der Felicitas beim Cocktailtrinken im *Pusser's*. Das ist in der Nähe vom Platzl, also beim *Hofbräuhaus*.«

Der Sanktus und die Schranner Bine haben sich dann drei geschlagene Stunden lang im Büro des Puddingbarons umgesehen und die privaten Mails des letzten Jahres überflogen. Aber nichts Auffälliges war zu erkennen.

Nachdem die Regula sogar zugestimmt hatte, dass sie Wullmsdorffs Laptop mitnehmen durften, sind die beiden ohne konkrete Anhaltspunkte von dannen gezogen.

»Kooperativ ist sie«, hat die Bine im Auto auf dem Weg zu Mommsen gemeint.

»Eigentlich a nette Frau«, hat der Sanktus kommentiert. »Kann man nix sagen. Hab mir da eher so ein Schicki-Micki-Weib erwartet. Aber die hat mich jetzt positiv überrascht. Ein bisserl angetrunken war s'.«

»Ja, weil sie trauert, mein ich, wirklich um ihren Mann. So verrotzt wie die war. Da kann man seinen Kummer schon mal zu ertränken versuchen.«

»Denk ich auch. Und sie hat nichts zu verbergen. Ist mal was anderes als sonst, oder?«

»Ja, sogar den Laptop hat sie uns kampflos überlassen. Ich kontaktier jetzt die Kollegen in Niedersachsen. Die sollen mal bei der Molkerei vorstellig werden und da alles checken. Vielleicht finden die noch was raus. Weil so wirklich haben tun wir jetzt eher nix, oder?«

»Eher gar nix. Nada, niente. So, und jetzt bin ich gespannt auf den Mompe«, hat der Sanktus konstatiert.

»Thore«, hat ihn die Bine korrigiert. »Thore Mommsen.«

»Mompe! Sag ich doch.«

DER ADLATUS

Den Mommsen haben sie in Sendling im inzwischen eingerichteten Münchner Büro der *Wullmsdorffer Molkereibetriebe* besucht. Die Einrichtung war modern-karg, die Anmeldung futuristisch und die Lichtverhältnisse perfekt, da im obersten Stockwerk. Vom Fenster aus hast du auf die Isar und den Flaucher dahinter blicken können.

»Was kann ich für Sie tun?«, hat der Mommsen gefragt. »Kaffee? Klassisch, Italienisch, Coldbrew Tonic, Coffbucha?«

»Kenn nur Gin-Tonic«, hat der Sanktus eingeworfen.

»Mensch, Sie sind aber nicht up to date, Sanktus«, hat der Mommsen lachend fast ausgerufen. »Cold Brew ist Kaffee, der mindestens zwölf Stunden im kalten Wasser zieht. Dann Tonic, Eis und eine Orangenscheibe rein. Ich kann Ihnen auch 'nen Schuss Gin reingeben, wenn Sie das brauchen.«

»Behalt dir dein Gwasch«, hat der Sanktus in sich hineingemurmelt.

»Wie meinen?«, hat der Mommsen gefragt.

»Zwei ganz normale Kaffee wären toll«, hat die Bine die Situation gerettet und dem Sanktus einen strafenden Blick zugeworfen. »Herr Mommsen, wir würden Sie gerne zum Tod von Herrn Wullmsdorff befragen«, hat die Bine angefangen.

»Da kann ich nicht viel sagen«, hat der Mommsen gemeint. »Ich war nur ein kleines Rad im Getriebe bei Wullmsdorff.«

»Geh, was«, hat der Sanktus fast geplärrt. »Kaufmännischer Leiter von einem Molkereikonzern. Verarschen S' uns doch ned.«

»Sanktus!«, ist's von der Bine gekommen.

Der Mommsen hat ihn eindringlich angesehen.

»Schlecht aufgelegt?«

»Nein, hellhörig«, hat der Sanktus geantwortet.

»Mein Arbeitsplatz war in Niedersachsen in unserem Mutterwerk. Nun lebe ich jedoch, seit mein Onkel gestorben ist, hier in München. Ich habe sein Anwesen geerbt. Nur, dass sie das alles nicht recherchieren müssen und etwa noch auf Ungereimtheiten stoßen. Man kann ja heutzutage wunderbar alles aus dem Homeoffice heraus regeln. Herr Wullmsdorff war von Dienstag bis Donnerstag in Niedersachsen, den Rest der Woche war er bei Regula, also bei Frau von Kessel-Wullmsdorff, in München. Somit habe ich ihn selten gesehen. Aus der Arbeitswelt heraus kann ich mir nicht vorstellen, warum ihn jemand umgebracht haben sollte. Das, denke ich, sollte private Gründe haben, über die ich nichts aussagen kann, da ich schlicht und ergreifend keinen Einblick habe.«

Jetzt hat er den beiden den Kaffee gereicht. Auf der Sanktus-Tasse ist »Morgenmuffel« draufgestanden.

»Was haben Sie am Abend vor der Tat und am Tag der Tat gemacht?«, hat der Sanktus wissen wollen.

»Ah, der Herr Profiler verdächtigt mich«, hat der Mommsen mit hochgezogenen Augenbrauen gesagt. »Sehr interessant. Und warum das?«

»Routine. Vielleicht hatten Sie ja eine Affäre mit Regula, und der alte Wullmsdorff ist im Weg gestanden.«

»Sanktus!«, hat die Bine gezischt. »Jetzt aber! Also, Herr Mommsen. Wo war' ma?«

»Bitte? Wer?«

»Wo waren Sie zu der Zeit?«

»Oh, immer noch unter Verdacht. Ich war sogar hier in München. Wegen der Übernahme. Am Abend war ich im Gärtnerplatztheater. *My Fair Lady*. Toll. Weltklasse! Am nächsten Tag hier im Homeoffice. Da hab ich leider keine Zeugen. Hier, bitte, die Online-Tickets.«

Er hat der Bine sein Mobiltelefon hingehalten, und die hat es mit ihrem wiederum abfotografiert.

»Erzählen Sie uns von der Übernahme der Brauerei«, hat die Bine wissen wollen. »Gibt's da Komplikationen, Drohungen, et cetera? Was ist Ihre Aufgabe dabei?«

»Gut, das läuft so, wie es normal immer läuft. Nichts Besonderes. Ich denke, Sie wollen jetzt nicht die Transaktionsdetails wissen, nö?«

»Sie haben 's erfasst, Herr Mommsen«, hat die Bine gespottet.

»Herr Wullmsdorff und Herr Stern haben schon seit einiger Zeit Verhandlungen geführt, und das hat natürlich irgendwann die Presse spitzbekommen. Dann ging der Shitstorm los. Sie glauben nicht, wieviel militante Bayern es gibt. Da gab's genug Drohungen im Web. Natürlich nichts Schlimmes, nur Beschimpfungen und Aufrufe zum Boykott der Marke, wenn sie denn im Norden gebraut werden sollte. Aber falls Sie auf direkte Drohungen gegenüber Reinhard anspielen, dann muss ich Sie leider enttäuschen. Auch von Seiten der Behörden und Ämter gab es keinerlei Schwierigkeiten.«

»Und wer im Konzern kümmert sich jetzt um die Brauerei, nachdem ihr sie nicht zusperrts?«, hat der Sanktus wissen wollen.

»Nun ja«, hat er angefangen, »der Geschäftsführer bleibt vorerst, aber das Brauereigeschäft fällt dann zukünftig in mein Ressort. Die bayerischen Brauer sind mir dann auf Gedeih und Verderb ausgeliefert!«

Jetzt hat er ein kehliges Lachen zutage gebracht, das die Bine gleich wieder unterdrückt hat.

»In welchem Verhältnis stehen Sie zu Regula von Kessel-Wullmsdorff?«, hat die Bine wissen wollen. Gezielt, aber doch charmanter als der Sanktus vorher.

»Ich kenne Regula seit vielen Jahren. Sie war zu Beginn Reinhards Assistentin, also rechte Hand, bis die beiden geheiratet haben. Seither treffen wir uns nur noch sporadisch. Warum fragen Sie?«

»Routine, wie mein Kollege schon angedeutet hat. Herr Mommsen, bitte halten Sie sich zu unserer Verfügung«, hat die Bine angeordnet, »und verlassen Sie München nicht. Nicht mal nach Niedersachsen.«

Dann hat sie sich nach dem Sanktus umgesehen, der nicht mehr an ihrer Seite war und gerade die Fotos in einem Wandregal begutachtet hat.

»Nicht verheiratet? Keine Lebensgefährtin?«, hat der Sanktus gefragt.

»Nein«, hat der Mommsen gemeint. »Vor 18 Jahren hatte ich mal eine große Liebschaft, die leider in die Brüche ging. Diese Frau war perfekt. Ihr trauere ich immer noch nach.«

Der Sanktus hat gedacht, ihn streift wieder einmal ein Bus. Der hat die Kathi gemeint. Definitiv.

Dann haben sich die beiden verabschiedet, aber bevor der Sanktus zur Tür hinaus ist, ist der Mommsen mit seinem Mund ganz nahe an sein rechtes Ohr gegangen und hat etwas hinein geflüstert. Dabei hat er gegrinst wie ein Honigkuchenpferd.

DIE ZUSAMMENFASSUNG

»Sag amal, was hat denn dich geritten?«, hat die Bine geschimpft.

Der Sanktus hat stur auf die Straße geschaut, beziehungsweise auf das Heizkraftwerk München Süd in der Ferne. Geantwortet hat er nicht.

»Erde an Sanktjohanser«, hat die Bine gerufen. »Mission Control, hallo?«

Der Sanktus hat immer noch nichts gesagt, weil er ja auch gar nichts hat sagen können, weil immer noch den

Mommsen in Kopf. »Ich vermisse Kathi (natürlich mit langem A)«, hatte er in sein Ohr geflüstert. Sanktus-Wut jetzt am Anschlag, nur leider ist dieser Gemütszustand gerade in eine Sanktus-Ratlosigkeit umgeschwenkt, weil was hat der wollen können? Nach all diesen Jahren? Er hat eine latente Aggression bei diesem Kerl spüren können, gepaart mit einer dermaßenen Hinterfotzigkeit. Und allein dieser Blick.

»Der war's«, hat der Sanktus gesagt. »Der hat den Wullmsdorff umgebracht. Definitiv!«

»Hast du an Vogel? Wie kommst denn da drauf? Kaum redest wieder, kommt a so a Schmarren raus. Spooky, echt«, hat die Bine geantwortet. »Außerdem hat er ein Alibi.«

»Hmm.«

»Ja spinnt der Beppi! Du bist ja befangen. Nur weil er der Vater von der Martina ist, oder was?«

»Ja mei!«

»Ein anderer würd hoffen, dass der Kerl normal ist, zwengs den Genen, aber du Muhackl dichtest dem Vater von deiner Stieftochter eine kriminelle Energie an. Sag amal, hat's dich?«

»Ja, eh.«

»Dann muss ich dich ja vom Fall abziehen«, hat die Bine scherzend ausgerufen. »Schmarren, geht ja ned. Du bist ja eh ned offiziell dabei!«

»Ja mei!«

»Ein befangener Illegaler. Sanktus, ich dreh ab. Echt fei!«

»Ja mei!«

»Jetzt hör doch amal mit deinem depperten ›Ja mei‹ auf«, hat die Bine geschimpft. »Überleg dir lieber, wie du mit dem Kerl umgehen willst. Du hast ja gesagt, die Kathi denkt darüber nach, ob sie sich unter Umständen mit diesem Typen treffen soll. Da musst du aufpassen, dass sich der nicht in dein Leben reinmankelt, und du bist nachher der Depp und stehst ohne Familie da.«

»Meinst?«, hat der Sanktus nervös gefragt. »Das würde die Kathi doch nie zulassen.«

»Holzauge, sei wachsam«, hat die Bine gemahnt. »Das wäre nicht das erste Mal. Pass auf den auf. Der ist gefährlich. Und sag jetzt ned ›Ja mei‹!«

Dann sind beide erst mal stumm, aber mit rauchenden Köpfen in Richtung Sanktus' Heimatadresse gefahren.

»So, was hamma jetzt?«, hat die Bine gefragt

»Also«, hat der Sanktus den Versuch einer Zusammenfassung gewagt. »Von der Vesely wissen wir nichts. Nur, dass sich der Wullmsdorff und der alte Vesely seit 50 Jahren kennen. Der Vesely hat die Regula nicht gemocht und geglaubt, sie hat den Wullmsdorff nur wegen dem Geld geheiratet.«

»Wegen des Geldes«, hat ihn die Bine korrigiert.

»Ja, du mich auch. Unterbrich mi ned allerweil«, hat der Sanktus gekontert. »Vom Merkel wissen wir, dass rechtsanwaltsmäßig irgendwas auf unterster Schublade abgelaufen ist. Da sollten wir einhaken. Das müssen wir prüfen. Jetzt zur Regula. Da scheint alles sauber zu sein.«

»Zu sauber«, hat die Bine gemeint. »Nur ein Gefühl. Nur ein Gefühl!«

»Find ich ned, aber du bist die Kommissarin«, hat der Sanktus entgegnet. »Der Wullmsdorff ist am Abend seiner Ermordung weggefahren.«

»Anscheinend ja nicht«, hat ihn die Bine wieder unterbrochen.

»Ja, falsch ausgedrückt. Der Wullmsdorff hat das Haus verlassen, ist nicht nach Niedersachsen, und wir müssen den Abend rekonstruieren.«

»Jetzt hamma 's richtig. Genau.«

»Die Regula hat ein Alibi für den Abend«, hat der Sanktus vervollständigt.

»Genauso wie der Mommsen, was uns zum nächsten Kandidaten bringt«, hat die Bine vervollständigt.

»Jepp. Der Mompe macht auf bescheidenen Kaufmann, und hinter dem Rücken ...«

»Sanktus, bleib objektiv«, hat ihn die Bine getadelt.

»War nur a Gaudi. Aber trotzdem«, hat der Sanktus gesagt, »könnte er ein Motiv für die Tat haben?«

»Und das Verhältnis mit Regula, das du ihm vorgeworfen hast?«, hat die Bine gefragt.

»Theoretisch möglich, aber meinst, dass die so einen wie den Mompe mag? Kann ich mir beim besten Willen nicht vorstellen.«

»Wir müssen noch das Alibi von der Regula prüfen«, hat die Bine festgestellt. »Die Bibi, die Felicitas ...«

»... und die Muschi«, hat der Sanktus vervollständigt.

»Wer machts? Du?«

»Ich ruf an, okay. Ist meine Kernkompetenz. Bibi und Muschi, ganz meine Zeit, o mei. Hex-hex!«

»Depp. Und kein Wort zum Bergmann, dass der Mommsen der Vater von der Martina ist. Verstanden? Sonst war's das mit dem Profiler.«

DER ANRUF

Am frühen Abend, der Sanktus hat sich, um sich nach den Eindrücken des Tages wieder zu erden, die Serie *Die Hausmeisterin* mit der Veronika Fitz angesehen, da hat das Telefon geklingelt. Er hatte der Kathi zuvor alles erzählt, dass der nervige Mompe aber Sehnsucht nach ihr hatte, jedoch weggelassen.

Den Sanktus hat den ganzen Nachmittag eine Frage gequält: Woher hat der Mompe gewusst, dass er mit der Kathi zusammen ist, und warum hatte sich der Mommsen, da er ja seit der Erbschaft nach München zurückgekommen war, nie früher gemeldet oder sich um die Kathi bemüht? Warum gerade jetzt? Irgendetwas war da komisch. Aber das würde er noch herausfinden.

»Sanktus«, hat die Kathi aus dem Bad gerufen, »kannst du bitte ans Telefon gehen?«

Der Sanktus raus aus seinen Gedanken und hinaus in den Gang zur Ladestation.

»Ja bitte!«

»Tach, Sanktus, hier Mommsen.«

Und schon hatte der Sanktus den Anrufer weggedrückt. Jetzt tief durchschnaufen.

Ein kurzer Blick in den Spiegel über dem Telefonkasterl und die Erkenntnis: Du hast schon mal besser ausgesehen, Sanktjohanser. Der Sanktus war etwas blass ums Näschen, Schweiß ist ihm auf der Stirn gestanden, und sein Herz hat gerast, da sagst du »Sie«!

Das Telefon hat erneut geklingelt. Die gleiche Nummer im Display.

»Verpiss dich!«, hat der Sanktus in das Mikrofon hinein-gezischt und wieder aufgelegt.

Wieder Klingeln.

»Wer ist denn das?«, hat die Kathi aus dem Bad gerufen.

»Ein Depp, der sich immer wieder verwählt«, hat der Sank-tus geantwortet und hat sich mit dem Telefon auf das Klo verzogen.

Kaum ist er gesessen, hat das Telefon wieder geklingelt. Dieses Mal ist der Sanktus gar nicht zu Wort gekommen.

»Ich rufe so lange an, bis Sie mit mir sprechen«, hat der Mommsen hektisch gesagt, um dem Sanktus zuvorzukommen.

»Okay, was willst du?«

»Ich wollte mich für mein Verhalten heute Nachmit-tag entschuldigen. Ich war ziemlich verzweifelt wegen des Mordes an Reinhard, da war ich zu aggressiv gestimmt. Ich bitte um Verzeihung. Vor allem für meinen Kommentar am Schluss. Das war nicht richtig.«

Jetzt wieder einmal großes Busstreifen beim Sanktus. Was hat jetzt das sollen?

»Dann passt's ja. Entschuldigung angenommen. Auf Wie-derhören!«

Dann hat der Sanktus wieder aufgelegt. Ihm war äußerst unwohl.

Das Telefon hat erneut geklingelt.

»Ja?«

»Ich wollte mich gerne mit Kathi treffen und vor allem mit meiner Tochter. Ich wusste bisher nicht, dass ich ein Kind habe …«

Sanktus jetzt heiß – kalt – heiß -Schweiß – Schüttelfrost – heiß – kalt – Magenkrampf.

Erst mal wieder auflegen. Nummer sicher. Dann hat er die Akkus herausgenommen.

Und das war die dümmste Idee, die du dir vorstellen kannst, weil der Sanktus hat in seiner Hektik nicht bedacht, dass sie ja zwei Telefone umeinanderliegen hatten, weil hast du immer eines, wenn's klingelt, und du kannst das zweite in Ruhe suchen. Weil bei zwei Kindern ist ein Telefon immer weg. So viel ist sicher.

Er hat nun das zweite Telefon klingeln gehört, die Kathi aus dem Bad tapsen und dann war Stille.

Der Sanktus hat ganz leise gelauscht und hat die Kathi »Thore?« sagen gehört.

Jetzt, hat er gewusst, geht das Gschieß los.

Und so war es dann auch.

DER BESUCH

Nach dem Anruf war die Kathi relativ blass für ihre Verhältnisse aus dem Schlafzimmer, in das sie sich mit dem Telefon verzogen hatte, herausgekommen und hatte dem Sanktus leise flüsternd gestanden, dass sie sich überreden hatte lassen, dass er sie am nächsten Tag besuchen dürfe, der Mommsen. Danach hatte sie sich mit der Martina mehr als zwei Stunden in deren Zimmer verbarrikadiert und sie darauf vorbereitet, ihren Erzeuger kennenzulernen. Der Sanktus hatte einstweilen den Schorschi ins Bett gebracht.

Das Einzige, was den Sanktus dann aufrechterhalten hatte, war, dass die Martina danach zu ihm ins Wohnzimmer gekommen war, der Sanktus hatte, seines Gemütszustands angemessen, die *John Wick*-Reihe begonnen, sich zu ihm auf die Couch gekuschelt und ihm ins Ohr gehaucht hatte: »Du bist mein einziger Papa, und aus die Maus!«

Und so war er da, der Tag der Invasion des leiblichen Vaters. Schon in der Früh hat es die Kathi umhergetrieben und von der Verzagtheit und Nervosität des Vortags war nicht mehr viel zu erkennen. Zuerst hat sie die Küche auf Hochglanz poliert, dann war sie wie eine Berserkerin mit dem Staubsauger durch alle Zimmer gepflügt, und als sie noch etwas backen wollte, ist ihr aufgefallen, dass ja die Küche schon sauber war.

»Sanktus«, hat sie gemeint, »könntest du beim Konditor …«

»No way«, hat der Sanktus abgewehrt und die Hand gehoben. »Nicht mein Zirkus, nicht meine Affen.«

Die Miene der Kathi jetzt versteinert, aber es war dem Sanktus so was von egal. Er würde für den Mompe genau gar nix, also null Komma null machen. Sicherlich nicht. Er würde ihn ertragen, aber das war's. Fertig.

Die Martina hat sich dann bereit erklärt, mit dem Schorschi zum Konditor zu gehen. Der Sanktus hat sich kurz überlegt, ob er es dem Buben verbieten sollte, aber er wollte die Kathi nicht gleich vollends auf die Palme bringen. Da hätte er den Krieg schon vor der ersten Schlacht verloren.

Dann hat er sich eine Halbe *Stern* aufgemacht und demonstrativ *John Wick 2* weitergeschaut. Die Kathi schon ein bisserl am Kochen.

»Ich geh noch zum Einkaufen und hol eine Brotzeit, falls er länger als zum Kaffee bleibt«, hat die Kathi gemeint.

»Kauf nicht zu viel«, hat der Sanktus gerufen. »Sonst haben wir das ganze Zeug nachher da.«

Jetzt hat er geschmunzelt, obwohl der Hauptdarsteller, Keanu Reeves, gerade den gefühlt 200. Menschen umgebracht hatte.

»Wer weiß, ob er wirklich so lange bleiben will.«

Jetzt ist die Kathi wie eine Furie in das Wohnzimmer rein, hat die Fernbedienung genommen und den Film gestoppt.

»Herr Sanktjohanser«, hat sie angefangen, »du reißt dich heute zusammen. Ist das klar! Ich kann auch nix dafür, dass der Thore nach all den Jahren auftaucht. Aber jetzt ist er da, und ich werde den Teufel tun und der Martina ihren Vater vorenthalten.«

»Der bin ich, hat sie gestern noch gesagt!«

»Du instrumentalisierst das Mädchen für deine Zwecke …«

Der Sanktus ist aufgestanden, ist in die Küche und hat sich eine weitere Halbe aufgemacht und die Kathi angelächelt.

»Muss das jetzt sein?«, hat die Kathi geschrien.

»Ja«, vom Sanktus, »Vorbereitung auf den hohen Besuch.«

»Du bist so ein Depp«, hat sie geseufzt und zu weinen angefangen.

»Nein«, hat der Sanktus gesagt. »Er ist ein Depp. Und ich bin dein Mann und ich brauch den Mompe ned. Ned im Guten und ned im Bösen. Ruf ihn an, sag, wir sind krank. Wir haben irgendeine Seuche. Und gut is's. Ich weiß, dass das kein Gut tut, wenn der kommt. Ende der Botschaft. Over and out.«

»Du bist so was von voreingenommen, Sanktus. Das ist furchtbar.«

»Hab ich von meiner Oma. Ist genetisch. Kann ich nix machen«, hat der Sanktus gesagt.

Dann hat die Kathi einen Wutschrei rausgelassen und ist zum Einkaufen abgedampft.

Der Sanktus hat einen lauten Rülpser ausgestoßen und sich wieder dem *John Wick* gewidmet.

DER MOMPE

Die Kathi war bald wieder von ihrer Einkaufstour und die Kinder vom Konditor zurück. Sie ist wortlos am Sanktus vorbei und hat den Küchentisch für Kaffee und Kuchen hergerichtet. Den Schorschi hatte der alte Sanktjohanser abgeholt, weil, wer weiß, welche Diskussionen entstehen würden. Das war nichts für einen Buben in der zweiten Klasse.

»Magst ned in die *Bierwerkel* gehen?«, hat sie dann den Sanktus gefragt. »Wenn dir das alles zu viel ist, dann …«

»Der Sanktus bleibt da, Mama«, hat sie die Martina unterbrochen. »Sonst geh ich auch. Na kannst allein mit dem Mompe reden!«

»Nennst du den jetzt auch schon so«, hat die Kathi geplärrt und vor Wut gleich wieder geweint. »Haltets nur zsamm, ihr zwei. Habts scho recht. Ist ja auch schon wurscht …«

»Mama«, hat die Martina beschwichtigt. »Reg dich ned auf. Ich bin ganz unvoreingenommen. Aber ich hab den Typen jetzt 17 Jahre ned gebraucht, und drum versteh ich den Hype jetzt grad ned. Soll kommen, ich sag schön grüß Gott, schau ihn mir an, und gut is's!«

»Herrschaftszeiten«, hat die Kathi geflucht und auf den Sanktus, der schon einen leichten im Tee hatte, gezeigt. »Du hast mehr von dem als von allen anderen, und derweil seids ihr ned einmal blutsverwandt.«

Der Sanktus und die Martina haben gelächelt.

»Kriegen wir, Mama«, hat die Martina gesagt und der Kathi ein Bussi auf die Backe gedrückt.

Der Sanktus ist aufgestanden und hat auch gemeint: »Kriegen wir, Mama«, und wollt der Kathi einen Schmatzer aufdrücken, aber die hat sich nur wortlos umgedreht und ist verschwunden.

»Geh a bisserl runter vom Gas«, hat die Martina gemeint. »Wird schon ned so schlimm werden.«

»Weiß ned, ob ich das kann«, hat der Sanktus wahrheitsgetreu gesagt, und es hat an der Haustür geklingelt.

Der Sanktus hat aus dem Gang Gemurmel hören können, und dann ist die Kathi mit dem Mommsen ins Wohnzimmer gekommen. Sie hat einen überdimensionalen Blumenstrauß in der Hand gehabt, und ein zweiter war anscheinend für die Martina bestimmt.

Der Mommsen hatte sich leger-vornehm herausgeputzt. Er war in Jeans, weißes Hemd und blaues Sakko gekleidet. Da hat der Sanktus in Jeans und Bud-Spencer-T-Shirt nicht mithalten können.

Der Mommsen hat die Martina begrüßt, ihr zwei Rechts-links-Backenvorbeischmatzer, die der Drengler so gemocht hat, gegeben und ihr die Blumen in die Hand gedrückt. Dem Sanktus hat er auch die Hand gereicht und eine Flasche Rotwein überreicht.

Irgendwie ist ihm der Typ heute anders vorgekommen als am Vortag. Sanfter, sein Gedanke. Nicht so aggressiv. Hatte der gestern was eingeworfen gehabt? Jetzt hat er gar nicht so einen unkommoden Eindruck gemacht, aber Vorsicht ist die Mutter der Porzellankiste, Sanktus.

»Ich freu mich sehr, dass ich heute kommen durfte«, hat er angefangen, als sie am Tisch gesessen sind und die Kathi Kaffee eingeschenkt hat.

Dem Sanktus ist das Ganze surreal vorgekommen, könnte aber auch an den vier Halben, die er bereits intus gehabt hatte, gelegen haben, oder *John Wick* hatte sein Übriges dazu getan.

»Ja, gern, Thore«, hat die Kathi gesagt. »Freut mich auch, dass wir uns nach der langen Zeit wieder sehen. Gell.«

Dem Sanktus ist aufgefallen, dass der Kathi auch nicht ganz wohl ums Herz war bei dieser Aktion. Passt, Gedanke jetzt.

»Und vor allem bin ich sehr glücklich, dass ich dich nun zum ersten Mal treffe, Martina. Du siehst deiner Mutter sehr ähnlich.«

Ja, Gott sei Dank nicht dir, hat sich der Sanktus gedacht, und am Gesichtsausdruck von seiner Stieftochter hat er gesehen, gleicher Gedanke. Da hat er grinsen müssen.

»Ach, wir haben so viele Jahre verpasst.«

Jetzt Räuspern beim Sanktus.

»Aber es waren verrückte Zeiten damals. Ich habe Kathi beim Studieren in München kennengelernt. Wir haben uns sofort verliebt.«

»Komisch«, seitens Sanktus.

»Weshalb?«

»Sanktus«, hat die Kathi geflüstert. »Ja, verliebt haben wir uns gleich, aber auch schnell wieder gemerkt, dass es ned das Wahre war, gell, Thore?«

»Findest du, Kathi?«, hat er erstaunt gesagt. »Ich habe das nie so gesehen. Es war so etwas Besonderes. Drum habe ich es nie verstanden, dass du dich nach unserer Reise und der einzigartigen Nacht, die wir dort verbrachten, nicht mehr gemeldet hast.«

»Stopp, Time-out«, hat die Kathi gestottert. »Keine weiteren Details!«

Druck auf dem Kessel beim Sanktus am Steigen.

»Schad«, hat er kurz gemeint, und die Martina hat ihm ihre Hand auf seine gelegt, was einen spontanen Druckabfall zur Folge hatte.

»Entschuldigung«, hat der Mommsen weitergemacht, »ich habe das falsch rübergebracht. Ich war nur erstaunt, dass ich nichts mehr von dir hörte, und dann musste ich ja in die USA.«

»Aber ich hab dich doch am Tag drauf mit der Nutt... äh, dem fremden Mädl gesehen. Ganz verliebt warts. So schaut's aus.«

»Fremde Frau? Nie und nimmer, Kathi. Nie und nimmer. Das war ich nicht. Ich schwöre es dir bei allem, was mir heilig ist. Du musst mich verwechselt haben.«

Vielleicht ist der schizophren, hat sich der Sanktus gedacht. Zwei Persönlichkeiten. Wer weiß?

Die Kathi war nun mehr als verwirrt.

»Egal«, hat sie gesagt. »Ist rum ums Eck.«

»Nein, nein, nein«, hat der Mommsen eingeworfen. »Das ist mir immens wichtig, dass du weißt, dass ich das nicht war. Weil, wir haben so viele Jahre verpasst.«

»Jetzt Vorsicht!«, ist es aus dem Sanktus herausgeschossen.

Die Martina hat große Augen gekriegt und die Explosion abgewartet.

»So habe ich das nicht gemeint«, hat der Mommsen sich verteidigt. »Ich bezog das auf meine Tochter. Ich habe Martina 17 Jahre nicht gesehen. Sie wurde mir sozusagen vorenthalten, ohne dass ich je negativ dazu beigetragen hätte. Du bist praktisch verschwunden, Kathi. Ich denke, ich habe das Recht, mich mit meiner Tochter zu treffen. Natürlich nur, so lang es für dich in Ordnung ist, Martina.«

Die Martina hat was sagen wollen, hat aber nur einen Schnapper nach Luft herausgebracht.

»Und drum möchte ich euch in den Allerheiligenferien zu mir auf mein Anwesen in Planegg einladen. Ich habe das von einem Onkel geerbt. Deinem, äh, Sanktus habe ich das ja bereits erklärt. Sonst könnte ich mir so etwas natürlich nicht leisten. Martina, wir könnten uns in Ruhe kennenlernen, und Kathi, vielleicht können wir zumindest wieder Freunde sein.«

»Und der Sanktus?«, hat die Martina gefragt.

»Muss in der *Bierwerkel* arbeiten«, hat die Kathi gesagt. »Lass uns drüber nachdenken, Thore. Das ist ein sehr nettes Angebot. Schauen wir mal.«

Am Tonfall von dem »Schauen wir mal«, hat der Sanktus gewusst, dass das ein glattes »Nein« war, und war wieder etwas beruhigt.

Somit war das Thema vom Tisch, und das Gespräch ist auf Gemeinplätze reduziert worden. Der Thore wollte Geschichten von der Martina hören, und dann ist über die alten Studienzeiten geredet worden. Der Sanktus hat dem Thore ein, zwei Halbe *Stern*-Bier kredenzt, was er dann aber gleich wieder sein hat lassen, da er gemerkt hat, dass sein Widersacher eher seitens Kathi zudringlich geworden ist, und dem Sanktus ist es so vorgekommen, als ob sich die Kathi geschmeichelt gefühlt hat. Die Martina war eher angeekelt. Das hat dem Sanktus natürlich Hoffnung gegeben.

Als dann der Mommsen nach einiger Zeit auf einmal erneut mit den Allerheiligenferien angefangen hat, sind beim Sanktus die Warnlichter angegangen.

»Da haben wir keine Zeit in der Woche«, hat er gesagt.

»Sanktus«, hat der Mommsen gemeint, »warum habe ich das Gefühl, dass du mir nicht traust?«

»Weil mir so einer wie du noch nie gefallen hat«, hat der Sanktus gesagt. »Gestern großkotzig, heute auf netten Papi machen. Mit dir stimmt was ganz gewaltig nicht, Spezl, und so was brauch ich nicht bei mir im Haus. So. Ich hab jetzt genug von dieser Seifenoper. Ich würd sagen, heb ma die Tafel auf, und du schleichst dich.«

Die Martina hat gegluckst vor Lachen, aber bei der Kathi äußerst giftiger Blick.

»Sanktus, hör auf«, hat sie gezischt, aber der Sanktus hat den Mommsen schon von der Eckbank hochgezogen gehabt und ihn zur Wohnungstür bugsiert. Der Mommsen hat sich nicht gewehrt.

Er hat die Wohnungstür geöffnet, den Besucher hinausgestellt und ihm seine schwarzen Slipper, die er anfangs ausgezogen hatte, in die Hand gedrückt.

»Ich lass mir meine Tochter nicht vorenthalten!«, hat der Mommsen durch das Treppenhaus geplärrt. »Nicht von Ihnen.«

»Schau, dass d' Land gwinnst, du Volldepp«, hat der Sanktus gesagt und ihm die Wohnungstür vor der Nase zugeknallt.

»Sanktus, spinnst du«, hat die Kathi, die inzwischen hinter ihm im Flur aufgetaucht war, geschimpft.

»Vielleicht. Aber jetzt is erst amal a Ruh. Punktum!«

Der Sanktus war auf 180, und der Rauch ist ihm aus dem Genick raus.

»Das lass ich mir von dir ned bieten«, hat die Kathi gekeift. »Der hat überhaupt nichts Böses gewollt, und du flippst so aus. Ich sag dir eins: Ich fahr mit den Kindern in den Ferien zu ihm nach Planegg. Punktum!«

»Guad. Na kannst ja die Nacht der Nächte noch mal mit ihm nachstellen. Muss ja der Wahnsinn gewesen sein.«

Die Kathi hat jetzt nach Luft gerungen.

»Du kannst manchmal so ein Arschloch sein, Sanktjohanser«, hat sie gestammelt und ist heulend ins Schlafzimmer abgerauscht.

Die Martina hat den Kopf geschüttelt, hat ihm aber ein Bussi gegeben und ist in ihr Zimmer. Wahrscheinlich hat sie jetzt der Betty-Lou alles berichten müssen.

Der Sanktus hat sich eine Flasche Whisky aufgemacht und *John Wick 3* eingeschaltet.

Die Kathi hat nicht mehr mit ihm gesprochen.

DER FEHLTRITT

Die nächsten Tage hatte der Sanktus in der *Bierwerkel* verbracht, da zu Hause sowieso Weltuntergangsstimmung und die Kathi schon für den Kurzurlaub auf dem Anwesen »Mompe« in Planegg am Vorbereitungen treffen war. Da hatte er nicht zuschauen können. Moralisch sozusagen unmöglich. Einmal hatte er sogar in der *Bierwerkel* übernachtet. So wenig hat es ihn heimgezogen. Nur seine Kinder waren ihm abgegangen, und nur wegen ihnen hat er sich überhaupt überwinden können heimzugehen. Da wollte er dem Mompe den Weg nicht kampflos freimachen. Aber es würde alles nichts helfen, am kommenden Freitag würde die Kathi mit der Martina und dem Schorschi losstarten und er dumm aus der Wäsche schauen. So hat's einmal ausgesehen.

Am frühen Nachmittag sind die Bierbrauer schon in der *Werkel* eingetroffen, denn ein Ermittlungsupdate ist angestanden. Auch die Bine war zugegen. Der Hanspeter hatte heute freigehabt und war mit seiner Annouk im Gebirge.

Alle waren im Verkostungsraum gemütlich in einer Nische am Fenster gesessen und hatten die erste Probe des *Smokey King Ludwig* vor sich. Die Brauer und die Bine haben zuerst gerochen, dann angesetzt, und der Sanktus hat sie erwartungsvoll angeschaut. Alle miteinander haben einen wissenschaftlichen Blick aufgehabt.

»Und?«, hat der Sanktus gefragt.

»Scho«, hat die Bine gesagt. »Scho. Also ich müsst's jetzt ned jeden Tag haben, aber scho guad.«

Das hat so viel geheißen, wie: Würd ich mir nie kaufen. Wunderbar!

»Sanktus«, hat der Schlauch-Gernot gesagt, »sei ma ned bös, aber du weißt ja eh, dass ich des neumodische Zeug ned mag. Also für mich is des nix.«

Na bravo!

»Was Bsonders, Bsonders«, hat der Ehrensberger Helmut gesagt. »Ich mag's. Aber viel kannst ned davon trinken.«

Ganz toll!

»Smecke wie diese ... was gibt's Schinkene immer Weihnachten bei de Metzger. Diese Prosciutto, der isse ganz schwarze«, hat der Giovanni geschrien.

»Geräucherts meinst, oder, oder?«

»Wie schmeckts dir?«, hat der Sanktus wissen wollen.

»Glaube, isse schwierige für den Gaumen italiano, der is gewohnte die vino ...«

»Passt, Giovanni, passt«, hat ihn der Sanktus abgewürgt.

»Ich bin ja Whisky-Liebhaber, mein lieber Sanktus«, hat der Piefke angefangen. »Ich würde diesem Gesöff hier das Prädikat *exquisit* ausstellen und gleich mal ein paar Kisten sozusagen *in advance* ordern. Cheers!«

Da ist die Tür aufgegangen, und der Drengler ist hereingekommen.

»Huhuuu!«, hat der Steuerberaterpreuße wie immer durch den ganzen Raum gerufen. »Oh, hier ist wohl 'ne unangemeldete Verkostung im Gange. Ulrike ist noch bei *Käfer,* und da wollte ich die Gelegenheit nutzen, mal wieder vorbeizukommen, nö? Und ich würde sagen, alles wieder mal richtig gemacht, nö? Was gibt's denn Gutes?«

»Einen *Smokey King Ludwig*«, hat der Haferl erklärt. »Ein *Bock* mit *Islay-Whisky-Malz*. Verreckte Sache, muss ich sagen. Sanktus, wirklich verreckt. Ich komm mir vor, als wär ich in Schottland. Gell, du hast *Cara Dunkel* da drin? Die Süße harmoniert perfekt mit dem Rauchigen. Ned zu viel Röstmalz, grad genug, um den Rauch zu untermauern. Und für den schönen Schaum eine Handvoll Weizen, oder? Na ja, darfst jetzt offiziell ned zugeben. Ist schon klar. Und der Geruch, schöne Esterfraktion. Ungewohnt für ein Untergäriges. Hopfen sehr dezent. Nix Neumodisches, weil passt ja ned zum Rauch. Perle würd ich tippen. Alles in allem: perfekt. Respekt, Sanktus.«

Der Sanktus war baff über die Analyse des sonst so wirren Haferls.

»Na, nu lass mir doch auch mal so einen Schottentrunk zukommen, mein lieber Sanktus, nö. Bin ja schon ganz ausgetrocknet. Wie sagt ihr immer: Moi Mäui is so trockaa, i könnt niemads mehr ospein. Jut, nö? Mein Bayerisch wird immer besser, nö?«

»Wos hat er gsagt?«, hat der Schlauch-Gernot gerufen.

»Er hat so eine trockene Fotzn, dass er nicht mal wen anspeiben könnt, meint er«, hat der Sanktus erklärt.

»Fischhuber, Andreas. Angenehm«, hat der Haferl sich dem Drengler vorgestellt. »Wir kennen uns noch ned.«

»Engler, Jens. Sehr angenehm. Sie sind neu hier in dieser Combo?«

»Ja, äh, Engler, warum denn dann Drengler?«

»Tja«, hat der Drengler lächelnd geantwortet. »Das ist so eine Marotte von unserem Sanktus. Dr. Engler zusammen gelesen ergibt den Drengler, und da ich ja auch schon des Öfteren mit meinem lieben Freund ermittelt habe – und dabei immer beste Ergebnisse erzielte – habe ich ihn auch mehrmals zur Eile antreiben müssen, sozusagen gedrängt. Daher mein Spitzname.«

»Jens, probier und sei stad«, hat der Sanktus den Drengler aufgefordert zu trinken. »Hast du auch mal drüber nachgedacht, dass das vom ›in den Vordergrund drängen‹ kommen könnte?«

Der Drengler hatte während des Monologs nicht einmal gemerkt, dass ihm der Sanktus einen *Smokey King Ludwig* in die Hand gedrückt hatte.

Jetzt hat die Drengler-Verkostungs-Arie angefangen.

Zuerst hat er das Glas ins Licht gehalten und geschwenkt. Dann hat er genickt, seine Augen geschlossen und mindestens zehnmal, das Glas am Stil haltend, unter seiner Nase herumgeschwenkt und eingeatmet. Aber schon Züge, dass du meinst, er wird allein vom Alkohol durch die Schleimhäute betrunken. Dann hat er einen tiefen Schluck genommen und das Bier von rechts nach links, von hinten nach vorne in seinem Mund herumgespült. Gefühlt hat es eine Ewigkeit gedauert. Der Haferl war begeistert. Dann hat der Drengler geschluckt.

»Na, schenk noch mal nach, Sanktus Gambrinus. Ich brauche noch 'nen Scanvorgang«, hat der Drengler gerufen, sich dabei fast verschluckt und dem Sanktus das Glas hingehalten.

»Mir bitte auch«, hat der Haferl gemeint.

»Würd mich auch nicht schlagen lassen«, hat der Piefke gesagt.

»Dem Rest a *Märzen*, *Märzen*«, hat der Ehrensberger vervollständigt.

Der Sanktus hat noch eine Runde geholt, und alle waren erst einmal wieder versorgt.

»Jetzt erzählts doch mal von den Ermittlungen«, hat der Haferl den Sanktus und die Bine aufgefordert.

»Oh, oh«, hat der Drengler ausgerufen und wie ein Schepperlaff in die Hände geklatscht, so wie er es immer gemacht hat, wenn er aufgeregt war. »Ein neuer Fall, da bin ich genau zur rechten Zeit hergekommen.«

Der Sanktus war heilfroh, dass ihm durch den Aufruf vom Haferl die Drenglersche Bieranalyse erspart geblieben war.

Die Bine hat den Sanktus fragend angesehen, und der hat genickt, und sie haben berichtet.

»Da fällt mir ein«, hat die Bine geschlossen, »hast du eigentlich die drei Weiber wegen dem Alibi angerufen?«

»Zefix«, hat der Sanktus zugegeben, »das hab ich vergessen. Bin ich ein Trottel. Vor lauter Planegg!«

»Planegg?«, alle im Chor.

»Ist a andere Gschicht. Erzähl ich euch später«, hat der Sanktus abgewiegelt.

»Darf ich des machen?«, hat der Haferl ausgerufen. »Ich tät die Damen gerne wegen ihrem Alibi befragen. Ich war nämlich mal bei der Seelsorge-Hotline. Vor meiner Berufung zum Brauer, wissts!«

»Berufung, Berufung«, hat der Ehrensberger gemurmelt.

»Gut«, hat die Bine gesagt. »Du bist der Herr Christoph. Das ist unser Praktikant. Passt. Aber da brauchen wir vorher schon noch eine Runde, Sanktus.«

Der Haferl hat gewählt und auf Lautsprecher geschaltet.

»Ja, bitte.«

»Ja, grüß Gott. Spreche ich mit Frau Bibiana Edenkofler? Mein Name ist Thomas Christoph von der Kripo München.«

»Kripo? Ich hob nix gedan. Ich hob doch geschtern scho gsogcht, ich prakchtizier doch auch schon lang nimmer«, hat die Stimme in tirolerischem Akzent entgegnet.

»Nein, nein, Frau Edenkofler. Eh klar. Äh, wie meinen S' praktizieren?«

»Na, Burschi, i moan, du woasch scho, was i moan, aber lass ma dös. Duad ja scheinboar eh nix zur Sach. Da hab ich dich jetzt verwechselt.«

Der Haferl hat jetzt das Mikro des Telefons zugehalten.

»Des, mein ich, war mal eine vom horizontalen Gewerbe«, hat er geflüstert, und man hat ihm angekannt, dass er voll in seinem Element war.

»Nein, nein. Genau, Frau Edenkofler. Eh ned. Es geht mir nur um die Bestätigung eines Alibis. Waren Sie am Freitag, 22. Oktober, mit Frau Regula von Kessel-Wullmsdorff zusammen unterwegs?«

»Mit der Regula? Jo eh. Mir woarn beim *Pusser's* und hom Cokchdails gedrunkchn.«

»Ja. Das deckt sich mit unseren Angaben. Danke, Frau Edenkofler. Das war's dann eh. Vielen Dank.«

»Gern, ciao, Burschi!«

»Und was sagts?«, hat der Haferl gefragt. »War ich gut?«

»Wunderbar«, hat der Sanktus bestätigt. »Ein wahrer Profi!«

»Aber was war denn das für eine?«, hat die Bine gefragt.

»Hat mich die verarscht?«, hat der Haferl gefragt.

»Weiß ned«, hat der Sanktus gemeint. »Aber sie hat das Alibi bestätigt. Müssen wir die anderen Frauen überhaupt noch anrufen?«

»Eine würd ich noch versuchen«, hat die Bine gesagt. »Dann sollt's abgesichert sein.«

Der Haferl hat wieder gewählt.

»Hallo!«

»Ja, grüß Gott. Spreche ich mit Frau Melanie Schneider?

Mein Name ist Thomas Christoph von der Kripo München.«

»Ja-ha, sprechen Sie. Um wos geht's 'n bittä-ä?«

Der Haferl hat den Hörer wieder zugehalten.

»Die kaut doch Kaugummi«, hat er geflüstert. »Hörts ihr auch das Schmatzen?«

Alle haben genickt.

»Hallo-o? San Sie no dro-o?«

»Ja, ja. Bin scho dran«, hat der Haferl gesagt. »Wir hätten eine Frage: Waren Sie am Freitag, 22. Oktober, mit der Frau von Kessel-Wullmsdorff unterwegs?«

»Und woher woaß i jetzt, dass Sie wirklich von der Polizei sa-and?«, hat die Schneider schmatzend wissen wollen.

Der Haferl hat fragend in die Runde geschaut und mit den Achseln gezuckt. Dann haben seine Augen kurz aufgeleuchtet.

»Frau Schneider«, hat er mit tiefer Stimme gesagt, »wir können das auch hier auf dem Revier klären, wenn Sie wollen. Ich schick Ihnen gerne eine Vorladung.«

»Naa-a. Des mach ma anders. Wenn Sie wirklich mit da Retschie gredt ha-am, na wissen S' ja, wia s' mi immer nennt.«

»Ja. M… M… Mu… Muschi«, hat der Haferl gestottert.

»Passt«, hat die Schneider gemeint. »Bestätigt!«

»Hä?«

»Mia warn an dem Ta-hag mit da Bibi und der Felicitas im *Putzer* am Platzl. Glangt Eahna de-es?«

»Ja, Frau Muschi, äh, Schneider«, hat der Haferl geschlossen. »Pusser's, gell! Äh, Wiederhören.«

»Tscha-hau!«

»Die machen mi fertig«, hat der Haferl gesagt. »Da ist ja eine dümmer wie die andere. Was hat denn die für Freundinnen?«

»Das frag ich mich auch«, hat der Sanktus bestätigt. »Für die Chefin eines Pudding-Imperiums ungewöhnlich, oder?«

»Vielleicht war sie im Bett ja fleißitsch«, hat die Bine à la *Bullyparade* getschechelt. »Und der Reinhard war gelditsch. Hat ja der Vesely schon gemeint, dass es so war.«

»A geh«, hat der Sanktus gesagt. »So einen Eindruck hat sie doch gar ned gemacht.«

»Auf jeden Fall hat s' ein Alibi«, hat der Haferl konstatiert.

»Und du warst definitiv nie bei der Seelsorge«, hat der Sanktus gemeint.

»Kurz, Sanktus. Kurz schon. War aber ned meine Kernkompetenz. Das Ermitteln taugt ma da scho eher«, hat der Haferl geschlossen und den Sanktus mit seinen großen Fischaugen angeschaut.

»Kriegen wir no a Runde?«

Und so ist noch eine Runde und noch eine Runde getrunken worden, und die Bierbrauer sind immer lustiger geworden. Der Schlauch-Gernot hat eine Lautstärke draufgehabt, da sagst du »Sie«, der Piefke und der Drengler haben geredet wie ein Buch und sind sich in ihren norddeutschen Heldentaten ergangen, der Giovanni hat lautstärkenmäßig gegen den Schlauch-Gernot angekämpft, nur der Ehrensberger ist ganz still dagesessen und hat schielend den ganzen Laden im Blick gehabt. Der Haferl hat in die Bine hineingeblubbert und ihr seine sämtlichen Theorien zum Fall dargelegt. Die Bine hatte auch schon einen Leichten sitzen und hat ihm mit starrem Blick, immer wieder nickend, zugehört. Der Sanktus, der den Rauchbock auch schon gespürt hat,

hat zwischendurch Wasser getrunken, weil einer hat ja den Verkostungsraum, der sich schon gut mit anderen Gästen gefüllt hatte, versorgen müssen.

Irgendwann sind die Brauer samt Bine verschwunden, und die Ulli hatte ihren Drengler mit drohendem Blick und kurz angebundenen Worten abgeholt und heimbugsiert.

Der Sanktus war grad am Durchschnaufen, da ist die Martina mit der Engler Betty-Lou in die *Bierwerkel* hereingekommen.

»He!«, hat der Sanktus gerufen. »Was treibt euch denn da her?«

»Ich halts daheim nimmer aus, Sanktus«, hat die Martina angefangen. »Da bin ich zur Betty, und wir haben geratscht.«

»Und dann ist meine Ma mit meinem Pa heimgekommen«, hat die Betty erzählt. »Mann, was habt ihr denn mit dem gemacht? Der ist ja total knülle.«

»Der hat einen *Bock* probiert«, hat der Sanktus gemeint. »Also mehrere!«

»Das merkt man. Der redet ja so schon zu viel, aber jetzt ist es nicht mehr auszuhalten.«

»Da haben wir uns gedacht, wir kommen auch einmal vorbei«, hat die Martina gesagt, und dem Sanktus ist aufgefallen, wie groß sein kleines Mäderl eigentlich inzwischen war. Eine richtige junge Frau mit guter Figur und hübschem Gesicht. Da hat er schön langsam aufpassen müssen. »Muss ich da am Freitag für eine Woche hinfahren?«

Aha, jetzt war es raus. Sanktus-Rat war wieder einmal gefragt.

»Fahr hin, na is a Ruh, und die Mama ist zufrieden. Eigentlich macht sie die ganze Aktion ja wegen dir. Damit dir dein Erzeuger nicht verwehrt bleibt. Und wenn's dir zu blöd wird, ruf mich an«, hat der Sanktus gesagt.

»Kannst du ned einfach auch mitfahren?«, hat die Martina gefragt. »Allein dort mit der Mama, dem Schorschi und dem Mompe. Boah, ich kotz!«

»Die will mich doch ned dabeihaben. Da müsst sie ja mit mir reden. Außerdem würd ich die Veranstaltung eh nur sprengen.«

Wobei es mich schon interessieren würde, was da in Planegg vor sich geht, Gedanke vom Sanktus.

»Die spinnt sich schon wieder aus. Warts ab«, hat die Martina gemeint.

»Nimm halt die Betty mit«, hat der Sanktus vorgeschlagen.

»Ui, ja«, hat die Betty aufgeschrien. »Das ist eine super Idee. Das machen wir. Meinst du, das klappt?«

»Sagst der Mama einfach, wenn die Betty nicht mitdarf, weigerst du dich mitzukommen. Du brauchst da die Unterstützung von deiner besten Freundin. So einfach ist das.«

»Okay, ich probier's. Wir setzen uns rüber ans Fenster und trinken ein *IPA*. Dann verschwinden wir wieder«, hat die Martina gemeint.

Der Sanktus hat den beiden ein Glas eingeschenkt und in die Hand gedrückt.

Relativ spät am Abend, die beiden Mädchen waren schon einige Zeit weg, ist die Tür aufgegangen, und die Lena, Sanktus' beinamputierte Freundin und Teilzeit-Mitermittlerin, ist hereingekommen. Sie war ohne Prothese unterwegs und hat in ihrem kurzen Rock und dem kniehohen Lederstiefel wie immer sexy und verführerisch ausgesehen. Sie ist zum Sanktus hergekommen und hat sich an die Bar gesetzt.

Ihre Krücken hat sie an den Tresen gelehnt. Der Sanktus hat sie genauer angeschaut und ihm ist aufgefallen, dass ihr Make-up um die Augen herum verschmiert war. Auch ihr Blick war nicht so lebhaft wie sonst.

»Lena, was is los?«, hat der Sanktus gefragt.

»Hast was Starkes?«, hat sie gefragt.

»*Islay Malt Bock*!«

»Her damit.«

Der Sanktus hat der Lena einen *Smokey King Ludwig* eingeschenkt, und die hat angezogen.

»Pfuideifi, is des greislig. Ja pfiat di Gott, schöne Bäuerin«, hat die Lena sich beschwert. »Des kann i ned trinken.«

Bei jedem anderen wäre der Sanktus jetzt tödlich beleidigt gewesen, aber bei der Lena war das was anderes. Sie hatte ihm seinerzeit in der größten Not geholfen, als ihn die Polizei in Form des Kriminalassistenten Demuth verfolgt hatte, und ihn bei sich versteckt. Sie war eigentlich seine beste Freundin, hat man so sagen können. Sie und die Loipeldinger Evi, Sanktus' Freundin aus Kindheitstagen. Die Lena hat der Sanktus seit seiner Gymnasialzeit gekannt.

»Ich hab noch was anderes. Einen Restbestand. Hab ich im Sommer gemacht. Ein belgisches helles *Tripel*. Hab ich extra Hefe aus einer Trappistenbrauerei geholt. War nur mit Beziehungen möglich. Ich hab noch a paar Flascherl. Hat neun Prozent Alkohol.«

»Passt. Genau richtig«, hat die Lena gesagt.

Der Sanktus hat ihr das Bier gebracht, und die Lena hat langsam eine Flasche nach der anderen getrunken. Er hat sich gefragt, ob das an diesem Tag am Wetter gelegen hat, weil gleich alle miteinander so einen Durst gehabt haben. Sogar die Schranner Bine hatte er heut angetrunken erlebt.

Das war das erste Mal. Da war es auch sicherlich kein Wunder, dass die Kathi so mies drauf war. Alles in allem schlechtes Karma. Hat nur gefehlt, dass der Bhupinder noch auftaucht.

Gegen 21.30 Uhr hat sich der Verkostungsraum geleert, und der Sanktus hat zugesperrt. Endlich hat er sich mit der Lena in Ruhe unterhalten können.

»Lena, ois klar bei dir?«

Die Lena hat auf das Holz des Tresens gestarrt und mit einer Hand ihr Kinn gestützt. Ihr Blick war schon etwas verschwommen.

»Nix is klar. Mein Alter ist mir davon!«

»Der Rudi?«, hat der Sanktus gefragt.

Die Lena war mit dem Bergmann Rudi, dem Chef von der Bine, zusammen. Sie hatten sich vor zwei Jahren kennengelernt. Zuvor war sie mit dem Graffiti, Sanktus' bestem Freund, zusammen. Zum Graffiti hatte die Lena besser gepasst als zu dem etwas spaßbefreiten Franken Bergmann, aber auch der hatte dem Sanktus schon einmal in seinen frühen Tagen bei der Münchner Polizei in einer Notsituation als guter Freund beigestanden.

»Ja, wer denn sonst? Der Papst Franziskus?«

»Naa. Klar. Hat mich nur gewundert«, hat der Sanktus gemeint. »Und warum? Was ist vorgefallen?«

»Der hat mich die ganze Zeit bemuttert. Lena, langsamer, sonst fällst du, Lena, wart, ich bring dir deine Prothese, Lena, soll ich das ned lieber machen.«

»Erst a mal ned schlimm, oder?«

»Doch, schon schlimm! Wenn dich dein Freund nicht für voll nimmt. Ich bin ned unfähig. Ich hab halt nur einen Haxen, aber sonst fehlts nicht um die ganze Neuhauser Straße bei mir.«

»Das war beim Graffiti anders, gell?«

»Ja, der hat kein so ein Gschieß gemacht. Der hat mich einfach so akzeptiert, wie ich bin.«

»Und er ist wahnsinnig auf dein Stummerl gestanden«, hat der Sanktus gesagt.

»Ich weiß. Drum hab ich selten die Prothese drangehabt. Ich mag des Ding eh ned. Prost.«

»Aber was war jetzt mit dem Rudi?«

»Mei, mir ist der immer mehr auf die Nerven gegangen, und du kennst mich ja, du bist ja auch so, wenn dich eh schon jemand furchtbar aufregt, dann kann derjenige das alles noch so gut machen, dann ist es egal. Dann könnt er vergoldet sein.«

»Und?«

»Und dann hat er die Sigrid kennengelernt. Sigrid Reuter, Grundschullehrerin, ein Jahr älter als er, Erscheinung wie ein Rauschgoldengel und vollständig mit vier Gliedmaßen.«

»Aha!«

»Das war's dann! Heut ist er ausgezogen. Und bei dir?«

»Thore Mommsen, keine Ahnung, wie alt, Erscheinung wie der Hinnerk Schönemann, Erzpreuße und der leibliche Vater von der Martina.«

»Scheiß die Wand an«, hat die Lena gehaucht. »Willkommen im Klub der Trottel!«

»Am Freitag fahren sie zu ihm auf seinen Landsitz nach *Plan-Egg*!«, hat sich der Sanktus echauffiert.

»Das, wenn einer schon so sagt, kannst ihn in der Pfeife rauchen. So viel ist sicher«, hat die Lena festgelegt.

Der Sanktus hat ihr die Faust hin gereckt, und sie hat ihre dagegen geschlagen. Dann haben sie noch einen Schluck getrunken.

»So schaut's aus. Und reden tut sie auch nicht mehr mit mir, weil der Herr hat ja seine Aufwartung gemacht, und ich hab ihn am Ende rausgeschmissen, sozusagen entfernt.«

»Brav, Herr Sanktjohanser. Brav. Krieg den Deppen. Und ich kauf mir so eine Prothese wie die Helena Bonham Carter in dem *Lone Ranger*-Film. Weißt, mit einem Gewehr drin, und wenn die Sigrid mir über den Weg läuft, reiß ich den Haxen hoch und schieß sie über den Haufen. So schaut's aus!«

»Aber er ist dir doch so auf den Wecker gegangen«, hat der Sanktus gefragt, und ihm war klar, dass sie beide inzwischen gut angetrunken waren.

Jetzt hat die Lena zum Weinen angefangen.

»Ja, aber ich hab ihn ja trotzdem mögen.«

»Oje, das ist der Punkt, an dem wir Männer aussteigen. Das ist Frauenlogik. Magst noch eins?«

Die Lena hat genickt, und der Sanktus hat noch zwei Tripel eingeschenkt.

»Aber hast recht. Er hat mich nie so akzeptiert, wie ich bin«, und dann hat sie dem Sanktus ins Ohr geflüstert: »Und er hat nie meinen Stumpf angerührt. Der Graffiti hat sogar *Nutella* draufgeschmiert und runtergelutscht.«

Jetzt hat sie lachen müssen, und der Sanktus hat wahrscheinlich geschaut wie ein Schaf. Die Lena hat ihn angelächelt, und der Sanktus wäre bei diesem Lächeln am liebsten dahingeschmolzen.

»Darf ich ihn mal anlangen?«, hat er gefragt.

»Aha«, hat die Lena etwas schleppend geantwortet. »Ein Connaisseur.«

Dann hat sie seine Hand genommen und unter ihren Rock zu ihrem Beinstumpf geschoben. Der Sanktus war ihr nun ganz nahe und hat ihr in die Augen geschaut. Ihm war noch nie aufgefallen, dass die Lena so schöne blaue Augen gehabt hat. Und dann hat er nicht anders gekonnt und sie geküsst.

Sie hat kurz gezögert und den Kuss dann begierig erwidert. Sie hat ihn umarmt, ganz festgehalten und mit ihrem einen Bein halbseitig umschlungen. Sie war leicht wie eine Feder, sodass das Weiterküssen kein Problem war. Der Sanktus hat sie dann zu seinem Kammerl getragen, in dem er ein Bett hatte, falls er mal hier in der *Bierwerkel* übernachten hat müssen. Gott sei Dank hat er es vorher aufgeräumt gehabt.

Er hat die Lena auf das Bett gelegt und ihr den Stiefel ausgezogen. Dann hat er ihr, immer noch wild küssend, die Bluse aufgeknöpft, den Rock und die Strumpfhose heruntergestreift und den BH ausgezogen. Gott sei Dank hat er gleich den Mechanismus kapiert. Sie hat ihn danach auch relativ schnell nackig gemacht gehabt. Er hat ihren Fuß in die Hände genommen und ihr die Zehen geküsst. Knallrot waren die Nägel lackiert, und schöne Zehen hat sie gehabt. Ein Muss für den Sanktus. Dann hat er sich langsam über die Wade, den Oberschenkel zu den festen Brüsten hochgearbeitet. Die Lena hat ihn ganz fest an sich gezogen und er ist endlich in sie eingedrungen.

»Das war schon lang einmal fällig«, hat die Lena gemeint, als sie nachher verschwitzt auf dem Rücken gelegen sind. »Seit dem Faschingsball seinerzeit schon!«

DER VERDACHT

Am nächsten Tag ist der Sanktus aufgewacht, und ihm war seit Langem wieder einmal wohlig warm ums Herz. Er hat die Augen aufgemacht und hat die Lena gesehen, die sich im Schlaf fest an ihn gekuschelt hat. Ein wunderbares Gefühl. Irgendwie ist er sich wieder jung vorgekommen. Fast verliebt ...

Sofort hat sich bei ihm das schlechte Gewissen gemeldet, aber der Sanktus hat es verdrängt. Fahr du zu deinem Mompe, hat er sich gedacht. Ist mir doch egal. Nur bei dem Gedanken an seine Kinder war ihm nicht wohl, und es hat sich sofort ein Kloß im Hals gebildet. Er würde es nicht ertragen, von ihnen im Fall einer Trennung separiert zu sein. Aber wahrscheinlich hätte er sich das *vor* seinem Verhalten gegenüber Martinas Erzeuger und *vor* seinem gestrigen Sexabenteuer überlegen sollen. Nun ja, das war jetzt aber eh zu spät.

Die Lena ist auch gerade aufgewacht und hat den Sanktus mit müden Augen und vermutlich mittelschwerem Kater angeschaut.

»Da hamma wieder was angestellt, mir zwei, gestern«, hat sie gemurmelt. »Aber schön war's!«

Dann hat sie ihn auf die Brust geküsst.

»Schön war's schon«, hat der Sanktus bestätigt.

»Mach ma des jetzt öfters?«, hat die Lena gefragt.

»Weiß ned«, hat der Sanktus geantwortet.

»Du liebst doch deine Kathi«, hat die Lena angefangen. »So schaut's aus! Du hast einen super Buben mit ihr und eine tolle Stieftochter. Gib das ja ned auf.«

»O mei«, hat der Sanktus geseufzt und der Lena einen Kuss auf die Stirn gegeben. »Und das hier?«

»Sagst ihr ned.«

»Und du?«

»Ich such ma an Neuen«, hat die Lena seufzend geantwortet. »Mal wieder.«

»Du findest doch locker einen. Und wenn die Kathi beim Mompe bleibt …«, hat der Sanktus angefangen.

»Kommst zu mir«, hat die Lena lachend vollendet.

»So mach ma 's«, hat der Sanktus gesagt. »Ich bring a *Nutella* mit. Aber jetzt geh ma besser heim, oder?«

Der Sanktus hat der Lena die Krücken vom Tresen gebracht, und sie ist erst einmal nackt zur Toilette gegangen. Der Sanktus hat gleich wieder eine Erektion gespürt.

Gegen Mittag ist der Sanktus, nachdem er in der *Bierwerkel* aufgeräumt hatte, dann in der Wohnung am Johannisplatz eingetroffen.

Er hat die Tür aufgesperrt und laut »Guten Morgen« gerufen, aber wie zu erwarten, keine Antwort. Die Kathi hat kurz in den Gang rausgeschaut, hat sich aber dann in die Küche zurückgezogen.

Der Sanktus ist ins Bad, weil er unbedingt duschen hat müssen, also Direttissima.

Er hat gerade sein Gewand in die Wäschetruhe geworfen, da ist die Kathi reingekommen. Der Sanktus, splitterfasernackt, hat sie angeschaut wie ein Auto, die Kathi hat ihn kritisch beäugt. Dann hat sie die Nase gerümpft und eingeatmet. Immer wieder. Wie ein Tier, das Witterung aufnimmt. Der Blick jetzt kritisch und einer Fährte folgend. Sie ist ihm immer nähergekommen und hat dann direkt an seinem Hals gerochen und ihn strafend angeschaut.

»Wo warst du?«

»In der *Bierwerkel*.«

»War sonst noch wer da?«

Der Sanktus hat die Brauer und die Bine aufgezählt.

»Noch wer?«

Jetzt hat er gezögert, weil er nicht gewusst hat, ob er die Martina und die Betty verraten sollte.

»Ja?«

»Eigentlich niemand, Kathi. Nein, niemand«, hat der Sanktus gemurmelt.

Der Blick in die Kathi-Augen, die sich mit Wasser gefüllt haben, war nicht schön, und dem Sanktus war klar, dass er aufgeflogen war. Die Kathi hat sich die Tränen aus dem Gesicht gewischt.

»Hat's des braucht? Ha? Aber na passts ja. Freitagmittag sind wir weg. Nach der Woche klären wir dann alles Weitere.«

Und dann war wieder Funkstille zwischen den beiden. Was »alles Weitere« war, hat sich der Sanktus noch nicht ausmalen wollen.

Er hat sich geduscht und eine gefühlte halbe Stunde Wasser über den Körper laufen lassen, aber er ist nicht sauber geworden. Irgendwie hat er den Geruch von der Lena weiterhin in der Nase gehabt. Den Geruch von Leidenschaft, Unbeschwertheit und Freiheit.

DER HILFERUF

Es war Donnerstagabend. Der Sanktus war in den letzten Tagen, soweit es gegangen ist, bei den Kindern daheim geblieben, da er sie ja jetzt dann eine Woche nicht sehen würde. Die Kathi hat weiterhin kein Wort mit ihm geredet, nur, wenn die Kinder in der Nähe waren, da die Atmosphäre sonst völlig unerträglich gewesen wäre. Das hat ihr der Sanktus hoch angerechnet, da er ja in der Schuldfrage zwecks außerehelichem Sex die Hitliste angeführt hat. Die Blicke, die sie jedoch in seine Richtung verschossen hatte, waren eiskalt und wären tödlich gewesen wenn irgendwie möglich.

Am Freitag, Tag der Abfahrt, hatte der Sanktus Dienst in der *Bierwerkel,* und da war er froh drüber, denn die Aktion würde er sich nicht antun. Das hat sein Nervenkostüm nicht ausgehalten. Erstens das Chaos, und dann in dieser Situation? Hats einfach nicht gebraucht. Doch heute Abend war er noch da und hat mit dem Schorschi ein Spiel gespielt, *Spiel des Jahres Neunzehnhundert-schlag-mich-tot*, und der Sanktus hat natürlich verloren, denn im Spielekapieren war er schon immer ganz hinten in der Reihe angesiedelt. Der Schorschi war total genervt.

»Mensch, Papa. Jetzt konzentrier dich doch amal. Ich kann's ja a«, hat er den Sanktus geschimpft.

»Ja, weil dein Hirn über 35 Jahre jünger ist. So schaut's aus. Wie ich so alt war wie du, war ich auch noch gescheiter!«

Gerade, als er den Satz von sich gegeben hatte, ist die Kathi ins Zimmer gekommen und hat laut, ja fast hysterisch aufgelacht. Na ja, zumindest hat sie in irgendeiner Weise doch einmal wieder mit ihm kommuniziert. Zumindest im übertragenen Sinn.

»Schorschi, ab ins Bett. Es ist Zeit«, hat sie gesagt.

Der Bub hat sich murrend ins Bad zum Zähneputzen verzogen.

Kurz darauf ist Martina hereingekommen.

»Sanktus, wir müssen noch *Squid Game* fertig schauen. Wir haben noch drei Folgen, und ich halt des ned bis übernächste Woche aus. Des is sooo spannend«, hat sie bestimmt.

»Und die Mama?«, hat der Sanktus gefragt. »Die mag die Serie doch ned.«

»Die hat jetzt Pech gehabt. Hätt sie den gschissnen Besuch ned ausgmacht ...«

Wie beim letzten Mal hat sie sich an den Sanktus gekuschelt und hat den Streamingdienst gestartet.

Da hat das Sanktus-Handy geklingelt. Der Sanktus ist gezwungenermaßen rangegangen.

»Sanktus, hier ist die Regula.«

»Regula? Du?«, hat der Sanktus geantwortet und der Martina das Zeichen gegeben, dass sie kurz warten möge. »Was gibt's?«

»Sanktus, ich werde bedroht!«

»Wie? Von wem?«

»Kann ich dir am Telefon nicht sagen. Kannst du mir helfen? Du und deine Brauerkollegen. Ihr habts doch schon zusammen Kriminalfälle gelöst.«

»Ja, aber wie?«

»Ich bin jetzt eine Woche weg. Auf dem Anwesen von einem Freund. Dort feier ich meinen 50. Geburtstag. Großes Fest. Und nun werd ich bedroht. Ich hab Angst, und ich bräucht sozusagen Personenschutz. Da sind mir du und deine Brauerkollegen eingefallen. Denen würd ich morgen eine Woche bezahlten Urlaub geben. Ist eh ned viel los. In der Brauerei ist Überholung.«

»Okay, Regula. Ich frag sie. Wo wär denn das?«

»Das Anwesen gehört Thore Mommsen. Du kennst ihn ja.«

Dann hat sie eine Adresse in Planegg genannt. Dem Sanktus haben sämtliche Farben vor den Augen getanzt. Auf dem Anwesen von dem Mompe? Jetzt hat ihn der fahrende Ritter aus dem *Harry Potter Teil 3* gestreift. Ein Bus oder Doppeldecker hat da nicht mehr gereicht. Warum feiert die Regula bei dem Mompe-Deppen Geburtstag, und wer bedroht sie, und wie passt seine Familie da rein und, und, und …? Und er würde bei der Martina und vor allem bei der Kathi in der Nähe sein können.

»Das klappt 100-prozentig«, hat der Sanktus bestätigt. »Ich komm auf jeden Fall. Morgen geb ich dir wegen den Brauern Bescheid. Wann sollen wir da sein?«

»Samstagfrüh reicht. Danke dir, Sanktus. Du bist ein echter Gentleman und Retter in der Not«, hat die Regula gesagt, und beide haben aufgelegt.

Der Sanktus hat der Martina gleich die verrückte Geschichte erzählt, und seine Tochter war heilfroh, dass sie nicht alleine dort sein hat müssen.

Der Kathi haben sie natürlich nichts gesagt, und all die offenen Fragen hat der Sanktus für sich behalten.

SAMSTAG - DIE ABFAHRT

Die Bierbrauer waren natürlich dabei und sofort Feuer und Flamme, weil eine Woche bezahlter Urlaub und endlich wieder ermitteln. Der Haferl selbstverständlich ganz vorne, und er hat auch sofort einen VW-Bus organisiert, in den sie alle hineingepasst haben, und auf ist's nach Planegg gegangen. Der Ehrensberger hatte abgesagt. Für direkte Observationen sei er zu alt, alt, hatte er gemeint.

Dem Sanktus völlig mulmig, weil was würde passieren, wenn er da mal so locker mit seinen Kumpanen in die Villa einmarschieren und die Kathi ihn sehen würde.

»Servus, Schatzi! Da bin ich wieder. Bussi.« Wahrscheinlich eher suboptimal bis fatal, also eher keine Lösung. Aber er hat sich bisher wirklich nicht vorstellen können, wie diese Situation ablaufen würde. Ein Selbstläufer wäre es auf keinen Fall. Das war ihm einmal klar.

Im Bus war ein Lärmpegel, also Techno-Disco praktisch Anfänger, weil alle haben wie immer durcheinandergeredet, ohne Punkt und ohne Komma. Der Bus, Baujahr 85, war an sich schon ein Wahnsinn an Dezibel, und dann musst du dir halt noch den Giovanni, den Piefke, den Schlauch-Gernot und den Haferl dazu vorstellen. Natürlich war auch ein Kasten *Stern Hell* an Bord, der die Stimmung offensichtlich zusätzlich angeheizt hat. Jeder wollte den anderen an Mord- und Bedrohungsszenarien überbieten. FBI Scheißdreck dagegen.

»Und wir machen dann alle auf Bodyguards?«, hat der Haferl geplärrt. »Ich hab einen schwarzen Anzug dabei. Sonnenbrille auch!«

»Spinnst du?«, hat der Schlauch-Gernot geplärrt. »Des hätts mir sagen müssen. Ich hab nix dabei!«

»Selbst wenn wir dir das gesagt hätten, du besitzt doch so ein Kleidungsstück überhaupt nicht. Der Schlauch im Smoking. Dass ich nicht lache, nöch«, hat der Piefke gestichelt.

»Ike habe Anzuge. Isse claro, wenn du musste le persone schütze«, hat der Giovanni bestätigt.

»Jetzt schau ma mal«, hat der Sanktus angefangen.

»Ja, ja, na senk ma schoo«, hat der Piefke im norddeutsch gefärbtem Bayerisch hinzugefügt. »Typisch Bayern. Keinen Plan. Immer auf Sicht fahren, wie euer fränkischer König, den ihr gerade habt.«

»Ja, Piefke. Is recht. Im Norden ist alles besser«, hat der Sanktus gemeint.

»Wundert mi nur, warum s' alle bei uns sind«, hat der Schlauch-Gernot geschlossen und sich eine neue Halbe aufgemacht.

Daraufhin hat er einen Rempler vom Piefke kassiert und sich, da er gerade zum Trinken angesetzt hatte, das halbe Bier über seinen Pulli geschüttet. Jetzt Fluchtirade.

»Jetzt seids amal still«, hat der Haferl gemeint. »Ich kann mich überhaupt ned konzentrieren. Am End fahr ich nach Sankt Peter-Ording statt nach Planegg!«

»Ja, da lass ma dann den Piefke raus«, hat der Schlauch-Gernot gegrölt. »Na hamma wenigstens unser Ruh!«

»Haferl«, hat der Sanktus gesagt, »du plärrst am lautesten von allen. Also reg dich ned auf.«

»Tu ich ja ned. Aber hinter uns ist die Polizei. Schau selber.«

Der Sanktus hat sich umgedreht, und tatsächlich war hinter ihnen ein Polizeiauto zu erkennen, und er hat auch gleich herausgefunden, wer dringesessen ist. Seine beiden alten Freunde. Der Hofer Lenz und der Burgmaier Charlie. Das war ja wieder so logisch. Und schon hat das *BITTE ANHALTEN* geblinkt. Der Sanktus jetzt Déjà-vu. Wie seinerzeit, als er von Namibia frisch nach München zurückgekommen war.

Der Polizeiwagen hat sie überholt, und sie sind rechts rangefahren. Zumindest hatten sie es von der *Bierwerkel* bis in die Arnulfstraße, Höhe Donnersberger Brücke ohne Komplikationen geschafft. Aber es würde sich zeigen, was nun passieren würde.

Die beiden Polizisten sind ausgestiegen. Der Burgmaier Charlie war aufgedunsener denn je, aber der Hofer Lenz war nicht mehr so käsig im Gesicht, eher gut gebräunt.

Der Charlie hat ans Fenster geklopft. Siegelbrillen bei beiden natürlich obligatorisch. Die Mützen hatten sie natürlich wie immer filmtauglich simultan aufgesetzt.

»Führerschein, Fahrzeugpapiere«, hat er gesagt.

»Charlie, was willst?«, hat der Sanktus vom Beifahrersitz her gefragt.

»Prüfen, ob dieses Gefährt noch straßentauglich ist. Und dann machen wir eine Alkoholkontrolle, weil da in dem Karren drin stinkts wie in einer oiden Boazn.«

»Seit wann fahrst du uns denn schon nach, Charlie?«

»Seit Haidhausen. Da Lenz hat euch entdeckt.«

»Is ja gar ned wahr«, hat der Hofer Lenz eingeworfen.

»Halt dei Goschen!«, hat der Burgmaier Charlie den Hofer Lenz gestoppt. »Jetzt red i!«

»Nein«, hat der Hofer Lenz geplärrt. »Jetzt red amal ich. Seit 15 Jahren lass ich mich jetzt von dir tyrannisieren. Lenz hier, Lenz da. Er weiß es nämlich von der Schranner Bine, dass ihr heut nach Planegg fahrts. Da hat er wieder amal gelauscht und hat's zufällig gehört. Seit um 7 Uhr in der Früh liegen wir jetzt auf der Lauer und sind euch dann nachgefahren. Heut wollt er dich mit Alkohol am Steuer drankriegen. Paranoia, sag ich. Das ist ein Wahnsinniger, ein Psychopath.«

»Lenz! Bist du jetzt stad«, hat der Burgmaier Charlie gebrüllt. »Seit du diese Thai-Schlampen geheiratet hast, bist du so was von komisch worden. Des ist zum Kotzen!«

»Was hast du gsagt? Thai-Schlampen? Jetzt gehst her, Bürscherl. Jetzt ghörst der Katz«, hat der Hofer Lenz gedroht und hat den Burgmaier Charlie schon eine saftige Watschn verpasst.

Der hat sich natürlich gewehrt, und im Nu war das schönste Handgemenge zwischen den beiden Polizisten im Gange.

Der Sanktus hat dem Haferl angedeutet, die Fensterscheibe wieder hinaufzukurbeln, und der hat dann den Bus wieder angelassen und ist ganz langsam, um möglichst wenig Geräusche zu machen, los gerollt.

Komischerweise war es im Bus jetzt ganz stad, also lautlos. Als sie jedoch die Auffahrt auf die Donnersberger Brücke verlassen und in den Trappentreutunnel, also *das* Trappentreu*tunell*, wie der Münchner sagt, eingefahren waren, hat es alle vor Lachen zerrissen, und dem Sanktus war es auf einmal auch gar nicht mehr mulmig.

SAMSTAG - DIE ANKUNFT

Das Mommsen-Anwesen ist am Rand von Planegg in der Nähe der Wallfahrtskirche Maria Eich gelegen und war von einer Mauer mittlerer Höhe umgeben.

Der Bus ist nun vor einem schmiedeeisernen Tor zum Stehen gekommen, und der Haferl hat an der Sprechanlage, die im Mauerstück neben dem Tor an der Seite einer Kamera eingelassen war, geklingelt.

»*Life Squad Sternbräu* angekommen«, hat er stolz in das Mikrofon gesäuselt, und das Tor ist aufgegangen.

Der Sanktus Kopfschütteln und doch wieder ein bisserl mulmig, weil jetzt würde er die Kathi gleich sehen.

Der Haferl ist durch das Tor gefahren und der Bus wieder still, weil Eindrücke immens. Das Grundstück war riesengroß, und du hast eher von einem kleinen Park als von einem Garten reden können. Alles war von Bäumen umgeben, und zentral war ein riesiger Rasen mit Blumeninseln angelegt worden. Seitlich hat sich eine Auffahrt zum Haus geschlängelt, das etwas höher gelegen ist.

Jetzt wenn du dir eine Alt-Münchner Villa vorstellst, liegst du falsch, denn das Haus hat ausgesehen, als ob es aus lauter Würfeln zusammengestellt gewesen wäre. Weiße verputzte Mauerwürfel und braune, mit Holzlatten verkleidete. Jeder Würfel hatte riesige Fensterfronten, und das ganze Gebäude hat sich in einer L-Form um eine mächtige Terrasse mit einem riesigen Pool geschmiegt. Designerhaus, Gedanke beim Sanktus. Und auch wenn noch so viel geerbt, als kaufmännischer Leiter? So etwas? Kann ja gar nicht sein. Da hat was nicht gestimmt, logischer Gedanke, den er gleich wieder verworfen hat, weil wenn er schon so daherkommt, hat es nur schiefgehen können, das Wiedersehen mit der Kathi.

Unterhalb des Pools waren überdachte Stellplätze für Gäste und die Garage des Hausherren. Seitlich hat eine Treppe neben der Terrasse zum Hauseingang emporgeführt.

Die Brauer sind aus dem Bus ausgestiegen und waren baff.

»Ja, leck mich doch am Arsch!«, hat der Haferl ausgerufen. »Da ist das Geld daheim. Ich werd auch so ein Leiter in der Molkerei!«

»Ich bleib in Haidhausen«, hat der Sanktus gesagt und ist den anderen voraus die Treppe hinaufgestiegen.

Oberhalb der Treppe hat sich ein Plateau befunden. Dort hat der Sanktus einen Pool mit großer Terrasse vermutet. Dorthin hast du aber aus keiner Perspektive schauen können, weil Privatsphäre muss ja schließlich sein.

Am Hauseingang hat die Regula schon auf sie gewartet. Dieses Mal war sie nicht in Schwarz gekleidet, sondern lässig in Jeans und weißer Bluse.

»Ah, schön, seids schon da«, hat sie gerufen und dem Sanktus sowie den Brauern die Hand geschüttelt. »Freut mich riesig, dass es geklappt hat. Grüß euch alle miteinander. Ich bin die Regula.«

Dem Haferl hat es seine Augen herausgetrieben, als er die Regula gesehen hat, da hast du Angst gekriegt, dass sie ihm herausfallen. Der Sanktus hat jedoch gemerkt, dass sie schon wieder leicht einen sitzen gehabt hat.

»Sanktus«, hat er geflüstert. »Das ist meine Traumfrau. Hab ich auf der Betriebsversammlung schon gemerkt.«

»Ja, und die wird grad dir was wollen«, hat der Sanktus erwidert. »Spinn dich aus. Auf geht's!«

»Gehen wir erst einmal in den Wintergarten und trinken einen Schluck. Dann zeig ich euch eure Zimmer, und heut Abend besprechen wir alles«, hat sie gesagt, und die Brauer sind ihr wie die Entenküken nachmarschiert.

Der Wintergarten, der direkt an den Pool gegrenzt hat, war durch die großen Scheiben mit Licht durchflutet und im karibischen Flair gehalten, sprich, Palmen und exotische Pflanzen überall. Anscheinend hat er als Wellnessoase gedient, denn an der Fensterreihe waren mehrere Liegen mit dem Blick in den äußeren Garten aufgestellt. Eine Verbindungstür zu einer Außensauna hat der Sanktus sofort erspäht. Zum Haus zugewandt war ein großer Tisch, an den sie sich jetzt gesetzt haben.

Der Sanktus hat ein kurzes lautes Lachen gehört und hat in Richtung der Liegen gesehen. Wer draufgelegen ist, hat er nicht gesehen, nur zwei Paar nackte Füße, eins männlich, eins weiblich, und das hat der Sanktus sofort erkannt. Das waren die Füße seiner Kathi, und die anderen haben nur vom verhassten Mompe sein können.

»Ah, da ist der Thore«, hat die Regula gesagt. »Er hat Besuch von einer alten Freundin aus Jugendzeiten. Sie ist mit ihren Kindern da. Sie bleiben die ganze Woche. Total nette Leute. Werden dir gefallen, Sanktus.«

Dann ist er Mommsen aufgestanden und auch die Kathi. Beide waren mit einem Bademantel bekleidet, und der Sanktus war sich sicher, dass sie nichts darunter anhatten. Die Kathi hat sich umgedreht und jetzt dem Sanktus direkt in die Augen gesehen. Entsetzen kein Ausdruck.

EIN UNFALL

Franz-Xaver Stern, ehemaliger stolzer Besitzer der gleichnamigen Brauerei in München, Landsberger Straße, war auf dem Weg zum Braumeisterstammtisch in Murnau am Staffelsee. Seit Langem hatte er sich gefreut, einmal wieder ohne jeglichen beruflichen Stress an solch einer Veranstaltung teilzunehmen. Viele seiner früheren Konsemester aus *Weihenstephaner* Studienzeiten hatten zugesagt, und die Neuigkeiten würden gerade so sprudeln. Die Bombe würde natürlich einschlagen, wenn er von den Geschehnissen der letzten Tage berichten würde, denn alle wussten bereits, dass der Brauereiverkauf in vollem Gange war, aber die Details, vor allem in Verbindung mit dem gewaltsamen Ableben seines Freundes Reini Wullmsdorff, zu dem er einschlägige Theorien vorzuweisen hatte, würden für den Schlager des Abends sorgen. Das war einmal sicher.

Bevor er das Haus verlassen hatte, hatte ihn seine Frau Elfriede noch sensibilisiert, nicht zu tief in das Bierglas zu sehen und auf seine angeschlagene Gesundheit zu achten. Er sei nicht mehr der Jüngste, und sie würde ihn schon noch ein paar Jahre brauchen.

Franz-Xaver hatte sich seinen Bart gekämmt, seiner Frau ein Bussi draufgedrückt, ihr versprochen, er würde vorsichtig sein, und war mit seinem BMW SUV losgefahren. Er würde die Strecke über Wolfratshausen und Penzberg nehmen. Autobahnen waren ihm verhasst und seiner Meinung nach nicht für geländegängige Autos gebaut. Selbst als SUV-Besitzer erschrak er immer noch, wenn ein X, Q oder ähnliches Vehikel mit Tempo 200 an ihm vorbeirauschte. Nein, er würde definitiv die gemütliche Strecke wählen, vor allem, weil es bereits anfing zu dämmern und es um diese Jahreszeit schnell dunkel wurde.

Der Verkehr auf der Landstraße war, wie erwartet, minimal und das Autofahren fast erholsam. Franz-Xaver hatte ein Hörbuch eingelegt, und die Welt war in Ordnung.

Umso mehr störte es ihn, dass der Verkehrsteilnehmer hinter ihm für seine Begriffe zu nah auffuhr. Gott sei Dank war Franz-Xaver aufgrund der Höhe des SUVs fast nicht im Rückspiegel zu blenden. Doch es ärgerte ihn, dass sein Hintermann ihm seine entspannte Fahrt vermasselte.

Langsam ging er vom Gas, und der SUV rollte aus. Auch das Auto hinter ihm verlor an Geschwindigkeit, bog dann aber ab.

Franz-Xaver war wieder beruhigt, nahm Geschwindigkeit auf und setzte seinen Weg in Richtung Murnau fort. Wahrscheinlich jemand, der sich nicht ausgekannt hat, sein Gedanke. Ein *Isarpreiß* vielleicht.

Doch die Entspannung hielt nicht lange an. Auf einem Wegstück, das durch einen Wald verlief und somit rechts und links von Bäumen gesäumt war, tauchten die hellen Xenon-Lichter erneut auf und näherten sich mit hoher Geschwindigkeit. Franz-Xaver beschleunigte ebenfalls auf ungefähr 120 Kilometer pro Stunde, um den Abstand wieder zu vergrößern, doch die Lichter kamen immer näher. Knapp hinter ihm blendete sein Verfolger auf und setzte den linken Blinker.

Aha, es pressiert, der Gedanke von Franz-Xaver, aber er würde nicht langsamer werden. Das konnte sich dieser Depp hinter ihm abschminken. Franz-Xaver umfasste fest sein Lenkrad und hielt die überhöhte Geschwindigkeit.

Nun scherte der Verfolger aus und setzte zum Überholmanöver an.

»Dieser Idiot, bei diesen Lichtverhältnissen und im Wald. Was da passieren kann«, sagte Fran-Xaver leise zu sich selbst. »Der spinnt doch!«

Langsam schob sich der Verfolger auf die gleiche Höhe mit dem SUV des ehemaligen Brauereibesitzers. Franz-Xaver sah nach links, konnte den Wagenlenker jedoch in der Dunkelheit nicht erkennen.

Nun kam der Wagen neben ihm bedrohlich nahe auf seine Fahrbahn herüber. Franz-Xaver trieb es den kalten Schweiß auf die Stirn. Vor ihm war eine enge Kurve auszumachen, in die er aus Konzentrationsmangel mit viel zu hoher Geschwindigkeit einfuhr. Sein Gegenüber ließ ihm auch keine Chance, die Kurve in irgendeiner Art zu schneiden. Franz-Xaver versuchte, vor der Kurve noch zu bremsen, doch vergebens. Er schoss geradeaus von der Fahrbahn gegen den nächsten Baum und verlor beim Aufprall das Bewusstsein.

KATHI

»Sanktus? Was soll das?«, hat die Kathi giftig gefragt.

»Sanktus?«, fragender Blick von der Regula.

»Wer is des«, geflüsterte Frage vom Haferl an den Piefke.

»Oh, oh«, vom Piefke.

»Kathi«, hat der Giovanni ausgerufen und gleich gemerkt, dass ein Freudenausbruch hier fehl am Platz sein würde.

»Kennst du die Dame?«, hat die Regula gefragt.

»Ich denke, ich muss hier Licht ins Dunkel bringen«, hat der Mommsen erklärt. »Das ist Kathi, Sanktus' Ehefrau.« Jetzt hat er betreten geschaut.

»Ich versteh ned …«, hat die Regula gestottert.

Der Sanktus hat nichts gesagt und abgewartet.

»Das ist so, Regula: Kathi und ich kennen uns aus Studienzeiten, und wir haben eine gemeinsame Tochter.«

»Und das ist die Martina?«, hat die Regula gefragt.

»Wo ist die Martina eigentlich?«, hat der Sanktus gefragt.

»Im Hallenbad, im Keller. Mit ihrer Freundin, der Betty und dem kleinen Georg. Ist das dein Sohn, Sanktus?«

»Ja, meiner!«

»Also Thore«, hat die Regula gekeucht, »ich versteh dich nicht. Aber du bist der Hausherr. Bitte! Wenn ich das gewusst hätte. Und ich bitte den Sanktus noch hierher … Also wirklich!«

»Ja, genau!«, hat die Kathi mit erhobener Stimme angefangen. »Also wirklich! Was tust du eigentlich hier? Willst du mich kontrollieren? Das brauchts fei nicht. Das wär schon eher andersrum angebracht!«

Die Regula hat den Sanktus jetzt entsetzt angeschaut, und in ihren Augen war die Frage zu lesen, welche Bagage sich wohl hier in Thores Haus aufgehalten hat.

»Nein«, hat der Sanktus gesagt. »Die Regula hat uns um Hilfe gebeten, weil sie sich bedroht fühlt. Mich und die Brauer. Wir kommen hier zur Geburtstagsfeier inkognito unter und schauen, dass nix passiert, oder schnappen uns den, der die Regula bedroht. Das musst du uns heute Abend noch genau sagen, wie sich das alles verhält, Regula.«

»Und du hast natürlich zugesagt, damit du mich und den Thore im Blick hast. Super Idee, Herr Sanktjohanser. Das kannst du dir abschminken. Thore, komm, wir machen noch mal einen Saunagang.«

Die Kathi hat sich weggedreht, und der Thore ist ihr achselzuckend gefolgt. Sie hat kurz vor dem Ausgang des Wintergartens den Bademantel etwas von den Schultern rutschen lassen, sodass der Sanktus 100-prozentig mitbekommen hat, dass sie definitiv nichts drunter angehabt hat.

Der Sanktus hat sich zu den Brauern umgedreht, die haben aber nur verlegen auf den Boden geschaut.

»Kommt, die Maricruz, unser Hausmädchen, zeigt euch eure Zimmer«, hat die Regula gesagt. »Danach können wir noch ein Bierchen trinken, und Sanktus, du möchtest vielleicht zu deinen Kindern ins Hallenbad.«

Meine Kinder! Genau, hat sich der Sanktus gedacht, und die Regula war ihm nun noch sympathischer.

DIE ÄMTERVERTEILUNG

Die Kathi war den ganzen Nachmittag nicht zu sehen. Die Bierbrauer hatten sich nach der Einquartierung im Untergeschoss wieder im Wintergarten versammelt und Bier getrunken sowie ein paar Runden *Schafkopf* gespielt. Die Regula war auch mit von der Partie, und sie war glücklich, endlich jemanden gefunden zu haben, der mit ihr kartelt.

Der Sanktus hatte sich zu seinen Kindern in den Keller ins Hallenbad verzogen. Der Schorschi war mehr als happy, dass sein Papa nun auch »in den Urlaub nachgekommen«, war und die Martina war glücklich über jede Unterstützung zusätzlich zur Betty-Lou, weil der Mompe war ihr immens zuwider. Sie konnte es nicht verstehen, wie sich ihre Mutter nur zu diesem unsympathischen Kerl so hingezogen fühlen hat können.

Dem Sanktus war nun endgültig klar, dass er dieses Familienleben nie aufgeben würde und um die Kathi kämpfen würde wie ein Löwe, sozusagen ein bayerischer Löwe. Er hatte den schönsten Nachmittag seit Wochen.

Am Abend sind alle an einem großen Tisch im Speisezimmer neben einer riesengroßen, mit allem Schnickschnack bestückten offenen Küche, die geglänzt hat, als wenn sie noch nie benutzt worden wäre, gesessen. Das Essen war geliefert worden, und es hat Pizza gegeben, die das Hausmädchen Maricruz, eine junge, hübsche, dunkelhaarige Latina, aus den Kartons genommen und auf großen Pizzatellern serviert hat. Der Giovanni hatte zuerst eine mordstrum Freude, doch als er das Ergebnis des Lieferservices auf dem Teller gehabt hat, ist ihm sämtlicher Enthusiasmus ad hoc mit 180 aus dem Gesicht gefallen.

Da brauchst du nicht eine 50.000-Euro-Küche, Gedanke jetzt beim Sanktus, und von einer echten Niederbayerin hätte er sich schon die eine oder andere Kochkunst erwartet. Komisch eigentlich.

Wenigstens war das Bier gut, da *Sternbräu*, und der *Chianti Classico* hat den Giovanni wieder versöhnlich gestimmt. Den Kindern war die Pizzaqualität egal, denn sie haben nach dem kräftezehrenden Badetag reingehauen, dass der Sanktus gemeint hat, dass es zumindest den Schorschi zerreißen müsste. Die Kathi hat säuerlich gelächelt, und der Mommsen hat ständig in sie hineingeblubbert. Was er gesagt hat, hat der Sanktus leider nicht verstehen können, da der Lärmpegel schon wieder auf Höchstniveau angekommen und er ganz am gegenüberliegenden Ende des Tischs platziert worden war.

»Also!«, hat die Regula, als alle fertig waren, angefangen. »Wer macht was? Passts auf. Am Montag kommen bereits enge Freunde und Familienmitglieder. Da solltet ihr schon in eure Rollen schlüpfen.«

»Sind die denn schon verdächtig?«, hat der Piefke gefragt und einen großen Schluck *Stern Pils*, sein Lieblingsgetränk, genommen. »Kann ich mir eigentlich nicht vorstellen, nö?«

»Dann wird's haarig«, hat der Haferl gehaucht und in die Runde geschaut.

Bei der Kathi leichtes Kopfschütteln, der Mommsen still, der Rest gespannt.

»Nein«, hat die Regula weitergemacht, »aber die könnten sich bei der großen Feier am Freitag verplappern, und dann haben wir den Salat. Also, Sanktus, ich würde vorschlagen, du machst meinen Personenschutz. Sagen wir mal, das hast du damals in Afrika gelernt.«

»Passt!«, hat der Sanktus bestätigt.

Die Regula, die natürlich neben ihm gesessen ist, hat ihm sanft über die Hand gestreichelt und ihm einen dankbaren Blick zugeworfen. Die Kathi hat es leicht gerissen, was nur der Sanktus aus den Augenwinkeln bemerkt hat. Sanktus-Grinsen die Folge.

Die Regula ist jetzt aufgestanden, hinter den Piefke gegangen und hat ihm beide Hände auf die Schulter gelegt.

»Dann hätte ich gerne den Herrn Rosen als Butler. Piefke? Darf ich Piefke sagen? Was meinst du?«

»Madam, ich stehe zur Verfügung. Ich werden mich morgen sofort in die Rolle des Butlers Niles aus der *Nanny*-*Serie* einarbeiten.«

»Bravo. Der ist cool!«, hat die Regula fast frohlockt.

»Giovanni, könntest du den Gärtner übernehmen? Ich hab einen kecken Strohhut, der zu dir passt!«

»Aber isse doche Herbste, Signora«, hat der Giovanni eingeworfen.

»Drum muss der Garten winterfest gemacht werden, nöch, du Dödel«, hat der Piefke den Giovanni zurechtgewiesen.

»Oh, claro! Giovanni, der Gärtner. Aber Gärtner isse immer der Mörder. Signora, passe du aufe mit mir!«

Die Regula hat gelacht und dem Giovanni über die Haare gestreichelt.

»Giardinere con amore, nicht morte, Giovanni! Du hast somit den Außenbereich unter Kontrolle.«

Der kleine Italiener hat jetzt überlegen in die Runde gelacht, und der Sanktus hat gehofft, dass er diesen Schmarren von der Regula nicht als Aufforderung zu einem nächtlichen Besuch aufgefasst hat.

Jetzt ist sie zum Haferl.

»Haferl«, hat sie angefangen. »Wie heißt du eigentlich wirklich?«

»Fischhuber Andreas, also Andi«, ist es aus dem Haferl herausgeschossen, und er hat die Regula mit großen Augen anvisiert.

»Haferl, du bist doch ein Organisationstalent. Du mimst den Birthday-Planner. Du organisierst das Fest und kannst überall deine Fühler ausstrecken.«

»Zu Diensten«, hat der Haferl gesagt und salutiert. »Ich werde sie ausstrecken und alles herausfinden!«

Erst jetzt ist dem Sanktus aufgefallen, dass der Haferl mit der Hand, mit der er nicht salutiert hat, die Hand der Regula, die auf seiner Schulter war, fest umgriffen hatte, und die Regula ihre nicht weggezogen, sondern seine Hand mit ihrem Daumen gestreichelt hat. Verdächtig! Äußerst verdächtig.

»Und last but not least, der Schlauch-Gernot. Ich würde sagen, du machst den ›Chef Food and Beverage‹. Das passt am besten oder?«

Der Schlauch-Gernot hat gegrinst.

»Passt. Wie in einem Klubhotel.«

Und dann hat er gelacht. Wahrscheinlich hat er sich vorgestellt, was er alles probieren würde, sozusagen als Vorkoster.

»Und wir? Die Martina, die Betty und ich?«, hat der Schorschi gefragt.

Die Kathi ist erneut zusammengezuckt. Die beiden Mädchen haben gekichert.

»Ihr seids die Ehrengäste, und wenn euch was Besonderes auffällt, na kommts ihr zu mir oder zum Sanktus und sagts uns Bescheid.«

Der Schorschi hat genickt.

»Gibt's jetzt noch ein Eis als Nachspeis?«, hat er gefragt.

Jetzt ist ein leichtes Zucken durch die Regula gefahren, hat der Sanktus bemerkt.

»Einen Pudding mit Schokosoße gibt's«, hat sie gemeint. »Eis vertrag ich nicht so gut. Krieg ich immer Bauchweh.«

Nun hat sie gelacht, aber es schien aufgesetzt.

»Jetzt, wo wir alle wissen, was zu tun ist, müssten wir noch erfahren, wie du dich bedroht fühlst. Was ist passiert, dass du uns alle anheuerst?«, hat der Sanktus wissen wollen.

»Sanktus«, hat die Regula abgewinkt. »Verderben wir uns ned den schönen Abend. Reden wir morgen in Ruhe darüber. Prost, Kameraden! Vielen Dank, dass ihr gekommen seid.«

Und grad, als alle zu dem Prost ansetzen wollten, hat die Maricruz nervös und zitternd gefragt: »Hören Sie diese Musik?«

Und alle waren still. Durch die Fenster hast du ein leises Gebimmel hören können. Ein Gebimmel, das der Sanktus schon einmal gehört hatte. Aber wo? Es war die Melodie eines Kinderliedes, so, wie wenn du Babys zum Schlafen bringen willst.

Sie sind alle zur Tür und auf die Terrasse hinaus. Der ganze Garten wurde mit dieser Melodie beschallt. Die Musik hat in der Dunkelheit und Kälte gespenstisch gewirkt.

Plötzlich ein Klirren. Die Regula hatte ihr Weinglas fallen lassen und war ohnmächtig geworden. Der Mommsen hatte sie aufgefangen. Seitlich an der rechten Gartenmauer ist ein Fahrzeug gestartet worden und weggefahren.

»Ihm nach! Ich hol den Bus«, hat der Haferl gerufen und ist losgesprintet.

»Halt! Bleib da. Der ist weg, bis wir vorn am Tor sind, und außerdem darf keiner von uns mehr fahren«, hat ihn der Sanktus gebremst.

In diesem Moment ist dem Sanktus eingefallen, wo er das Gebimmel schon einmal gehört hatte.

SONNTAG - DIE DURCHSUCHUNG I

Der Sanktus hatte in dieser Nacht nicht gut geschlafen, weil erstens hat er nicht gewusst, ob seine Kathi in Mompes Domizil nächtigen würde, und zweitens war er mit den anderen Brauern im Untergeschoss untergebracht worden. Dort hat sich eine große Einliegerwohnung mit mehreren Zimmern befunden, die spartanisch eingerichtet und modern in kaltem Sichtbeton gehalten war. Den wenn er nur angelangt hat, ist es dem Sanktus kalt den Rücken runtergelaufen.

Außerdem hatte er das Gefühl, dass er ein leises Wimmern beziehungsweise Klopfen hat ausmachen können. Nicht die ganze Nacht, nur vereinzelt. Doch ihm war nicht bewusst, ob er das nicht nur geträumt hatte.

In der Früh war ihm wie verkatert zumute, und sein Kopf hat zu zerplatzen gedroht. Er hat sich zum Waschbecken, das sich neben einer modernen Einbaudusche befunden hat, die Teil des Raumkonzepts war, geschleppt, hat sich zwei Kopfwehtabletten eingeworfen und sich noch einmal 15 Minuten hingelegt, um auf Besserung zu warten.

Langsam hat er den gestrigen Abend revue passieren lassen. Warum hatte die Regula so auf diese Kindermusik reagiert? Dieses Gebimmel. Die Melodie hatte er zum ersten Mal gehört, als er mit der Bine bei der Regula zur Befragung war. Als die Regula die Melodie gehört hatte, war die sie wie erstarrt. Die Melodie war die Krux. Das war sicher. Der musste der Sanktus auf den Grund gehen. Aber erst einmal noch ruhen.

Zumindest hatte aufgrund dieser Erkenntnis das Kopfweh nachgelassen, und er ist noch einmal eingeschlafen.

Der Sanktus ist am späten Vormittag aufgestanden und ins Erdgeschoss geschlichen. Auf dem Tisch ist ein einziges Frühstücksgedeck gestanden, sprich er war der Letzte, der aufgestanden war.

Er hat von der großen Fensterfront zum Wintergarten hinausgeschaut und die Brauer im Bademantel entdeckt, wie sie mit der Regula *Schafkopf* gespielt haben. Die Kathi und der Mompe nirgends zu sehen. Auch die Kinder nicht. Wahrscheinlich Ausflug, Meinung vom Sanktus, weil weg von ihm und die Kinder auch ja nicht dalassen, weil er hatte ja gestern bestimmt schon zu viel Spaß mit den beiden gehabt. Na ja. Hilft nix, jedoch ideale Voraussetzungen für eine Hausinspektion.

Der Sanktus ist in den ersten Stock geschlichen und hat sich umgesehen. Irgendwo hat das Schlafzimmer seines Widersachers ja sein müssen. Von oben hast du über eine große Galerie auf das Esszimmer hinunterschauen können, und gerade als der Sanktus sich einen Überblick hat verschaffen wollen, hat die Regula durch das Windfangglasdach nach oben geschaut, und der Sanktus sofort praktisch Bauchplatscher auf das Parkett, Hauptsache aus dem Blickfeld. Hoffentlich hatte sie ihn nicht gesehen, denn dann wäre seine Ermittlung schneller ad acta gelegt, als er »I kriag no a Hells« hätte sagen können.

Jetzt leises Robben entlang der Galerie bis zur nächsten Wand, sprich Gang in den Holzkubus, wo sich die Schlafräume und Gästezimmer für die geladenen Gästen und nicht Dienstboten, wie er einer war, befunden haben.

Der Sanktus ist aufgestanden und hat um die Ecke zum

Wintergarten hinabgespäht, aber die Regula hat schon wieder Karten gespielt, also anscheinend noch einmal davongekommen.

Im ersten Stock des Kubus' sind vier Türen in Zimmer weggegangen. Der Sanktus hat leise die Klinke der ersten Tür gedrückt und aufgemacht. Bingo! Schlafzimmer. Eher japanisch gehalten mit Futonbett und viel asiatischem Krimskrams in Regalen an den Wänden. Der Kleiderschrank japanischen Papierwänden nachempfunden, die Wände mit einem Schwamm getupft. Kitsch lass nach. Der Sanktus hätte speiben können. Über dem Bett ein Samuraischwert an der Wand. Bestimmt von Hattori Hanzo, dem Schmied aus *Kill Bill*. Er hat lächeln müssen und an Uma Thurmann gedacht. Im Zimmer jedoch keine Spur von der Kathi, also weder Kleidung noch sonstige Utensilien. Wenigstens das.

Der Sanktus hat leise alle Schränke und Kommoden aufgemacht, aber nichts Besonderes, außer einer Familienpackung Kondome im linken Nachtkästchen. Doch dann ist ihm das Blut in den Adern gefroren. Auf einem weißen Bord ganz hinten am Fenster ist ein Foto vom Paar Mompe und Kathi aus Studienzeiten gestanden, anscheinend in Wien aufgenommen, und jetzt halt dich fest, daneben ein neues Bild vom Mompe, der Kathi, der Martina und dem Schorschi, wahrscheinlich gleich am Freitag, bevor der Sanktus hierhergekommen war, aufgenommen. Der Mompe mit den Armen um die Schulten der beiden Frauen. Ja, Himmelherrgottsakrament. Braucht's das? Will der ihm die Familie abspenstig machen? Sicherlich nicht! Nicht mit dem Sanktus! Das steht einmal fest. Der Sanktus hat das Foto mit seinem Handy fotografiert.

Vom Schlafzimmer hat eine Tür in das angrenzende Badezimmer geführt. Aber auch dort nichts Ungewöhnliches.

Der Sanktus hat wieder alle Kästchen geöffnet, aber nichts. Dann ist ihm die Idee gekommen, im kleinen aufklappbaren Abfalleimer nachzusehen und pfeilgrad ein gebrauchtes Kondom, feinsäuberlich verknotet, dass der zukünftige Nachwuchs nicht rauskommt. Und wenn doch, nennen wir ihn MacGyver, hat sich der Sanktus an einen Kindheitswitz erinnern können, doch eigentlich war ihm nicht zum Lachen, denn woher hätte dieses Verhüterli her sein sollen außer von einer heißen Nacht mit seiner Ehefrau? Eben!

Dem Sanktus war jetzt, als ob er draußen auf dem Gang Schritte gehört hätte, und er hat zu zittern begonnen. Es ist ihm abwechselnd heiß und kalt geworden, sein Herz hat gehämmert, aber nichts weiter zu hören.

Sanktus, Depp, hat er sich gesagt. Da war nichts. Alle sind weg oder beim Saunieren und *Schafkopfen*. So einfach ist das.

Er ist wieder ins Schlafzimmer zurück und hat noch einmal den Kleiderschrank durchsucht, aber nichts bis auf eine Schachtel im Sockenfach. Der Sanktus hat sie sofort geöffnet und Liebebriefe darin gefunden. Liebesbriefe von der Kathi.

Er hat natürlich sofort gelesen:

Liebster Thore,

nun sind wir schon zwei Wochen zusammen und ich bin überglücklich. Mir kommt es vor als hätten wir uns erst gerade auf der Party bei Saskia getroffen …

DIE VERGANGENHEIT

Katharina Müller, Studentin der Informatik an der TU München, erschien frisch gestylt auf der Party ihrer Kommilitonin Saskia mit einen Flasche *Cava* unter dem Arm und dem tief sitzenden Drang, einem männlichen Wesen näherzukommen. Sie war inzwischen 24 Jahre alt und hatte außer kurzen Affären noch nie eine Beziehung von Dauer gehabt. Auch der Drang nach echtem Geschlechtsverkehr aus Liebe und nicht nur als Gelegenheitsintimität war ein Traum, den sie sich endlich verwirklichen wollte. Kurz gesagt, eine echte Beziehung hat hergemusst, aber das war nun definitiv nicht durch ein Über-das-Knie-Brechen zielführend. So träumte Katharina von ihrem Prinzen wie Aschenbrödel in dem tschechoslowakischen Weihnachtsfilm.

Sie hatte ihre rötlich-braunen Haare hochgesteckt und trug ein smaragdgrünes Top, das mit der Haarfarbe harmonierte und ihre grünen Augen unterstrich. Die Party heute wurde vom *Verein der meistgeliebten Hexen* veranstaltet, einer Gruppe von Mädchen, die ihr Singledasein genossen und genau das Gegenteil von Katharina anstrebten, nämlich One-Night-Stands mit ausgiebigen Sex-Abenteuern. Doch Katharina war das egal.

Die Party war bereits im vollen Gange, als sie in die leer geräumte Wohnung des Schwabinger Altbaus eintrat. Die Familie eines Mitglieds war gerade am Umziehen, und vor der besenreinen Übergabe mit weißen Wänden durfte diese Fete heute stattfinden.

Saskia und Jasmin, Katharinas Freundinnen, begrüßten sie überschwänglich, und die männliche Spezies wurde zuerst einmal komplett durchklassifiziert, denn es gab viel auf dem Markt der Münchner Single-Männer zu akquirieren. Doch je genauer Katharina hinsah, desto eher wurde ihr bewusst, dass an diesem Abend eher kein Fang glücken würde, da sich schlicht und ergreifend kein Mann für sie interessierte.

Doch weder Kathi noch Jasmin oder Saskia ließen sich beeindrucken und genossen die Musik sowie die alkoholischen Getränke ausgiebig. Sie tanzten, als wäre es die letzte Party in ihrem Leben. Scheiß auf die Männer. So sah es aus.

In einer Tanzpause, als Jasmin einen weiteren Prosecco für die Damen besorgte, erzählte Katharina Saskia von ihrer letzten Reise nach Wien, ihrer Traumstadt. Schon seit Jahren fuhr sie regelmäßig in die Donaumetropole, wo sie sich zwischen Kaffeehäusern, Beisln, Schlössern und anderen Sehenswürdigkeiten entspannen konnte. Sisi und der Kaiser waren omnipräsent und verliehen der Stadt ein märchenhaftes Flair. Was Katharina jedoch besonders liebte, war die Sprache und die österreichisch-wienerischen Ausdrücke. Ihre Tante Hetty hatte so gesprochen, und sie fühlte sich, wenn sie diesen Dialekt hörte, immer in ihre Kindheit zurückversetzt.

Katharina konnte den wienerischen Klang perfekt nachahmen, und Saskia, als Berlinerin, konnte nicht genug davon bekommen.

»Bist du aus Wien?«, hörte sie eine Männerstimme hinter sich sagen.

Katharina drehte sich um und sah in das Gesicht eines Traummannes.

»N..., n..., nein. Aus München. Warum?«

»Schade, ich dachte, ich hörte gerade den schönsten Dialekt der Welt«, sagte der Typ und sah ihr tief in die Augen.

»Ich kann gern so weiterreden, wann der Herr das wünscht«, hat die Kathi, wieder ins Wienerische zurückgefallen, geantwortet.

»Oh ja. Bitte mach weiter. Ich geh kaputt. Das ist so cool«, hat der gut aussehende, drahtige, blonde Unbekannte, gemeint. »Ich könnte dir die ganze Nacht zuhören.«

Jasmin, die mit den Getränken inzwischen zurückgekommen war, durchfuhr ein Zucken, dass sie fast die drei Gläser Prosecco fallen ließ, und Saskia hatte einen Blick, der hieß: endlich! Endlich hat sie jemanden gefunden.

Katharina erzählte ausgiebig von ihrem Besuch in der Konditorei *Demel*, der ehemaligen K+K Hofzuckerbäckerei, vom Ausflug nach Thallern, aufs Weingut im Süden von Wien, ihrem Besuch im Prater und vielem mehr.

Thore, so hieß ihr Verehrer – Jasmin hatte gefragt, da Katharina mit dem Erzählen beschäftigt war – hing abwechselnd an ihren Lippen und an ihren grünen Augen.

»Wollen wir kurz Pause machen und tanzen?«, unterbrach Thore sie schließlich. »Sie spielen das *La Boum*-Lied.«

Jetzt erst bemerkte Katharina die romantische Musik und ließ sich von ihrem Zuhörer auf die Tanzfläche, also das leere Speisezimmer, ziehen.

Kaum hatten sie begonnen, spürte sie Thores Lippen auf den ihren und empfing bereitwillig seine Küsse. Eng umschlungen tanzten sie bis in die frühen Morgenstunden, und Katharina war glücklich wie schon lange nicht mehr.

DIE DURCHSUCHUNG II

*… und von da an wusste ich, dass ich dich immer
lieben werde.*

*In Liebe
Deine Kathi*

Der Sanktus hätte kotzen können. Ewige Liebe. Na bravo.
Anscheinend würde es so sein. Hatte er die Kathi bereits
an den Mompe verloren? Ja, von wegen. Jetzt schon gleich
gar nicht.

Gerade als er sich den zweiten Brief zu Gemüte führen
wollte, hat er erneut ein Geräusch aus dem Flur draußen
gehört. Er hat die Briefe kurzerhand eingesteckt und vorsichtig zur Schlafzimmertür hinausgelugt. Gerade hat er
noch einen Blick von hinten auf den Mompe erhascht, der
um die Ecke gebogen und die Treppe in Richtung Keller
hinunter ist.

Zefix, das war knapp, Gedanke im Sanktus-Kopf, und
Herz wieder am Rasen, dass du meinst, die *Schafkopfer* hätten es sicherlich draußen im Wintergarten schlagen hören
müssen. Waren die Kathi und der Mompe schon wieder da?
Er hat sich beeilen müssen.

Er hat also die Tür gegenüber geöffnet und ist anscheinend in Regulas Zimmer gestanden. Zumindest war es definitiv ein Zimmer, das von einer Frau bewohnt war. Der
Raum war eher unordentlich, und auf dem Bett an der rechten Seite der Wand waren achtlos Kleider und Unterwäsche verteilt. Hat ausgesehen, als ob es vor und nach einem

Sexabenteuer pressiert hätte. Sehr komisch. Na ja. Warum sollte die Regula keinen Verehrer haben. Aber gestern war ja sicherlich keiner da, und sie ist nach ihrem Ohnmachtsanfall gleich ins Bett gebracht worden. Wahrscheinlich hatte sie sich nur noch im Bett ausgezogen und war sofort eingeschlafen.

Wie im Zimmer zuvor hat der Sanktus alle Schränke und Schubladen durchsucht und ist auf einmal mit einer schwarzen Pistole in der Hand vor dem Spiegel gestanden. Die Waffe war in der Schublade im Nachtkästchen aufbewahrt worden. Sauber! Die Regula musste eine gewaltige Panik vor einem Übergriff haben, wenn sie so etwas zum Einschlafen braucht, hat sich der Sanktus gedacht. Da ist ihm eingefallen, dass sie ihnen heute Abend unbedingt den Grund ihres Einsatzes verraten hat müssen, also wovor oder vor wem sie so viel Angst hatte.

»Bin gleich wieder da«, hat der Sanktus die Stimme der Regula auf dem Flur draußen gehört und war gerade noch in der Lage, die Waffe wieder in das Kästchen zu legen und sich hinter dem Vorhang des großen Fensters, der Gott sei Dank bis zum Boden gereicht hat, zu verstecken, als auch schon die Tür aufging und Regula im weißen Bademantel hereinkam.

Sie hat den Bademantel abgestreift und ist nun nackt, nur mit zwei Plateau-Badesandalen bekleidet, vor dem Sanktus, also, getrennt durch eine gelbe Gardine, gestanden. Sie hat sich im Spiegel, der gegenüber dem Bett angebracht war, angesehen und mit beiden Händen ihre Brüste nach oben gedrückt.

»Passt scho«, hat sie gesagt und sich selbst einen Klaps auf den Hintern gegeben. Dann hat sie sich nackt auf das Bett gesetzt, ihre Füße mehrmals hin und her gedreht und somit ihre lackierten Zehennägel begutachtet. Der Sanktus hat einen Druck im Hosenstall gespürt und sich schwergetan, leise zu atmen.

»Passt a«, hat sie gemurmelt.

Dann hat sie den Schrank geöffnet, Unterwäsche, Seidenstrumpfhose und ein schlichtes Kleid herausgeholt und sich angezogen.

Nachdem sie das Zimmer verlassen hatte, ist der Sanktus hinter seinem Vorhang herausgekommen und hat fast hyperventiliert. So eine Durchsuchung hat eindeutig an seinen Kräften gezehrt.

Das Zimmer von der Kathi würde er später in Angriff nehmen, jetzt musste er sich einmal zeigen, bevor sie ihn aufwecken wollen würden und feststellen müssten, dass er gar nicht in seinem Bett gelegen ist.

DER BRUNCH

Der Sanktus ist also ins Erdgeschoss hinunter und in den Wintergarten hinaus, wo der Haferl, der Schlauch-Gernot und der Giovanni mit der Regula *Schafkopf* gespielt haben.

»Ich könnt den ganzen Tag schafkopfen«, hat sie gesagt. »Weil ich gewinn die ganze Zeit!«

Sie hat dem Sanktus ihr Schüsselchen mit einem Haufen Münzgeld gezeigt. Bei den drei Brauern hat eher Ebbe geherrscht.

»Aber jetzt müss ma na aufhören. Die andern kommen bestimmt bald vom Frühstücken zurück. Die sind in den Ort hinein.«

Dabei hat sie den Sanktus mitleidig angesehen, und dem war grad gar nicht wohl. Höchste Unwohlseinstufe kein Ausdruck!

»Die Kathi mit den Kindern?«, hat er gefragt.

»Ja, mit dem Thore natürlich«, hat sie geantwortet und noch mitleidiger geschaut. »Sie bringen Brezen mit, na können wir ein Weißwurstfrühstück machen.«

Die Weißwürste hatte der Sanktus schon gar nicht mehr gehört.

Mit dem Thore? Aber den hatte der Sanktus gerade vorher doch noch durch den Flur im Obergeschoss huschen sehen. Oder nicht? Er ist ins Schwitzen gekommen. Na ja. Vielleicht war so eine Hausdurchsuchung doch zu viel für ihn.

Kurz darauf ist der moosgrüne Range Rover samt Kathi, Kindern und dem verhassten Mompe den Weg vom Tor heraufgekommen. Die Kathi ist gackernd ausgestiegen. Hat ja sehr imposant sein müssen, Gedanke beim Sanktus. War der Mompe wohl ein guter Gastgeber. Humorvoll, witzig, zuvorkommend. Dem Sanktus ist gleich wieder der Kamm geschwollen. Wie hat er das ändern können. Er hat denken müssen. Lange nachdenken, was zu tun war.

Nach den Weißwürsten, die der Sanktus mit zwei *Stern*-Weißbieren hinuntergespült hatte, geschmeckt haben sie ihm nicht, weil die Kathi gleich mit dem Mompe ins Hallenbad verschwunden ist und er gedanklich somit nicht bei der Sache war, ist er allein in die Außensauna gegangen. Die Kinder waren nicht zu sehen und anscheinend ebenfalls im Schwimmbad.

Er hat sich in der wohligen Wärme ausgebreitet und erst einmal tief durchgeschnauft. Wie hat er den Mompe in Misskredit bringen können und wie hat er es schaffen sollen, dass ihm die Kathi seinen Fehltritt verzeihen würde? Zugegeben hatte er ihn definitiv nicht, aber die Kathi hat es gewusst. Da hat er keine Chance gehabt. Das war klar.

Er hat jetzt erst einmal einen Aufguss gemacht und gehofft, dass ihn der Eukalyptusduft den Kopf klarwerden lassen würde, doch keine Lösung in Sicht. Er war ratlos, und das war wirklich selten. Er hat der Kathi irgendwie beweisen müssen, dass der Mompe ein Vollgaserer war. Ein Idiot, ein Volldepp, ein Versager. Aber das würde schwierig werden. So viel ist festgestanden.

Jetzt ist die Tür aufgegangen, und die Martina ist, mit einem Handtuch umschlungen, in die Sauna hereingekommen.

»Ich brauch Mompe-Pause«, ist es aus der Martina herausgeplatzt. »Das ist ja furchtbar!«

»Erzähl!«, hat sie der Sanktus aufgefordert. »Wo ist die Betty?«

»Die braucht einen Verdauungsschlaf nach dem Brunch grad. Also, hör zu. Heut in der Früh ist's schon losgegangen. Um 9 Uhr hat uns der Mompe aufgeweckt und war schon so scheiß aufgedreht.«

»Wo ist eigentlich euer Zimmer?«, hat der Sanktus gefragt.

»Im ersten Stock neben dem Mompe und der Regula. Warum fragst du?«

»Hat mich nur interessiert. Dann weiß ich, welche Räume ich nicht durchsuchen muss.«

»Hast schon was gefunden?«

»Nein«, hat der Sanktus geflunkert, weil er hat der Martina ja schlecht gestehen können, dass er die Liebesbriefe von ihrer Mutter verbotenerweise gelesen hat, aber dann hat er zugegeben: »Also schon. Die Regula hat eine Pistole bei sich im Nachtkasterl.«

»Pah!«, hat die Martina gekeucht. »Für was braucht die denn eine Waffe? Meinst, dass sie damit ihren Mann erschossen hat?«

»Geht ned. Für den Tag hat sie ein Alibi. Aber jetzt erzähl, sonst kriegen wir an Hitzschlag, bevor du fertig bist.«

»Also um 9 Uhr hat er uns geweckt und auf gute Laune gemacht. Die Betty ist das gewohnt, weil ihr Vater ist ja genauso, aber ich wirklich ned. Die Mama hat uns praktisch aus dem Bett rausgeschmissen, und wir haben sofort losmüssen. Zum Brunch. Der Mompe lädt uns ein. Na bravo, hab ich mir gedacht, aber mei. Mitgehangen, mitgefangen. Die Betty ist aus dem Bett rausgeschossen wie eine Blöde. Anscheinend ist das so bei denen daheim. Da, wenn der Drengler den Startschuss gibt, na läuft das Ganze wie eine Maschinerie ab. Wir haben uns also angezogen, Zähne geputzt und sind mit seinem super-duper Karren los an den Starnberger See in so einen Brunch-Schuppen. Na, ja. Gut war's. Sogar einen Schampus haben wir gekriegt. Aber das Zeug, das es da gegeben hat ... Na ja ... Für den, der's mag, ist's das Höchste. Der Schorschi hat nur *Nutella*-Semmeln gegessen, und das hat den Mompe auf die Palme gebracht, weil der Scheiß sauteuer war, und der Bub isst nur *Nutella*. Natürlich hat er es vor der Mama nicht zeigen wollen, aber man hat's ihm angekannt. War dem Schorschi aber egal. Der Betty hat's total geschmeckt. Die ist so was ja gewohnt.«

»Und die Mama?«, hat der Sanktus wissen wollen.

»Hat mit ihm geschäkert, und er hat ständig ihre Hand genommen, wenn er mit ihr geredet hat. So schmalzig ist der. Und säuseln tut er immer. Der redet gar ned normal.«

Der Sanktus hat sich schlagartig aufgesetzt, und es ist ihm gleich schwummrig geworden.

»Wie hat die Mama reagiert?«

»Na ja.«

»Was heißt na ja«, hat der Sanktus fast geschrien.

»Sie war neutral. Hat ihm die Hände nicht wegzogen, aber auch ned mehr. Sanktus, das wird schon. Die ist halt einfach grad extrem von dir angepisst. Aber das kriegen wir wieder hin. Den Deppen treiben wir ihr schon aus.«

»Aber wie?«

»Überlegen wir uns schon noch. Keine Panik.«

»Über was haben sie gesprochen?«, hat der Sanktus wissen wollen.

»Über ihre Vergangenheit, wie sie in Wien waren und wie schön es früher war und so weiter!«

»Na toll«, hat der Sanktus geschimpft. »Und warum ist sie dann nicht bei ihm geblieben, wenn's so toll war?«

»Weil sie ihn mit einer anderen gesehen hat. Irgendwo in Schwabing. Händchenhaltend und küssend. Hat sie ihm nie verziehen.«

»Na bravo. Das sind ja für mich die besten Voraussetzungen. Mir verzeiht sie dann auch nie.«

»Geh, Schmarren, aber was interessant ist, der Mompe streitet es bis heute ab, dass er eine andere gehabt hat. Aber die Mama ist ihm aus dem Weg gegangen, und er hat bald drauf nach Amerika müssen. So haben sie sich nie wieder gesehen. Er hat natürlich angefangen, dass er sie immer noch liebt und ihr eigentlich immer treu war, weil keine so toll war wie die Mama. So ein Gesülze! Furchtbar. Und er würd sich so freuen, wenn sie ihm eine zweite Chance gäbe und so weiter.«

»Und das hat er alles vor euch gesagt? Vor allem vor der Betty.«

»Ja, genau. Weil er sei so verzweifelt, dass es ihm egal sei. Ich hab aufpassen müssen, dass ich nicht vor lauter Ekel auf den Tisch gekotzt hab.«

»So ein Saubär!«, hat der Sanktus gezischt, und seine Augen haben gefunkelt. »Martina, das bedeutet Krieg. Jetzt müssen wir den Angriff vorbereiten.«

DAS KELLERGESCHOSS

Am Nachmittag haben die Brauer mit der Regula einen Spaziergang nach Maria Eich zur kleinen Wallfahrtskirche unternommen und wollten schauen, ob das Engerl dort immer noch um ein Zehnerl kommt. In der Kirche hat es zwei kleine Kripperl gegeben, da hat der Sanktus als Bub immer ein Zehnerl, also zehn Pfennige, einwerfen dürfen. Dann hat die Glocke der Kirche im Kripperl zu läuten begonnen, ein Türchen hat sich geöffnet, und ein Engerl ist herausgekommen, das das Kind vor dem Glaskasten gesegnet hat. Die Kathi hat mit dem Thore »gewellnesst«, die Jugend war im Hallenbad, und der Sanktus hat die Gunst der Stunde erkannt und sich in das Untergeschoss geschlichen. Neben dem Eingang zu ihrer Einliegerwohnung waren nämlich noch weitere Türen vorhanden, deren Räume der Sanktus unter die Lupe nehmen wollte.

Der Flur vor der Wohnung war von einem kalten Licht beleuchtet, das den Raum fast in ein Grün getaucht hat, und an der Wand waren Bilder von Landschaften. Nichts Persönliches, keine Fotos. Der Sanktus ist bis zum Ende des Gangs geschlichen, dort ist er rechts weg in einen unbeleuchteten Teil abgebogen. Er ist dem Gang gefolgt und hat die erste Tür geöffnet. Dahinter ist die Vorratskammer gelegen. Für die Ermittlungen uninteressant. Alle Regale waren prall gefüllt. Der Geburtstag hat also kommen können.

Die nächste Tür hat in den Technikraum geführt. Dort war die Heizung untergebracht, anscheinend eine Lüftungsanlage sowie die Schwimmbadtechnik, da es leicht nach Chlor gerochen hat. Hinter dem Technikraum hat sich das Hallenbad befinden müssen. Hat zumindest der sanktjohansersche Orientierungssinn angedeutet. Unter dem Strich war an diesem Ende des Gangs nichts auszurichten. Nichtsdestotrotz war sich der Sanktus sicher, dass er in der letzten Nacht ein Klopfen und Wimmern gehört hatte. Und dem würde er auf den Grund gehen. Das war einmal sicher!

Er ist also wieder zurück und durch die Tür gegenüber seinem Domizil in das Hallenbad hinein. Im Eingangsbereich ist ihm ein großer goldgerahmter Spiegel aufgefallen. Die beiden Mädchen haben mit dem Schorschi *Tratzball* im Wasser gespielt, wobei der Bub als Kleinster natürlich das Nachsehen hatte. Den Sanktus hat beim Anblick der glücklichen Kinder ein Gefühl der Wärme durchflutet.

Als er sich zum Gehen umgedreht hat, ist auf einmal der Mompe vor ihm gestanden. Er hat ein feindseliges Glitzern in den Augen gehabt, so wie bei ihrem ersten Treffen im Schwabinger Büro. Der Sanktus zuerst völlig perplex. Wo war der Kerl hergekommen? Er war weder im Schwimmbad noch ist die Tür zum Gang hinter dem Sanktus gegangen. Und ein Geist war er ja wohl auch nicht.

»Suchst du was, Sanktus?«, hat er gefragt, und in seiner Stimme ist Aggression mitgeschwungen.

»Warum?«

»Ich dachte, ich hätte die Tür zum Technikraum schlagen hören«, hat der Mompe geantwortet.

»Die Kathi such ich, weil von der lässt du ab jetzt gefälligst die Finger. Nur, dass wir zwei uns verstehen, Spezi!«, hat der Sanktus gedroht.

Der Mompe hat ihm ins Gesicht gegrinst und geschmunzelt.

»Ich will sie nicht. Das versichere ich dir. Aber du kriegst sie auch nicht mehr zurück. Da kannste einen drauf lassen. Das krieg ich hin.«

Der Sanktus hat ihn jetzt am Hemd gepackt und wollte ihn an die Wand drücken, doch der Mompe hat ihm einen Magenschwinger verpasst, dass der Sanktus in die Knie gegangen ist und die Engerl hat singen hören.

»Leg dich nicht mit mir an«, hat er mit drohender Stimme gesagt. »Da verlierst du. Glaub mir.«

Dann hat er sich umgedreht und hat das Hallenbad verlassen.

Der Sanktus hätte speiben können, so hat ihm sein Magen wehgetan. Er hat sich schnell aufgerappelt, sodass ihn die Kinder ja nicht sehen würden, und hat sich in sein Zimmer verzogen, um sich eine halbe Stunde aufs Bett zu legen und zu leiden.

Während der Sanktus mit Bauchweh auf seinem Bett gelegen ist, sind ihm die entwendeten Liebesbriefe wieder in den Sinn gekommen, und ihm war klar, wie er die Zeit bis zum Abendessen nutzen hat können. Zitternd hat er eines der Papiere aus seinem Nachttisch geholt und zu lesen begonnen:

Mein liebster Thore,

vielen Dank für unsere schönen Tage in Wien. Ich habe mich schon lange nicht mehr so frei und glücklich gefühlt wie mit dir in dieser wunderschönen Stadt.

WIEN – VOR EINIGEN JAHREN

Katharina war glücklich. So glücklich wie schon lange nicht mehr. Ihr Verhältnis mit Thore Mommsen schien sich in eine richtige Liebesbeziehung auszuwachsen. Thore war sanftmütig, hatte Herz, war humorvoll und gut aussehend. Kurz gesagt, der Mann ihrer Träume.

Da sie sich über ihrer beider Liebe zu Wien kennengelernt hatten, lag es natürlich nahe, dorthin zu reisen, was Katharina sofort in die Tat umsetzte und in den Semesterferien ein paar Tage im Hotel *Ananas* an der Rechten Wienzeile buchte. Thore war begeistert und stimmte natürlich sofort zu. Er hatte einen kleinen roten Fiat Panda, mit dem sich das Paar auf den Weg machte.

Wien war für Katharina die Stadt der Liebe. Das Paar ging händchenhaltend durch die Innenstadt, shoppte in der Mariahilfer Straße, trank Kaffee in den liebevoll erhaltenen Kaffeehäusern, aß am Naschmarkt Köstlichkeiten, küsste sich zärtlich im Riesenrad des Praters und sah verträumt von der Gloriette hinab zum Schloss Schönbrunn. Und Katharina musste Thore immer wieder die Ausdrücke der Wiener erklären und sie stundenlang imitieren. Thore hatte so viel Spaß an dieser Marotte. Die beiden lachten Abende lang ausgelassen und fühlten sich pudelwohl.

Viel zu schnell vergingen die Tage in der österreichischen Hauptstadt, und es war das Datum der Abreise, als Katharina im Frühstücksraum des Hotels saß und auf Thore wartete, der noch kurz zur Toilette des Hotelzimmers umgekehrt war.

Doch kaum saß Katharina an ihrem Tisch, war er auch schon wieder da und setzte sich zu ihr. Sie sah ihn fragend an, und er beäugte sie mit einem komischen Blick. Ein Blick, der ungewohnt war. Er stand auf, beugte sich zu ihr hinüber und gab ihr einen intensiven Kuss.

Katharina fühlte sich unbehaglich, da sie zwar sehr verliebt war, aber dieser Kuss im Frühstücksraum irritierte sie. Der Kuss war leidenschaftlich, aber dennoch anders als die sanften Küsse der vergangenen Tage. Langsam ließ Thore von ihr ab und sah ihr tief in die Augen.

»Das musste jetzt sein«, sagte er leise. »Bin gleich wieder da. Muss ums Eck. Zwei Minuten!«

Und weg war er.

Katharina schüttelte den Kopf und widmete sich wieder ihrem Frühstück.

Nach zehn Minuten war er wieder da und schien ganz der Alte zu sein. Außer, dass er etwas außer Atem war.

»Alles klar bei dir?«, fragte ihn Katharina.

»Jaja«, antwortete er stotternd. »Magen geht wieder. Alles gut. Der Kuss hat Wunder gewirkt.«

Manchmal wurde Katharina aus diesem Mann einfach nicht schlau. Dieses Verhalten war ihr schon ein paarmal aufgefallen. In der Tiefe ihres Herzens hoffte sie, dass ihre neue Eroberung keinen, wienerisch ausgedrückt, schweren »Klopfer« hatte, der ihr endlich erlangtes Glück auf eine harte Probe stellen würde.

DIE PHOBIE

Am Abend haben sich alle wieder zusammen am Tisch des offenen Esszimmers befunden, also alle außer der Regula, die noch nicht erschienen war. Die Kathi ist, so wie am Vortag, am Tischende neben dem Mommsen gesessen, und der Sanktus genau weitest entfernt gegenüber neben der Regula, also, wenn sie dagewesen wäre. Der Abstand zum Mommsen war auch gut so, denn wenn der Sanktus an das Treffen der beiden am Nachmittag gedacht hat, wäre er diesem

Volldeppen immer noch am liebsten an die Gurgel gegangen. Aber komischerweise war der Mommsen die Freundlichkeit in Person, und nichts hat mehr auf einen Kampf der Giganten hingedeutet.

Die Betty-Lou hat sich angeregt mit dem Mommsen unterhalten. Anscheinend Drengler-Parallelen. Doch wo war die Regula? Alle hatten bereits ein Getränk vor sich und haben auf das Essen gewartet, das die Maricruz zubereitet hatte. Ein original Chili con Carne hat es angeblich geben sollen. Der Sanktus hatte immer gedacht, dieses Gericht sei eine amerikanische Tex-Mex-Erfindung, aber er würde vollstes Vertrauen in die Haushälterin haben, weil ein zweites Mal wollte er die Pizza, von der er immer noch Sodbrennen hatte, nicht mehr riskieren.

Die Maricruz hat neben ihrem großen Topf in der zum Esszimmer hin offenen Küche gewartet, und allen ist schon der Magen durchgegangen, als sie einen Schrei aus dem oberen Stockwerk gehört haben. Einen markerschütternden Schrei wie aus dem Film *Psycho* von Alfred Hitchcock. Praktisch filmreif. Janet Leigh Anfängerin. Es war eindeutig die Regula, die so gebrüllt hat! Zeter und Mordio.

Alle sind sofort aufgesprungen und die Treppe hinaufgestürzt, wobei der Sanktus natürlich in der Poleposition war. Also erste Reihe ganz vorne. Die Tür zu Regulas Zimmer war offen, und sie ist immer noch schreiend mitten im Zimmer gestanden. Sie war umgeben von zig roten Luftballons, die durch den Deckenfluter gespenstisch rötlich geleuchtet haben. Nach denen hat sie gedroschen wie eine Berserkerin. Und sie hat geplärrt und geplärrt und geplärrt.

Der Sanktus, der als Erster die Geistesgegenwart wieder erlangt hatte, hat sie angehoben, fest an sich gedrückt, aus dem Zimmer gezogen und die Treppe hinuntergetragen.

Die Regula ist jetzt wie ein verängstigtes Tier auf der Couch im großen Wohn-Esszimmer gelegen und hat zitternd gehechelt. Sie war so blass wie die weiße Betonwand im Hintergrund, und ihr Gesicht hatte die Textur von einem Mozzarella-Käse. Der Mommsen ist neben ihr gesessen und hat ihr die Hand gehalten.

»Ruhig, Regula, ruhig«, hat er mit tiefer Stimme, wie die des Kaleuns auf dem *Boot U96* als er seinen Männer nach einem Angriff zugesprochen hatte, gesagt. Heinrich Lehmann-Willenbrock jetzt Vorbild. Also gesagt hat er eigentlich »ru-hich«, aber egal, weil die Regula hat sich einfach nicht beruhigt. Sie hat einfach weiter gezittert und gewimmert, denn sagen hat sie anscheinend noch nichts können.

Die Maricruz ist immer noch neben ihrem Chili gestanden und hat fast keine Miene verzogen, aber der Sanktus hat den Eindruck gehabt, als sei die Haushälterin etwas amüsiert, da wahrscheinlich natürliche Abneigung gegen die Eigenheiten der Gäste ihrer Herrschaft. Er hat das ein bisserl verstehen können, weil für ein paar rote Luftballons hat die Regula ganz schön überreagiert, zumindest die Meinung vom Sanktus. Aber es war wohl eher das Eindringen in das Zimmer, sprich der Eingriff in die Privatsphäre, die dich in so einem Fall kaputt macht.

»Sollen wir das Haus durchsuchen?«, hat der Haferl gefragt und wirr, den Kopf hin und her reißend, in die Runde geschaut, die Augen natürlich weit aufgerissen. »Regula, wir finden den Übeltäter. Also von uns war's schon amal keiner, oder?«

Jetzt hat er herausfordernd allen Gästen in deren Augen geschaut.

»Oder hast du an Clown gefrühstückt heut, Giovanni?«, hat er gefragt.

Beim »Clown« hat die Regula ein Wimmern herausgebracht, das erneut durch Mark und Bein gegangen ist.

»Herrschaft, Haferl«, hat der Sanktus geflucht. »Reiß dich halt amal zsamm. Du siehst doch, wie's ihr geht.«

Der Haferl jetzt Demut kein Ausdruck.

Der Mommsen hat sich nun zu ihnen gewandt.

»Regula hat eine Clownphobie. Coulrophobie nennt man das im Fachjargon.«

Jetzt ist der Mompe dem Sanktus wie der Drengler vorgekommen, wenn er doziert. Weitere Parallele. Scheußlich! Wirklich. Was würde ihm noch alles nicht erspart bleiben? Und warum hat sie Angst vor Luftballons, wenn sie eigentlich einen Tick wegen den geschminkten Kasperln hat, Gedanke jetzt beim Sanktus. Sehr komisch!

»Clownphobie?«, hat der Haferl gehaucht, der Piefke hat sich seine Brille zurechtgerückt, und der Giovanni hat gar nichts gesagt.

Der Schlauch-Gernot hat den Kopf geschüttelt.

»Was ned alles gibt«, hat er gesagt. »Verreck, Kaffeehaus, sog i!«

»Und woher kommt die?«, hat der Sanktus gefragt.

»Das soll euch Regula am besten selbst erzählen«, hat der Mommsen abgeschlossen.

»Aber wer war das jetzt? Wer hat die Luftballons da oben im Zimmer verteilt?«, hat der Haferl noch einmal angefangen. »Wer macht denn so was? Das heißt«, und jetzt hat er wieder seinen dozierenden Zeigefinger in die Höhe gereckt und die Glupschaugen weit aufgerissen, »wer weiß von der Kolorophobie?«

»Coulrophobie«, hat die Betty-Lou, ganz Drenglerlike, eingeworfen. »Clownphobie. Erwachsene Menschen haben oft Angst vor geschminkten Gesichtern, da sie so ihr

Gegenüber nicht einschätzen können. Das bewirkt Unbehagen und Unsicherheit. Bei Regula scheint es jedoch tiefer zu liegen.«

Die Martina hat perplex zur Betty geschaut und den Mund offen gehabt. Wundern kein Ausdruck, weil, wer weiß denn so was auswendig?

»Noch mal. Hallo!«, hat der Haferl gejodelt. »Durchkämmen wir jetzt nicht das Haus? Vielleicht ist der Übeltäter ja noch irgendwo da herin?«

»Das glaub ich nicht«, hat der Mommsen gemeint, »aber Haferl, du hast recht. Schwärmen wir alle kurz aus. Maricruz, bleiben Sie einstweilen bitte bei Regula? Vielen Dank.«

Der Sanktus hat zu der großen Fensterfront hinausgesehen und hat den Eindruck gehabt, als ob ein Schatten durch den Garten gelaufen wäre. Komisch!

Jetzt ist er mit den Brauern in das Untergeschoss, und sie haben ihre Wohnung, den Vorratsratsraum, den Maschinenraum und das Hallenbad durchsucht, aber niemand zu finden.

Eine Viertelstunde später sind sie alle wieder am großen Esstisch gesessen und haben das Original-Maricruz-Chili gegessen. Die Regula hat ganz kleine Häppchen wie ein Spatz in sich hineingewürgt, so schlecht war sie beinand. Ihre Augen waren immer noch ganz rot, und ihre Schminke war verwischt. Das hat aber niemanden gestört, denn alle waren froh, dass sie zumindest auf dem Weg der Besserung war.

Die Mädchen und die Kathi haben aufgeregt gewispert und die Lage anscheinend von vorne nach hinten und zurück durchdiskutiert. Die Martina hat wie eine Wilde mit den Händen gerudert, und die Betty-Lou hat stets verneinend den Kopf geschüttelt. Die Kathi hat immer wieder Worte eingeworfen, die die Martina anscheinend wiederum als falsch betrachtet hat. Ein Teufelskreis.

Der Haferl hat immer noch den Kopf geschüttelt und in sich hineingemurmelt. Der Sanktus hat ihm auf die Lippen geschaut und versucht, etwas zu verstehen. Und was er verstanden hat, hätte er so blanko unterschrieben.

»Ganzen Tag war ma daheim … niemand reingekommen … niemand raus … muss doch noch da sein … und keiner sucht richtig … weiß ned …«

»Porca puttana!«, hat er den Giovanni schimpfen hören.

»Jetzt muass i scho amoi wos sogn derfa!«, hat der Schlauch-Gernot angefangen, und als ihn der Mommsen völlig verdattert angeschaut hat, übersetzt: »Also sagen, mein ich, muss ich jetzt schon einmal was dürfen! Wenn wir auf die Regula aufpassen sollen, na müssts jetzt schon bald mit der Sprach rausrücken.«

»Genau meine Rede«, hat der Piefke vollendet. »Wir müssten ja nun schon wissen, vor wem oder weswegen wir dich schützen sollen.«

»Weswegen«, hat der Schlauch-Gernot in sich hineingelacht.

»Ihr habts ja recht«, hat die Regula geseufzt und ist nervös auf dem Stuhl hin und her gerutscht. »Ich hab extreme Angst vor Clowns. Ich krieg eine dermaßene Panik, wenn ich diese Gestalten seh, dass es ganz aus ist. Jetzt schenkts euch alle noch mal was ein, und dann erzähl ich euch die Geschichte, woher das kommt.«

Alle haben sich nun einen Rioja, den es zum Chili gegeben hat, nachgeschenkt. Auch die Mädchen.

NIEDERBAYERN – SEINERZEIT

Der Sommer war traumhaft in diesem Jahr, und die kleine Regula war mit ihren Freundinnen am Badeweiher. Es war Wochenende und somit Gott sei Dank schulfrei. Die Mädchen schwammen am liebsten hinaus zur Insel, eine aus blauen Plastikwürfeln gebaute Fläche mit Aufstiegsleiter, die mitten im See ruhte, denn dort ließ sich die Frau von Welt, also somit auch Regula, Michaela und Leni, in der Sonne wie auf dem Präsentierteller schmoren.

Plötzlich vernahmen sie ein Gebimmel, das sich zu einem an ein Kinderlied erinnerndes Musikstück verwandelte. Leni sprang sofort auf und zog ihren Bikini zurecht.

»Da Eismo kimmt. Schnell, springts eini!«

Die drei Mädchen waren mit einem Ruck aufgesprungen, mit einem Hecht in den See zurückgeglitten und schwammen um die Poleposition an der mobilen Eisdiele. Leider war der weiße Kleinbus, der rot mit »Gelato di Umberto« beschriftet war, vor ihnen am Ufer eingetroffen, und es hatte sich bereits eine lange Schlange gebildet. Neben den roten Lettern war ein Clown mit einer riesigen Eistüte und einem Luftballon in der Hand auf das Auto gemalt worden.

»Jetzt kömma uns wieder die Füß in den Bauch stehen«, motzte Regula.

»Aber des Eis vom Umberto is's wert«, erwiderte Michaela.

»I mog Schlumpf!«, konstatierte Leni.

»I Vanille und Schoko«, die Michaela.

»I woaß no ned!«, überlegte Regula, die immer schon, bis kurz bevor sie dran war, ihre Bestellung im Geiste gefühlte 20 Mal umwarf.

Umberto Cannavale war ein schnauzbärtiger, sympathischer, molliger Italiener, der sein Eis im Feinrippunterhemd verkaufte.

»Ciao, Leni«, sagte er, als die Mädchen endlich dran waren. »Ich habe ganz frische Schlumpfe gefange und gleiche Eis draus gemachte!«

Leni lachte und reichte ihm eine Mark für die zwei Kugeln in der Waffel. Regula bestellte sich Zitrone und Erdbeere, nachdem sie Schoko und Vanille kurz vorher verworfen hatte.

»Kommst heut Abend bei uns noch durchs Dorf?«, fragte sie den Eisverkäufer, und dieser bestätigte das mit einem lauten »Claro!«

Regula war zu spät vom Baggerweiher nach Hause gekommen, denn die Mädchen hatten so viele wichtige Gespräche, dass sie dabei die Zeit vergaßen. Beim Abendessen zu Hause war dieser Fauxpas nun Thema.

»Ich musste noch kurz weg, und du hättest auf Julian aufpassen sollen, Regula«, schimpfte ihre Mutter.

»Davon abgesehen ist man nie unpünktlich«, fügte ihr Vater Ferdinand, der Filialleiter der hiesigen Sparkasse, hinzu. »Das ist die Grundvoraussetzung für Vertrauen.«

»Mann, es war doch nur eine Viertelstunde«, meckerte Regula, die zu Hause wie ihre Eltern Hochdeutsch sprach.

Ihr Bruder Julian grinste und streckte ihr die Zunge raus. Regula trieb es die Zornesröte ins Gesicht.

»Morgen ist der Weiher gestrichen«, legte Ferdinand fest, und Regula konnte die Welt nicht mehr verstehen.

»Aber die Leni, die Micha und ich haben doch schon ausgemacht, dass wir …«

»Das hättest du dir vorher überlegen sollen«, fiel ihr ihre Mutter ins Wort.

»Mensch Mama, Papa …«, stammelte das Mädchen.

»Wir haben uns Sorgen gemacht, Regula. Dir hätte ja etwas passiert sein können.«

»Ja, schon gut, aber darf ich bitte, bitte, bitte morgen wieder an den Weiher. Bitte, Mama!«

»Regula«, schimpfte ihr Vater, »jetzt ist Schluss. Du machst alles nur schlimmer. Ich will heute nichts mehr hören. Geh auf dein Zimmer. Wir sprechen morgen weiter.«

In diesem Moment war Umbertos Klingelmelodie zu hören, denn der weiße Eiswagen mit dem aufgemalten Clown fuhr gerade draußen an ihrem Fenster vorbei.

»Mist«, rief Ferdinand, »jetzt haben wir den Eismann verpasst.«

»Der hält oben auf der Kuppe bei den Meiers noch einmal«, erklärte die Mutter, und Ferdinand schlüpfte schnell in seine Sandalen und hechtete zur Haustür hinaus.

»Ich geh mit und helf ihm tragen«, fügte Regula, die sich von der Aktion Pluspunkte erwartete, hinzu und folgte Ferdinand.

Von Weitem sah Regula ihren Vater, wie er zu dem weißen Eiswagen die ansteigende Straße hinaufjoggte. Ferdinand war gut in Form, und Regula konnte nur schwer aufholen.

Als er kurz vor Umbertos mobiler Eisdiele angekommen war, geschah das Unglück. Der Vater drehte sich um, warum, konnte Regula nicht sagen, und winkte ihr aus der Ferne zu. Im gleichen Moment löste sich Umbertos Handbremse, wie das spätere Gutachten aussagen würde, und der Kleinbus begann, rückwärts den Berg hinunterzurollen.

Regula sah den Clown, der auch die Hecktüren zierte,

von oben auf ihren Vater zukommen. Dieser schien ihn mit offenen, ausgestreckten Armen zu empfangen. Der Clown grinste von hinten furchteinflößend. Wie in Trance hörte Regula nun das Schreien der Kinder, die bereits in der Schlange für eine kühle Kugel Eis angestanden waren und entsetzt dem wegrollenden Wagen nachsahen. Sie vernahm auch das laute Brüllen des Eisverkäufers Umberto. Sofort versuchte sie, ihren Vater auf das anrollende Vehikel durch Gesten und Rufe aufmerksam zu machen. In Panik hüpfte sie plärrend auf und nieder und deutete vehement hinter ihren Vater auf das anrollende Gefährt. In Regulas Wahrnehmung dauerte die Situation mehrere Minuten, doch in Wirklichkeit ging alles sehr schnell.

Bis heute war Regula nicht klar, warum sich ihr Vater nicht umwand.

Sein Bild, rechts und links umgeben von einer Eistüte und bunten Luftballons, brannte sich für immer in das Gedächtnis des Mädchens ein. Dann gab es ein knackendes Geräusch, der Blick ihres Vaters wechselte auf überrascht, und kurz darauf war er unter dem Eiswagen verschwunden. Daraufhin kam der Kleinbus zum Stehen, und Regula konnte die Schreie der Kinder, die zur Kuppe gelaufen waren, um bei Umberto einzukaufen, hören. Wären diese Kinder eine Minute früher an der Kuppe angekommen, hätten sie vielleicht beim Losrollen des Wagens geschrien, hätte sich ihr Vater unter Umständen umgedreht und hätte Umbertos Talfahrt ausweichen können. Sicher war jedoch, wäre Regula rechtzeitig nach Hause gekommen und hätte sie nicht so lange um ihre missliche Lage diskutiert, hätte ihr Papa Umberto nicht verpasst und würde noch leben. Regula gab sich seit diesem Tag die Schuld am Tod ihres Vaters und entwickelte eine ausgeprägte Phobie gegen alles, was mit Clowns, Luftballons, Eis, Eiswagen und vor allem deren Melodie zu tun hatte.

DIE PHOBIE 2

Jetzt hat die Regula in die Runde und in betretene Gesichter geschaut. »Dann ist der Clown aus dem Wagen ausgestiegen und ist nach hinten, wo mein Papa unter dem Auto gelegen ist. Er hat einen roten Luftballon in der Hand gehabt und hat zuerst meinen sterbenden Papa und dann mich angegrinst. Er hat gelbe spitze Zähne gehabt, und …«

»Regula«, hat sie der Mommsen, der inzwischen von seinem Platz neben der Kathi aufgestanden war, beruhigt und ihr den Arm gestreichelt. »Da war kein Clown. Das war der Eismann. Umberto Cannavale, hast du mir doch immer erzählt. Aus Treviso in Venetien.«

»Ja«, hat die Regula zittern bestätigt, »Umberto Treviso aus Cannavale!«

»Cannavale aus … Ach, lassen wir das, Regula.«

Die Regula hat jetzt einen völlig unzurechnungsfähigen Blick draufgehabt, dass es dem Sanktus fast angst und bang geworden ist. Die war ja irr, oder? Zefix, seine tolle Regula? Herrschaftszeiten.

»Und jemand weiß um dein Leiden sozusagen«, hat der Piefke schlussgefolgert, »und setzt dir nun mit Clown-Utensilien zu!«

»Aber warum?«, hat der Haferl gefragt.

»Ich weiß es nicht!«, hat die Regula schluchzend gesagt. »Ich weiß es nicht!«

»Seit wann geht das denn schon so?«, hat der Sanktus gefragt.

»Seit ein paar Wochen vor Reinhards Tod«, hat der Mommsen gesagt.

Die ganze Runde war jetzt mucksmäuserlstill und hat gebannt gelauscht.

»Und wenn der Clown ihn umgebracht hat?«, hat die Regula gefragt.

»Da ist kein Clown«, hat der Haferl, ganz Psychologe, gesagt. »Das ist ein ganz normaler Mensch, der dir Böses will, Regula …«

Da hat der Haferl sogar Hochdeutsch geredet, weil Satz von unvorstellbarer Wichtigkeit, sozusagen.

In diesem Moment hat die Martina einen Schrei ausgestoßen, die Betty ist ihr gefolgt und die Regula hat eingestimmt.

Draußen im Dunkeln ist ein Scheinwerfer angegangen, der im Sommer anscheinend ein kleines Wasserspiel beleuchtet hat.

Mitten im Rasen ist ein weiß geschminkter Clown mit roten Haaren in einem rosafarbigen Kostüm mit bunten Bommeln gestanden. In der Hand hat er einen Strauß mit Luftballons gehabt. Er hat die Arme von sich gestreckt und sich verbeugt. Als er den Kopf wieder gehoben hat, hat er einen Schwall Blut aus seinem Mund gespuckt. Das Blut ist ihm das Kinn hinuntergelaufen, und dann hat er etwas mit seinem Finger aufgefangen und auf die Stirn getippt. Das nachempfundene Einschussloch von Reinhard Wullmsdorff, Schlussfolgerung beim Sanktus.

Dann ist das Licht ausgegangen, und der Garten ist wieder im Dunklen versunken.

Vom Keller her hat der Sanktus ein lautes Rumpeln gehört, wie wenn jemand eine Tür mit Gewalt aufbrechen will. Es war nur kurz da und auch gleich wieder weg.

Die Regula hat gestöhnt und ist in die Knie gegangen. Sie hat ausgesehen, als würde sie büßend beten.

»… und vergib mir meine Schuld, wie auch ich vergebe meinen Schuldigern …«, hat sie geflüstert.

MONTAG - TELEFONATE

Gleich in der Früh war der Sanktus aufgestanden und hat sich aus der Einliegerwohnung hinaus in den Garten des Anwesens geschlichen. Es war an der Zeit, ein Telefonat mit der Schranner Bine zu führen.

»Servus, Bine. Lagebericht. Hast Zeit?«

»Sanktus? Klar. Moment, ich muss kurz aus einer Besprechung raus«, hat die Bine geflüstert.

Im Hintergrund hat der Sanktus den Bergmann Rudi hören können und sofort an seinem fränkischen Dialekt erkannt. Gleich hat er wieder an die Lena und an seinen Fauxpas denken müssen.

»So jetzt! Alles klar bei dir?«

»Klar? Das ist ein Irrenhaus hier. Aber red erst mal du. Habt ihr was zum Mord rausgekriegt?«, hat der Sanktus nervös gefragt.

»Ned wirklich. Wir tappen im Dunkeln. Wir haben keinen Peil, wo der Wullmsdorff erschossen worden ist. Also definitiv nicht an der *Bavaria*. Die Waffe ist nicht direkt auf dem Kopf aufgesetzt worden, aber seine Hände haben Spuren einer Fesselung aufgewiesen. In seinen Haaren haben wir Fasern von einem Jutesack gefunden, also, wenn du mich fragst, schaut das alles sehr nach einer Hinrichtung aus.«

»Hast du die Enkelin von der Vesely erreicht?«

»Negativ. Das Handy ist in keinem Netz angemeldet.«

»Und die Neureuther?

»Auch nichts bezüglich des Selbstmords, aber sie hat eine Tochter aus erster Ehe. Also nicht von dem Merkel. Die hat er uns beim Gespräch unterschlagen.«

»Klar. Physiker!«, hat der Sanktus grinsend geantwortet. »Du hast gefragt, *Haben Sie Kinder, Herr Merkel*. Nein, hat er nicht. Antwort also zu 100 Prozent richtig, und keine alte Sau kann was damit anfangen. Aber weiter mit der Tochter!«

»Die Tochter heißt Gudrun und ist behindert. Down-Syndrom. Sie ist in einer betreuten WG für Menschen mit Behinderung, ist aber vor fünf Wochen verschwunden und gilt als vermisst.«

»Verreck. Und die Vesely-Enkelin ist genauso unauffindbar. Passt wie die Faust aufs Aug«, hat der Sanktus zusammengefasst. »Das hängt zsamm. Glaub mir.«

»Was ist bei dir?«

Jetzt hat der Sanktus die Geschichte von der Coulrophobie der Regula erzählt.

»Wir sind natürlich alle wie von der Tarantel gestochen in den Garten raus und haben versucht, das Licht wieder anzumachen. Wir haben aber nicht gewusst, wo der Schalter ist, und der Mompe war ja bei der Regula. Bis wir das rausgefunden hatten, also, was heißt rausgefunden, die Maricruz, also das Haumädchen, hat uns dann das Licht angemacht, aber da war es natürlich schon viel zu spät.«

»Also habt ihr niemanden im Garten gefunden?«

»Nein. Nur Fußspuren auf dem Rasen. Der Eindringling ist wahrscheinlich über die Einfassungsmauer herein- und wieder hinausgekommen.«

»Sonst irgendetwas Eigenartiges?«, hat die Bine wissen wollen.

»Ja«, hat der Sanktus geantwortet. »Der direkte Ausgang vom Untergeschoss war versperrt. Da war von außen ein Keil unter die Tür hineingetrieben worden, dass du das Ding auf keinen Fall von innen aufgebracht hast. Und wenn, dann nur nach einiger Zeit. Ich hab mir eingebildet, jemand rüttelt von innen dran, aber wir waren ja alle oben beim Essen. Ich glaub, der Clown war auch der Fahrer von dem Eiswagen vom Vortag.«

»An das Gebimmel kann ich mich auch noch erinnern, wie wir bei der Regula waren. Das ist mir fast gespenstisch vorgekommen. Ja, jetzt wo du 's sagst. Stimmt.«

»Der belästigt sie anscheinend schon seit einiger Zeit. Also schon vor dem Mord am Wullmsdorff.«

»Sagt sie das?«, hat die Bine wissen wollen.

»Ja«, hat der Sanktus bestätigt.

»Das hat sie uns aber nicht erzählt. Das ist suspekt. Normal erzähl ich das doch der Polizei. Könnt doch ein Hinweis auf den Mörder sein!«

»Genau«, hat der Sanktus bestätigt. »Und deswegen hat sich der Clown das Blut auf die Stirn getupft. Das war symbolisch das Einschussloch beim Wullmsdorff! Er wollte ihr sagen, dass er ihren Mann umgebracht hat!«

»Oder andersrum!«

»Wie? Wie meinst?«

»Sanktus, komm einmal von deinem Rosa-Regula-Brillen-Trip runter. Er könnte sie ja auch des Mordes beschuldigen.«

»Dass sie ihren Mann umgebracht hat?«

»Oder lassen hat. Sie hat ja schließlich ein Alibi.«

»Und der Clown will ihr solang zusetzen, bis …«

»… sie's zugibt! Genau«, hat die Bine vervollständigt. »Motive dafür hat sie genug. Geld, Firma, et cetera.«

»Hast schon recht, Bine. Wobei ich's mir nicht vorstellen kann. Ich nehm das Ganze auf jeden Fall aus diesem Blickwinkel mal unter die Lupe. Ah, übrigens: Sie hat eine Pistole im Nachttisch.«

»Sauber. Woher weißt denn du das? Was tust denn du in ihrem Schlafzimmer, Sanktus?«

»Durchsuchung, Frau Schranner. Durchsuchung. Sonst nichts. Ehrenwort. Ich bin nicht befangen. Echt ned.«

»Okay, ich glaub's dir. Aber tu mir bitte einen Gefallen und find die Nummer der Waffe raus, dass wir wissen, auf wen sie registriert ist.«

»Passt, wird erledigt. Kannst du den Mompe mal unter die Lupe nehmen? Der ist nicht ganz hasenrein, hab ich das Gefühl.«

»Mach ich, Sanktus. Und wie geht's jetzt weiter?«

»Heute kommen die ersten Gäste an. Der Bruder vom Reinhard mit Frau und anscheinend ihre Mutter.«

»Gut. Hast du dich mit der Kathi aussprechen können?«

»Nein, noch ned. Sie hängt den ganzen Tag mit dem blöden Mompe umeinander. Die Martina wird auch schon narrisch.«

»Okay. Halt mich auf dem Laufenden, bitte.«

»Sowieso! Haben eigentlich die Kollegen aus Niedersachsen was rausgefunden?«

»Nein. Nix. Nichts Auffälliges in der Molkerei.«

»Okay. Dann servus!«

»Servus! Halt! Ich blöde Gans, vor lauter, vor lauter … Der Stern ist tot. Also der Franz-Xaver. Ist gestern in der Nähe von Wolfratshausen gegen einen Baum gefahren.«

»Der alte Stern?«, hat der Sanktus gefragt. »Hab ihn nie gekannt. Aber auch wiederum komisch. Verkauft die Brauerei und stirbt gleich danach. Lauter komische Zufälle, meinst nicht?«

»Komisch ist es schon. Wirklich. Also, wenn was ist, meld dich.«

»Ja, mach ich. Aber das mit den Selbstmorden geht mir nicht ein. Aber, weißt was, ich hab eine Idee. Ich ruf jetzt den Drengler an. Vielleicht weiß der was über die Neureuther oder über ihr Mandat bei den Wullmsdorffs. Was meinst?«

»Gute Idee. Machs guad. Ciao!«

»Ciao, Bine!«

Der Sanktus hat ein Motorengeräusch gehört und sich umgedreht. Der Mommsen ist gerade mit der Kathi und den Kindern weggefahren. Sauber, hat er sich gedacht. Nach den Ereignissen vom Vorabend? Der spinnt wohl, und der Sanktus natürlich sofort auf 180. Na warte. Aber wenigstens Zeit zum Ermitteln.

Nun hat er die Drengler-Nummer gewählt.

»Hallo, Sanktus«, hat sich der Drengler gemeldet.

»Servus, Jens. Du, kurze Frage …«, aber weiter ist er nicht gekommen.

»Wie geht's euch in Planegg«?«, hat der Drengler geflötet. »Habt ihr Spaß?«

Planegg hat der Drengler natürlich wieder »zuagroast« langezogen ausgesprochen, und beim Sanktus somit Haare-aufstellen angesagt.

»Ja, ganz viel, Jens. Ganz viel. Die Kinder machen heute mit der Kathi und dem Mompe einen Ausflug:«

»Mompe?«

»Der leibliche Vater von der Martina«, hat der Sanktus gemeint.

»Ah so! Toll. Wo geht's denn hin?«

»Wohin?«, hat der Sanktus gemurmelt. »Ja, also wohin …?«

»Sanktus, was ist denn bei euch da los? Ich erkenne es an deiner Stimme, dass da etwas nicht im Lot ist, nö!«

»Nein, nein, Jens. Alles gut. Ich bin nur etwas mit der Kathi überkreuz, weißt.«

»Okay. Schon kapiert. Spricht wohl nicht mit dir?«

»Jetzt hast es, Jens. Genau. Spricht sie nicht, also mit mir. Richtig. Aber jetzt pass auf. Kennst du eine Sieglinde Neu-reuther? Anwältin. Hat vor Kurzem Selbstmord begangen.«

»Oh ja«, hat der Drengler geantwortet. »Sieglinde. Kenne ich, äh, hatte ich gekannt. Sehr liebe Dame. Sehr lieb. Ihr Mann ist ein Idiot. Betrügt sie mit 'ner Jungen.«

»Der Merkel-Volltrottel?«, hat der Sanktus laut ausge-rufen.

»Genau. Nur ist das kein Trottel. Den gibt er nur gern. Ist wahrscheinlich froh, dass Sieglinde aus dem Weg ist.«

»Na bravo. Noch ein Verdächtiger«, hat der Sanktus gemeint. »Sie war ja die Anwältin vom alten Wullmsdorff. Ihr Mann hat angedeutet, dass da irgendetwas nicht ganz hasenrein war. Könntest du mal deine Connections spielen lassen und rausfinden, was da bei dieser lieben Familie im Argen liegt?«

»Na klar doch! Aber, Sanktus, sag mal, Betty ist schon in Sicherheit, nö? Muss ich mir Sorgen machen?«

»Schmarren. Jens. Bin ja ich da.«

»Na gut, Kollege. Also ich starte dann mal die Telefonlawine«, hat er, Justus Jonas von den *Drei ???* imitierend gesagt, »und gebe Bescheid.«

DIE ARBEITSAUFNAHME

Der Sanktus ist zurück ins Haus und in das Esszimmer, wo das Frühstück aufgebaut war. Die Maricruz hatte Semmeln aufgebacken und es hat nach frischem Kaffee gerochen. Er hat zur Fensterfront hinausgeschaut und die Regula in der Kälte draußen auf der Terrasse neben dem abgedeckten Pool Tai-Chi machen sehen. Ganz vergeistigt war sie, weil neben einem Tia-Chi-ler kann ja ein Haus einstürzen oder ein Auto explodieren, der merkt das nicht. War dem Sanktus unergründlich, weil ihm hättest du nur in 100 Meter

Entfernung eine Halbe Bier vorbeitragen, müssen, wäre es mit dem Tai-Chi aus gewesen.

Er hat sich also an den Frühstückstisch gesetzt und sich eine Honigsemmel gestrichen, da sind die Bierbrauer schon gekommen und haben sich zu ihm gesellt.

»Macht die da Tai-Chi?«, hat der Haferl gefragt.

»Nö, sie kämpft mit dem Laserschwert«, hat der Piefke erwidert.

»Mir wär das zu kalt«, Kommentar vom Schlauch-Gernot.

Der Giovanni hat nichts gesagt und nur den Kopf geschüttelt, doch die Regula war anscheinend schon am Ende ihrer Übungen, denn sie ist durch die große Glastür des Wintergartens ins Esszimmer hereingekommen.

»Mmh«, hat sie gemeint, »Das duftet. Aber ich mag jetzt erst einmal meinen *Spezial*.«

Und schon ist die Maricruz mit einem Glas grünem Pampf dahergekommen, dass es den Brauern die Augen verdreht hat.

»Um Gottes willen, Regula«, hat der Sanktus gefragt. »Was ist denn das?«

»Mein Fitness-Smoothie, Sanktus. Da sind Fruchtsaft – Zitrone, Ingwer, Kiwi, Apfel, Orange, Erdbeeren – Kokos, Honig und Spinat drin.«

Und bestimmt zwei Stamperl Vodka, Hochrechnung vom Sanktus.

»Spinat? Spinnst du?«, hat der Schlauch-Gernot gehechelt und einen tiefen Schluck Kaffee genommen.

»Ist doch gesund«, hat der Haferl gesagt. »Find ich gut!«

»Maricruz«, hat die Regula gemeint. »Bringst dem Herrn Fischhuber auch einen, bitte.«

»Nein, nein!«, hat der Haferl abwehrend fast geschrien. »Brauchts ned, weil ich bin ja schon fertig, also mit dem Frühstück!«

Aber der Smoothie war bereits vor ihm gestanden, und die Regula hat ihn ihm mit einem Lächeln hingeschoben.

»Salud!«, hat sie grinsend gemeint.

Am Haferl-Blick hast du jetzt gesehen, einziger Gedanke: Hättest du das Maul ned so weit aufgerissen. Aber manchmal gewinnt man, manchmal verliert man.

»Lass es dir schmecken. Nimm dir die Zeit. Wir haben genug. Passts auf«, hat die Regula erklärt. »Heute kommt schon meine Mama, Reinhards Bruder Theo, seine Frau Freya und mein Neffe Jürgen. Die wollten unbedingt schon vorher anreisen. Keine Ahnung, warum. So weit ist es nun ja auch ned. Jetzt müssen wir uns überlegen, wie wir es machen. Ich will vor allem meine Mama nicht beunruhigen, und daher erzählen wir nichts von den bisherigen Ereignissen.«

»Kommt dein Bruder nicht?«, hat der Sanktus gefragt.

»Julian lebt leider nicht mehr, Sanktus«, hat die Regula mit etwas traurigem Unterton gesagt, aber gleich war sie wieder die Alte. »Giovanni, du müsstest also heute schon mal im Garten umeinaderkraudern, Piefke, du solltest dein Butleramt mit der Maricruz absprechen. Haferl, du und der Gernot, ihr seid schon angereist, um alles für die Party herzurichten. Morgen kommt eh das beheizbare Außenzelt. Das nehmen sie uns locker ab. Und Sanktus, du bist ein alter Freund von mir. Wir haben uns irgendwo kennengelernt …«

»Namibia«, hat der Sanktus eingeworfen.

»Genau, Namibia. Drum bist du schon da. Auf dem Fest kümmerst du dich dann um die Sicherheit. Passt! Die Kathi und die Kinder werden schwierig, aber das regelt der Thore.«

Da ist es dem Sanktus eiskalt den Rücken runtergelaufen. Wenn der Mompe was regelt, kann das nix sein, zumindest Gedanke beim Sanktus.

»Und wie erklär ich das dem Schorschi?«, hat er gefragt. »Die Martina hält sich an das, was wir ausmachen, aber der Bub ist erst sieben. Da hab ich wenig Hoffnung.«

»Das wird die Kathi schon hinkriegen«, hat die Regula, fast ein bisserl mit bissigem Unterton, geantwortet.

Na toll, die Kathi und der Mompe, das Traumpaar Planegg 2021. Super! Ganz toll!

Der Giovanni, der Schlauch-Gernot und der Haferl sind hinunter in den Geräteschuppen des Gartens und haben erst einmal eine kleine Inventur gemacht. Der Piefke ist in sein Zimmer und hat seinen Anzug geholt, um wie ein Butler auszusehen, und der Sanktus hat mit der Regula noch einen Kaffee getrunken.

»'tschuldige, Sanktus«, hat sie angefangen. »Das war vorher nicht fair. Ich versteh schon, wie's in dir aussieht. Du hier mit deiner Frau, und die ist nur mit dem Thore unterwegs. Warum ist sie denn gar so sauer auf dich?«

»Ich hab sie mit einer alten Freundin betrogen. Das hat sie spitzgekriegt. Und ich bin jetzt ned der größte Fan vom Mompe. Das hab ich halt viel zu deutlich, sagen wir mal, zum Ausdruck gebracht.«

Die Regula hat laut aufgelacht.

»Mompe. Das gefällt mir. Aber das mit dem Betrügen ist scheiße. Da sind wir Frauen sehr, sehr nachtragend. Das zahlt sie dir natürlich jetzt doppelt und dreifach zurück. Zefix, Sanktus. So was macht man doch ned.«

Der Sanktus hat sie nur ratlos angesehen und mit den Schultern gezuckt.

»Ja, ab und zu macht man Fehler«, hat die Regula gesagt. »Und wenn dein Partner nicht mehr da ist, wie jetzt der Reinhard, kannst du sie nicht mehr rückgängig machen.

Das tut am meisten weh. Komm, wir machen ein Selfie, wir zwei. Die zwei Verlassenen. Aber lachen tun wir trotzdem!«

Die Regula hat einen Arm um den Sanktus gelegt und mit der freien Hand ein Foto gemacht. Dann ist sie aufgestanden und hat dem Sanktus einen Kuss auf die Backe gehaucht.

»Das schaffst du schon. Lass ned locker. Du bist ein Bayer, der Mompe a Preiß! Also!«

Dann ist sie lachend gegangen.

»Mompe ...«, hat sie der Sanktus von Weitem immer noch zu sich selbst sagen gehört. »Cool ... Mompe ...«

Der Sanktus ist in den großen Wintergarten hinaus und hat zum Geräteschuppen, der am rechten hinteren Ende des Anwesens gebaut worden war, geblickt. Der Giovanni und der Haferl haben gerade den Aufsitzmäher begutachtet. Der Haferl hat über das Blech des Mähers gestrichen, als würde es sich um einen Ferrari handeln. Was die beiden gesprochen haben, hat der Sanktus leider nicht hören können. Nun haben sie ringsum geschaut, und der Giovanni hat sich auf den kleinen Traktor gesetzt.

Kaum ist er droben gesessen, ist der Traktor losgeschossen, und der Giovanni hat sich gerade noch, seinen Gärtnerhut mit einer Hand haltend, mit der anderen am Lenkrad festklammern können, sonst wäre er runtergefallen. Der Haferl ist ihm wild gestikulierend nachgerannt. Der Giovanni hat sich zu ihm umgedreht, und der Sanktus hat sogar durch das Glas des Wintergartens verstanden, was der Giovanni gerufen hat: »Ike habe keine Ahnung, wie man diese Dinge stoppte! Ike hab ja keine Fuhrescheine!«

Der Haferl hat die Hände vors Gesicht geschlagen und ist in eine Lachsalve ausgebrochen, ist aber dann weiter dem Gefährt mit Schmackes nachgerannt. Dann hat er noch einen

Zahn zugelegt und hat den Zündschlüssel des Traktors herumgedreht, als er den Giovanni auf seinem Höllengefährt erreicht hat. Der Traktor hat abrupt gestoppt, und der kleine Italiener ist mit wackligen Knien abgestiegen. Der Haferl ist zurück zum Schuppen gefahren und hat dem Giovanni dort eine definitiv notwendige Einweisung gegeben. Da er immer auf sein Handy gezeigt hat, also anscheinend Online-Bedienungsanleitung, war dem Haferl offensichtlich auch nicht alles klar, und der Sanktus hat gesehen, wie sie an verschiedenen Knöpfen gedrückt und an Hebeln gezogen haben. Das würde wohl noch dauern, Meinung vom Sanktus.

Kurz drauf hat der Sanktus den Schlauch-Gernot von unten in den Garten kommen sehen. Er war mit einem Zollstock bewaffnet und ist, so wie es ausgesehen hat, die Örtlichkeiten der morgigen Montage abgeschritten. Ganz wichtig hat er es gehabt, und er hat den Sanktus an einen Soldaten erinnert, der im Stechschritt auf und ab marschiert. Nun hat sich der Schlauch-Gernot umgesehen und geistig die Umgebung auf Möglichkeiten eines Terroranschlags untersucht. Dann ist er zum Haferl und dem Giovanni und hat ihnen, so wie es ausgehen hat, Anweisungen gegeben, wo sie besonders gründlich mähen sollten. Er hat auf ein paar Büsche gezeigt, die wahrscheinlich nach der Mähaktion noch weggeschnitten werden mussten, da sie ansonsten Scharfschützen oder ähnliche Aggressoren beherbergt hätten.

Der Giovanni ist nun vorsichtig und langsam mit dem Traktor losgefahren.

»Du machst mich wahnsinnig! Und das nach einer Viertelstunde«, hat der Sanktus die Maricruz aus der Küche mit spanischem Akzent schreien gehört. »Du bist kein Butler in echt, du bist Bierpantscher, pendejo!«

»Aber Maricruz!«, hat der Piefke, der pikfein in Anzug und Fliege vor der Haushälterin gestanden ist, angefangen. »Es gibt keinen Grund, ausfallend zu werden, da mir der Job hier sozusagen aufoktroyiert wurde, nöch, und ich gedenke, ihn bis zur Perfektion auszuüben, nöch. Daher werden wir beide uns nun arrangieren, und Sie werden auf mein Geheiß die Speisen zur Verfügung stellen. Verstanden?«

»Que te den por culo, Trottel!«, hat die Maricruz, die den Sanktus, jetzt, wo sie so in Fahrt war, an die Salma Hayek in *Bandidas* erinnert hat, gerufen. »Ich mach das die ganze Zeit allein und lass mir doch jetzt nicht von dir die Arbeit anschaffen. Und red nicht so komisch Deutsch, weil das versteh ich nicht!«

»Ja, genau. Willste wohl nicht verstehen, du mexikanische Ziege. Aber hier geht es um den Schutz von Frau von Kessel-Wullmsdorff, nöch. Das steht wohl immer noch über deinen kleingeistigen Befindlichkeiten. Ich Butler, du Köchin. Finito. Cromprende?«

Dann hat ihm die Maricruz einen Stapel Teller und einen Kasten Besteck hingeknallt.

»So, na deck den Tisch fürs Mittagessen, Butler-Depp. Es gibt Enchilladas. Du kriegst eine Portion japanischen Kugelfisch!«

Dann ist sie in die Vorratskammer abgedampft.

»Läuft, Piefke, oder?«, hat der Sanktus, der hinter einer Säule im Esszimmer hervorgetreten ist, gefragt.

Der Piefke hat seine Brille zurechtgerückt, mit den Schultern gezuckt und tief eingeatmet.

»Bedingt. Bedingt.«

Dann ist er zum Tischdecken übergegangen.

Der Sanktus ist nun in den ersten Stock geschlichen und hat an der Tür von Regulas Zimmer gelauscht. Von drinnen war das laufende Wasser einer Dusche zu hören. Bingo, Gedanke vom Sanktus, und er ist hinein. Die Dusche immer noch am Laufen.

Er ist vorsichtig zum Nachtkasterl geschlichen und hat die Waffe herausnehmen und deren Nummer abfotografieren wollen, aber die Schublade war leer. Der Sanktus hat überlegt, wo die Waffe sein hat können, und ihm ist erst gar nicht aufgefallen, dass das Wasser nicht mehr gelaufen ist. Schnell ist er zur Zimmertür gehastet, aber zu spät. Die Tür vom Bad her ist aufgegangen, und die Regula ist vor ihm gestanden. Nur umhüllt von einem Handtuch. Ein weiteres hatte sie als Turban auf dem Kopf. Der Sanktus hat auf ihre nackten Füße schauen müssen.

»Sanktus?«, hat sie ihn gefragt. »Was machst du hier?«

»Ich hab dich gesucht, Regula«, hat er gestottert. »Hab geklopft. Hast du nicht ›Herein‹ gerufen?«

»Ich? Herein? Nein. Da musst du dich verhört haben. Aber macht ja nix. Was hättest du denn gebraucht?«

»Ich … ich … ich …«, hat der Sanktus herausgebracht.

»Sanktus«, hat die Regula jetzt etwas anzüglich gehaucht. »Du bist mir aber einer.«

Jetzt hat sie die Tür hinter dem Sanktus ins Schloss gedrückt, hat ihren Handtuchturban abgesetzt, die Haare so gut es gegangen ist ausgeschüttelt und das Duschtuch fallen gelassen. Der Sanktus hat nun nicht mehr gewusst, ob er ein Manderl oder ein Weiberl ist. Die Regula hat sich auf die Zehenspitzen gestellt und hat angefangen, ihn auf den Mund zu küssen. Er hat eine leichte Fahne riechen können.

Himmelhergottsakarament, ist es dem Sanktus durch den Kopf gegangen.

Er hat sie kurz weggedrückt.

»Regula, du hast erst deinen Mann verloren. Meinst ned, dass …«

Sie hat ihm den Finger auf die Lippen gelegt.

»Pst! Der Reinhard war ein Tyrann. Ich wäre ihm eh bald davon. Er war ein Sadist, musst du wissen. Und du bist ja mein Beschützer. So haben wir das doch ausgemacht.«

Nun hat sie sich noch näher an ihn gedrückt, und der Sanktus hat die Wirkung ihres Körpers sogleich in seiner Hose spüren können.

»Regula!«, hat er gehaucht. »Die Kathi!«

»Vögelt den Mompe«, hat sie lachend gesagt, »und du musst zuschauen.«

Jetzt hat sie ihn auf das Bett geschoben.

Dem Sanktus war schwindlig. War das ihr Ernst? Die Kathi den Mompe? Also, er hat sie ja nicht verurteilen dürfen, aber das waren keine guten Nachrichten zum Thema »Zurückeroberung«. Er hat an die Decke des Raums gesehen, und irgendwie hat sich das ganze Zimmer um ihn gedreht. Was hat die Regula im Schilde geführt? Er hat eine Berührung an seiner Männlichkeit gespürt und an sich herabgesehen. Die Regula, die nackt auf dem Bett gesessen ist, hat gerade mit den Füßen seinen Hosenstall bearbeitet.

Den Sanktus hat jetzt ein Ruck durchfahren. Er hat sich aufgesetzt und auf die Bettkannte gesetzt. Ihre Füße hat er fest in den Händen gehabt, sodass sie nichts mehr damit anstellen hat können.

»Regula«, hat er gesagt. »Du bist eine wahnsinnig tolle Frau, und wenn ich Single wäre, dann könnte da was draus werden. Aber ich habe einen Fehler gemacht, für den ich einstehe, und ich versuch, die Kathi zurückzubekommen. Kannst du das verstehen?«

Die Regula hat etwas bedröppelt geschaut, aber dann genickt.

»Viel Glück, Löwe«, hat sie gesagt, und der Sanktus ist gegangen, ohne zu ihr zurückzusehen.

NOCH EIN BESUCH

Der Sanktus ist nach dieser Eskapade erst einmal in die Einliegerwohnung und hat sich zehn Minuten unter der Dusche heißes Wasser über den Körper laufen lassen. Was war denn das für eine Aktion? Vogelwild. Gott sei Dank war es nicht zum Äußersten gekommen.

Nach dem Duschen hat sich der Sanktus auf sein Bett gelegt und überlegt. Die trauernde Witwe, die ihm noch vor ein paar Tagen einen großen Verlust vorgespielt hatte, hatte ihm heute eröffnet, ihr Mann sei ein Sadist gewesen, und danach hatte sie ihn sozusagen sexuell bedrängt. Das musste er erst einmal verdauen, der Sanktus. Und außerdem Frage: Feiert man einen mordstrum Geburtstag, wenn dir dein Mann erschossen wird? Eben! Das hatte sich der Sanktus schon lange gefragt, aber immer wieder verdrängt. Also, wenn sich jemand so gibt, dann ist derjenige kein Kind von Traurigkeit, und die Regula ist im Ranking der Verdächtigen wieder ein, zwei Ränge hochgestiegen. Der

Mompe und sie und hatten jedoch ein Alibi ..., aber der Mord hätte ja auch von einem beauftragten Killer sozusagen ausgeführt werden können. Dies galt es nun zu klären. Die rosa Regula-Brille hat der Sanktus somit erst einmal abgelegt und sich direkt etwas vor der Schranner Bine geschämt, die ihm das ja jetzt schon länger vorgehalten hatte. Nun war noch das Verhältnis zum Mompe zu klären. Wie haben die beiden zusammengepasst? Der Sanktus war sich im Klaren, dass auch der kaufmännische Leiter nicht das war, was er vorzugeben schien. Einmal der freundliche Galan und umwerbende Liebhaber, der ja nur seine leibliche Tochter treffen und deren Mutter zurückerobern will, und am nächsten Tag verdrischt er den Sanktus nach allen Regeln der Kunst vor dem Schwimmbad. Das passt auch nicht zusammen. Wäre nur der Gedanke, dass der Mompe und die Regula ...? Aber warum macht der sich dann so an die Kathi ran? Da war nichts zu holen, daher Hochzeitsschwindler Ausfall.

Und wie sind die Selbstmorde in diesem Zusammenhang zu sehen? Das war dem Sanktus noch unklar. Aber erstens waren die Taten sehr suspekt, weil zwei solche Persönlichkeiten bringen sich nicht so einfach um, und zweitens hatten beide für den alten Wullmsdorff gearbeitet. Und kurz bevor der ermordet wird, Suizid? Äußerst verdächtig. Aber warum und vor allem wie? Weil, du gehst ja nicht zu jemanden hin und erpresst ihn, dass er sich umbringen muss, weil du ihn sonst töten wirst. Völliger Irrsinn. Das hat der Sanktus herausfinden müssen.

Der Sanktus hat sich jetzt angezogen, um zu seinen Kollegen hinaufzugehen und zu sehen, ob die Maricruz den Piefke bereits umgebracht hatte, oder ob sich der Haferl und der Giovanni schon mit dem Rasenmäher gekillt und gar den Schlauch-Gernot mit in den Tod genommen hatten.

Droben im Speisezimmer hat der Sanktus die Maricruz in der Küche werkeln sehen, und der Piefke hat dem Esstisch gerade den letzten Schliff gegeben sowie einen Strauß Blumen drapiert. Er hat eine Rose aus dem Strauß genommen und sie in Richtung Maricruz gehalten.

»Cara mia! Für dich!«, hat er gerufen.

Sie hat aufgesehen und dem Piefke den Stinkefinger gezeigt.

»Das ist italienisch, idiota!«, hat sie gerufen und sich weiter um ihre Enchiladas gekümmert.

Der Piefke jetzt völlig verwirrt.

»Italienisch? Nun, bin wohl mit meinem Repertoire an südländischen Songtexten etwas durcheinandergekommen, nöch. Na sei's drum. Die hohen Herrschaften werden bald kommen, und wir Bediensteten dürfen sogar an der Tafel mitspeisen!«

Der Sanktus ist zur großen Fensterwand gegangen und hat in den Garten hinabgesehen.

Der Traktor ist auf die Seite gekippt im Rasen gelegen und die beiden Brauer, ganz automechanikermäßig davor, haben anscheinend eine kleine Mähwerksinspektion durchgeführt.

Doch auch der Schlauch-Gernot war nicht untätig gewesen und hatte anscheinend ein Schnurgerüst angelegt. Dort würde das Zelt morgen hinkommen. Der Gernot ist nun mit mehreren Schildern unter dem Arm aufgetaucht. Von Weitem hat der Sanktus »Toilette« und »Bar« lesen können. Also alle beschäftigt.

Der Sanktus hat immer noch etwas abwesend in den Garten geschaut, als die Regula mit ihrem schwarzen Mercedes-SUV die Auffahrt heraufgekommen ist. Unten an den Garagen hat sie angehalten, sodass der Sanktus nicht sehen hat können, wer da gekommen war, aber wahrscheinlich die Familie.

»Piefke!«, hat der Sanktus gerufen. »Besuch. Öffne er das Portal!«

»Subito, bitte sehr, bitte gleich«, hat der Piefke zurückgerufen und ist zur Haustür gestürmt.

Der Sanktus hat ein Stimmengewirr vernehmen können, und schon ist sein Kollege mit der Bagage in das Wohnzimmer, das eigentlich der hintere Teil des Speisezimmers war, hereingekommen.

»So, wenn Sie bitte eintreten möchten«, hat er gesäuselt, und eine mondäne alte Dame mit weißen Haaren und Brille hat den Raum betreten. Das hat die Frau Mama sein müssen.

»Sanktjohanser«, hat sich der Sanktus vorgestellt.

»Von Kessel. Ich bin Regulas Mutter«, hat die Dame erwidert.

Der Sanktus hat gesehen, dass die Haare einen leichten Lilaton aufgewiesen haben. Grausam!

Dann ist auch schon der nächste Schwung hereingekommen: ein stattlicher Herr in den 60ern mit feinem Schnurr- und Kinnbart. Seine Haare waren nur von wenigen grauen Strähnen durchzogen, und das Braun natürlich. Er hatte einen listigen Blick, der dem Sanktus sofort sympathisch war. Die Frau im Schlepptau war ein Klappergestell, sprich, sie hat kein Gramm Fett am Körper gehabt. Ihre Haare waren streng zu einem Dutt zusammengefasst und ihr Blick säuerlich. Der Sanktus hat gleich den Geruch von Buttermilch in der Nase gehabt, aber natürlich nur Einbildung. So hat er sich eine übergebliebene Religionslehrerin vorgestellt. Ungeöffnet zurück, sein Gedanke. Hier jedoch aber wohl nicht, da ja der Sohn dabei war. Jürgen. Rothaarig und einen Gesichtsausdruck, der auf einen fiesen und vulgären Charakter hat schließen lassen. Ja, was war denn das? Der Traum einer Familie. Der Sanktus hat allen die Hand geschüttelt und sich als Security Manager und Bekannter aus Namibia vorgestellt.

Die Gäste haben nun Platz genommen, und der Piefke hat Sekt serviert. Wie wenn er Butler gelernt hätte, hat sich der Sanktus gedacht. Aber wenn du so einen Stock im Hintern hast wie der Piefke, tust du dich wahrscheinlich auch leichter.

Die Gespräche waren erst oberflächlich. Man hat sich von der Hochzeit her gekannt, hatte sich auf der Beerdigung wieder getroffen, und wie war es seitdem ergangen? Das Ganze eher einschläfernd. Bis der Jürgen den Mund aufgemacht hat.

»Und?«, hat er gefragt, und seine Stimme hat den Sanktus an Martin Semmelrogge erinnert, »haben sie den Mörder von Onkel Reinhard schon gefunden?«

Der Sanktus hat jetzt in die Runde geschaut. Alle hat es irgendwie gerissen.

»Ja, Regula«, hat der Theo gemeint. »Sag mal. Gibt's etwas Neues? Sprich!«

»Ja …«, hat die Regula angefangen und den Sanktus angesehen. Dabei hat sie ihren Pump an ihrer großen Zehe in seine Richtung baumeln lassen. »Ja, leider noch nicht.«

Jetzt hat sie den Sanktus sehr komisch angesehen, und der Rest der Familie hat ihr das gleichgetan.

Der Sanktus hat jetzt nicht gewusst, wie ihm geschieht.

»Ja, genau. Und deswegen bin ich hier, dass der Mörder sozusagen nicht noch einmal am Geburtstag zuschlägt«, hat er gestottert. »Oder halt vorher.«

»Genau«, hat die Regula bestätigt. »Die Polizei hat nämlich noch nichts herausgefunden.«

»Sonst wären wir ja nicht hier«, hat die Freya wie eine Giftspritze herausgeschossen.

»Wie meinen Sie das?«, hat die von Kessel geschrien. »Hä? Erklären Sie sich!«

»So wie sie's gesagt hat«, hat der Jürgen Öl ins Feuer gegossen und die Regula mit einem eindringlichen Blick angesehen.

»Jürgen!«, hat ihn der Theo zurechtgewiesen. »Freya. Jetzt lasst mal gut sein. Reinhard ist noch nicht lange unter der Erde, und ihr bringt die Familie auseinander. Regula, entschuldige.«

»Onkel Reinhard ist tot, und sie hat das Geld«, hat der Jürgen eher zu sich selbst geflüstert.

Der Sanktus hat zu Regula rüber geschaut und bemerkt, dass es ihr gar nicht wohl in ihrer Haut war. Auf ihrer Stirn und der Oberlippe haben sich ganz kleine Schweißperlen gebildet. Den giftigen Blick, den sie zuvor der Schwägerin zugeworfen hatte, hat der Sanktus glücklicherweise nicht gesehen.

Gott sei Dank ist der Piefke gekommen und hat theatralisch verkündet, dass das Essen angerichtet sei. Es gäbe mexikanische Pfannkuchen mit Fleischfüllung.

»Enchiladas, pendejo!«, hast du die Maricruz aus der Küche fluchen hören können.

KATHI

Am späten Nachmittag ist der Range Rover zurückgekommen, und die Kinder sind heiter und vergnügt in das Haus eingefallen. Der Mommsen war mit ihnen in der *Bavaria Filmstadt* gewesen, und der Schorschi hat vom Glücksdrachen Fuchur, vom U-Boot, vom Jim Knopf, vom 4D-Kino und … und … und geschwärmt.

»Papa, das war heut schön mit dem Onkel Thore«, hat er ausgerufen.

Dem Sanktus hat es einen Stich ins Herz gegeben.

»Das freut mich«, hat er gerade so herausgebracht, und der Schorschi war schon unterwegs in Richtung Hallenbad.

Die Martina ist zu ihm gekommen und hat ihn umarmt.

»Wie geht's dir?«, hat sie ihn gefragt.

»Passt schon«, hat er gelogen, und sie hat ihn zweifelnd angeschaut.

»Glaubst ja selber ned«, hat sie gesagt, ihm ein Bussi auf die Backe gedrückt und ist mit der Betty-Lou, die ein kurzes »Hallöchen« losgelassen hat, auf ihr Zimmer.

Wahrscheinlich direkt hinein in das Worldwide Web, um die Impressionen des gut geplanten Mompe-Ausflugs online gehen zu lassen, sodass jeder bis ins hinterste Indien sehen kann, wie sich die Kathi mit diesem Deppen amüsiert und dass der Sanktjohanser heute wieder einmal keine Rolle gespielt hat. Zefix, Zefix und noch amal Zefix!! Der Sanktus hätte »Scheiße« schreien können.

Jetzt sind die Kathi und der Mommsen lachend und gackernd zur Tür hereingekommen, aber die Kathi ist sofort verstummt, als sie vor dem Sanktus gestanden ist.

Ihr Blick ist vom vollendeten Glück in einen wehleidigen Ausdruck übergegangen. Der Sanktus hat geglaubt, noch etwas Restliebe in ihm erkennen zu können, aber dann hat der Blick sofort auf Angriff gewechselt, denn die Kathi hat die Arme verschränkt und ihn herausfordern angeschaut.

»Ja?«, hat sie ihn mit kalter Stimme gefragt.

»Wir müssen reden«, hat der Sanktus eher geflüstert.

»So?«

»Ja!«

»Und wenn ich ned reden mag?«, hat sie gekontert.

»Kathi, bitte!«, hat der Sanktus gefleht.

»Thore, wärst du so lieb und gehst schon mal in die Sauna voraus«, hat die Kathi gesagt und den Sanktus herausfordernd angeschaut. »Ich bin gleich da.«

Der Thore hat den Sanktus angegrinst und ist an ihm vorbei in Richtung Wellness-Oase.

Im Gegenstrom ist der Jürgen an den beiden in Richtung Toilette vorbeigekommen. Er hat die Kathi angesehen, als wenn er sie gleich bespringen würde und sich mit der Zunge langsam über die Lippen gewischt.

»Hi«, hat er nur gehaucht und war weg.

»Was war jetzt das?«, hat die Kathi gefragt.

»Kathi. Hier stimmt was ned. Komm bitte mit. Tu's für die Kinder, wennst es schon ned wegen mir machen kannst.«

Die Kathi hat einen verwirrten Blick aufgehabt, hat genickt und ist dem Sanktus in den Keller ins Schwimmbad gefolgt, wo der Schorschi darauf gewartet hat, endlich plantschen zu dürfen.

»Kathi«, hat der Sanktus angefangen. »Ich glaub, die Regula hat was mit dem Mord an ihrem Mann zu tun. Die Bine hat das auch im Urin. Und heut sind die Verwandten gekommen. Die Mutter von dem Deppen, den du gerade gesehen hast, hat die Regula offen drauf angesprochen. Da herin stimmt was ned. Und ich weiß ned, was der Mompe damit zu tun hat. Echt fei!«

»Jetzt lass einmal den Thore aus dem Spiel. Außer, dass er mir vor 18 Jahren fremdgegangen ist, hat der gar nichts Böses getan oder gar was damit zu tun.«

Dabei hat sie mit den Fingern Anführungszeichen in die Luft gedeutet.

»Der hat zwei Gesichter«, hat der Sanktus gesagt und am Blick der Kathi gemerkt, dass er ins Schwarze getroffen hatte. »Echt. Der ist bei dir total nett. Auch mir gegenüber, aber wenn ich mit dem allein bin, ist der ein komplett anderer. Gestern hat er mich hier im Schwimmbad verprügelt und mir gesagt, dass ich dich nie wieder krieg.«

Die Kathi hat den Kopf geschüttelt.

»Wenn der mit der Regula unter einer Decke steckt, bist du in Gefahr. Wirklich!«

»Und warum? Will er mich heiraten, um an meine nicht vorhandenen Millionen zu kommen, oder was?«

»Ich weiß es ned. Ich hab auch schon ewig überlegt, aber ich komm ned drauf. Vielleicht war's einfach ein Zufall, dass du ihn wieder getroffen hast. Aber Kathi, wirklich, der hat mich gestern im Schwimmbad angeschaut, das war ned normal. Das war Aggression und Mordlust. Bitte, Kathi, verschwind von hier mit den Kindern.«

Die Kathi hat jetzt aufgelacht.

»Ja, genau, dass du bei der Regula freie Bahn hast, oder wie?«

»Hä?«, jetzt vom Sanktus.

»Ich seh doch, wie sie dich anschaut. Die ist ja ganz notgeil!«

»Schmarren, Kathi, aber ein Indiz, dass sie nicht trauert. Merkst was?«

»Ihr Mann war ein grausamer Mensch«, hat die Kathi gesagt. »Das hat mir der Thore schon erzählt. Er war ein Pedant, Kontrollfreak und anscheinend sadistisch veranlagt. Nicht schön. Da sucht sie vielleicht einen Beschützer?«

»Aber nicht mich, Kathi. Nicht mich! Ich liebe dich, und der Fehltritt mit der Lena …«

»Mit der Lena?«, hat die Kathi ausgerufen, und dem Sanktus war klar, dass er sein Gspusi verraten hatte.

Die Kathi hat jetzt gelacht, aber dabei nicht lustig ausgeschaut.

»Ja, mit der Lena. Der Rudi hat eine andere, und du warst so nett zum Mompe, da hat sie mich in der *Bierwerkel* besucht, und eines ist zum anderen gekommen. Aber da ist nix. Echt. Das war ein einmaliger Ausrutscher.«

»Auf den ich irgendwie schon lang gewartet hab, aber immer gehofft hab, dass er nie passiert«, hat die Kathi geseufzt.

»Wie meinst jetzt des, Kathi?«

»Du und die Lena. Ihr seids wie eineiige Zwillinge. Irgendwie spirituell verbandelt. Wie dich der Demuth gejagt hat, bist du zu ihr, und sie hat dir geholfen. Nach dem Fasching bist du bei ihr im Bett aufgewacht. Wie sie mit dem Graffiti zusammen war, war da irgendwie eine Pause. Der hat sie anscheinend wirklich ausgefüllt, aber der Rudi? Das war eigentlich von Anfang an klar. Mir ist zwar wohler, dass du ned irgendein Flietscherl gebumst hast, aber es tut halt trotzdem weh. Verstehst du das?«

Die Kathi hat jetzt glasige Augen gehabt.

»Kathi«, hat der Sanktus gesagt, »ich versteh das. Und ich weiß, dass du mir nur schwer verzeihen kannst, aber da war keine Liebe, nix. Wir waren nur zwei …«, und jetzt

ist dem Sanktus der Satz schwergefallen, »verletzte Indi-
viduen, die Trost gesucht haben. Dass der Mompe aufgetaucht ist und mir meine Familie wegnimmt, hat mich fertig gemacht und macht's mich immer noch. Bitte, Kathi.
Denk drüber nach. Und sei vorsichtig. Auch vor allem bei
der Regula. Und die Familie, mein ich, ist auch mit Vorsicht zu genießen.«

Die Kathi hat jetzt gelächelt, hat dem Sanktus über das
Gesicht gestreichelt und ihm einen ganz sanften Kuss auf
die Lippen gedrückt.

Der Sanktus hat ihre Hände genommen und wollte sie zu
sich ziehen, aber die Kathi hat den Kopf ganz leicht geschüttelt, die Augen geschlossen und ihm ein »Noch nicht« sig-
nalisiert, ist aufgestanden und gegangen.

Der Sanktus hat sich seine Badehose geholt und ist zum
Schorschi in den Pool gesprungen. Er hat den ganzen Nachmittag mit seinem Buben Gaudi gemacht und war seit Langem wieder einmal glücklich.

GESPRÄCHE AM FEUER

Nach dem Abendessen, der Piefke und die Maricruz hatten es wieder bühnenreif serviert, sind alle im Wohnzimmer gesessen und haben einen Cognac oder wahlweise einen

Whisky genossen. Der Schlauch-Gernot, der Giovanni und der Haferl haben im Wintergarten einen *Dreier-Schafkopf* gespielt, da es für das Personal eher nicht opportun gewesen ist, abends am Tisch der Großkopferten zu sitzen. Der Sanktus, als Chef Security natürlich mitten unter der Hautevolee.

Der Piefke hat gerade die Spirituosen serviert, und kurz darauf sind alle mit einem Schnapsglas bewaffnet dagesessen. Alle außer der Freya, die an diesem Abend keinen Alkohol getrunken hat. Sie hat ein Glas stilles Wasser in der Hand gehabt. Die Maricruz war anscheinend vom ganztägigen Hackeln mit dem Piefke so ausgelaugt, dass sie bereits ins Bett gegangen war.

»Auf Reinhard«, hat der Theo gerufen und sein Glas hochgehalten.

»Auf Reinhard«, haben alle entgegnet und angestoßen.

»Schatz«, hat die von Kessel angefangen, »dass du dir diesen Stress mit dem Geburtstag machst. So kurz nach dem Tod von Reinhard.«

»Er hätte es so gewollt, Mutti«, hat die Regula erwidert. »Er hat immer gesagt, das Leben geht weiter, egal welcher Scheiß passiert.«

»So war er, mein Bruder. Jawoll«, hat der Theo bestätigt. »Regula, wie geht's nun weiter mit den Wullmsdorff-schen Betrieben?«

»Wie soll's schon weitergehen?«, hat die Freya leise gefragt. »Sie wird wohl alles zu Geld machen.«

Respekt, hat sich der Sanktus gedacht. Hier wird nicht lange gefackelt. Immer feste druff!

»Nein, Freya. Alles läuft so weiter wie bisher. Auch die Brauerei wird nicht verkauft. Keine Angst. Keine Großmolkerei wird auf eure Anteile spechteln.«

»Na hört, na hört«, hat der Jürgen gekrächzt. »Tante Regula wird bodenständig. Es geschehen noch Zeichen und Wunder.«

»Meine Tochter ist doch kein Untier, Jürgen«, hat die von Kessel eingeworfen. »Warum tut ihr immer so?«

»Weil das bei euch Programm ist«, hat die Freya gezischt.

»Freya, beruhige dich«, hat der Theo gesagt und seiner Frau zärtlich über die Hand gestrichen.

»Nein, Theodor. Ich beruhige mich nicht. Diese Frau hat schon drei Männer ins Grab gebracht. Das ist doch auffällig. Und ihre Mutter zwei.«

»Freya!«, hat die Regula gekreischt. »Spinnst du?«

»Johannes starb eines natürlichen Todes, und Ferdinand wurde von einem Eiswagen überrollt.«

Der Jürgen ist kurz zusammengezuckt, und plötzlich war von draußen wieder die Melodie von Umbertos Eiswagen zu hören. Die Regula hat die Augen verdreht, und der Jürgen ist geistesgegenwärtig aufgesprungen und hat sie aufgefangen, als sie zu Boden gegangen ist.

»Entschuldige, Tante Regula, Mami ist nicht ganz bei Sinnen«, hat er Regula ins Ohr geflüstert, denn seine Tante war bereits wieder zu sich gekommen. »Schnell raus, über den Wintergarten!«

Der Sanktus und der Mommsen sind sofort wie die Narrischen zur Tür des Wintergartens, vorbei an den Kartenspielern, hinaus und in den Garten hinunter gehechtet, aber nichts zu finden. Kein Lautsprecher, kein technisches Gerät, das die Musik hätte abspielen können. Einfach nichts.

Mürrisch sind die beiden wieder zum Rest der Gesellschaft hinauf. Die Regula ist wieder wie ein Häufchen Elend auf dem Sofa gesessen. Der Jürgen hat ihr ein Glas Wasser gereicht. Die Freya war anscheinend auf ihr Zimmer gegangen, die von Kessel hat ihrer Tochter den Puls gefühlt.

»Was war denn das?«, hat er gefragt.

»Das war die Melodie von Umberto«, hat die von Kessel mit kreidebleichem Gesicht gestammelt. »Der Eismann, der Ferdinand überfuhr. Regula hat sich immer die Schuld an seinem Tod gegeben. Aber ich verstehe nicht …«

»Jemand möchte Regula um den Verstand bringen«, hat der Mommsen gemeint. »Er spielt dieses Lied, mimt einen Clown, setzt ihr Zimmer unter Luftballons.«

Und derjenige ist unter uns, hat der Sanktus geistig hinzugefügt, zur Kathi geschaut und erkannt, dass sie den gleichen Gedanken gehabt hat.

»Ich glaube, wir gehen alle besser ins Bett«, hat die Regula gesagt. »Morgen kommt das Zelt, und wir müssen das Sicherheitskonzept durchsprechen.«

In diesem Moment hat das Sanktus-Handy aufgeleuchtet und der Drengler im Display.

»Muss kurz raus«, hat er gerufen und ist auf die kalte Terrasse.

»Jens?«

»Sanktus!«, hat der Drengler wie immer fast gesungen. »Ich habe News. Breaking News sozusagen. Nö! Reinhard Wullmsdorff wollte Regula wegen Unzurechnungsfähigkeit entmündigen lassen. Der Arzt, der den Wahnsinn bestätigen sollte, war Emil Vesely, und die Juristin, die die Formalitäten erledigen wollte …«

»… war Sieglinde Neureuther«, hat der Sanktus vervollständigt. »Verreck, Kaffeehaus.«

DAS AUS – VOR EINIGEN JAHREN

Katharina und Saskia wollten in der Münchner Innenstadt einige nette Stunden beim Shopping verbringen. Stampern, wie Katharinas Oma immer gesagt hatte.

Sie hatten schon einige Einkäufe getätigt und wollten nun in der Sendlinger Straße einen Kaffee in einem neumodischen amerikanischen Kaffeehaus trinken. Sie bogen gerade beim *Kaufhof* von der Kaufinger Straße in die Rosenstraße ein, da zupfte Saskia Katharina am Ärmel und deutete in Richtung *Sport Schuster*.

Katharina verstand zuerst nicht, aber als sie in die Richtung blickte, erkannte sie Thore. Ihren Thore, der Arm in Arm, eng umschlungen mit einem blonden Gift von der Sendlinger Straße heraufkam.

Die beiden Mädchen gingen an die Seite der Fußgängerzone, wo sie vor den Außentischen des Wirtshauses *Spöckmeier* Schutz in einer japanischen Touristengruppe suchten, die gerade versuchte, aus der Speisekarte schlau zu werden.

Jetzt drehte sich Thore seiner blonden Begleitung zu, flüsterte ihr etwas ins Ohr und küsste sie ausgiebig. Sie winkelte ihr schlankes linkes Bein, das in einem hochhackigen Stiletto endete, an und tat es ihm gleich.

Für Katharina brach in diesem Moment die Welt zusammen. Wie konnte Thore ihr das antun? Nach all den schönen Stunden, nach ihrer Wienreise? Wie konnte so etwas vor ihren Augen passieren? Wie konnte er nur?

»Dieses Schwein!«, flüsterte Saskia. »Was machst du jetzt?«

Katharina wischte sich die Tränen aus den Augen.

»Ganz einfach. Der sieht mich nie wieder. Eigentlich wollte er eh nach dem Studium nach Amerika gehen. In die Uni muss ich nicht mehr. Ich hab alle Lesungen und Praktika durch und schreibe gerade meine Diplomarbeit. Da lauf ich ihm nicht einmal mehr über den Weg. So schaut's aus, Saskia. Und ich nehm mir eine neue Prepaid-Karte, dann hat er nicht einmal mehr meine Handynummer.«

»Und wenn er daheim vorbeikommt?«

»Lässt ihn keiner rein. Da ist mein Papa zu sehr mit mir verwandt. Der versteht das!«

Saskia sah ihre Freundin an und war sich sicher, dass Katharina keineswegs so stark war, wie sie gerade versuchte, es ihr vorzuspielen. Und da Katharina vergeblich auf ihre monatliche Regel wartete, vermutete sie, dass diese Trennung auch noch eine ungewollte Schwangerschaft überschatten würde.

DIENSTAG - ÄRGER AM MORGEN

Der Sanktus hat mit den Bierbrauern am Morgen sofort nach dem Frühstück, vorher hätte er diesen Haufen trotz der Dringlichkeit nicht zusammengebracht, eine Lagebesprechung durchführen wollen, weil die Drengler-News haben sofort geteilt werden müssen, am besten simultan online mit der Schranner Bine, sodass die Polizei auch informiert war. Gerade als er in das Esszimmer eintreten wollte, ist ihm der Mommsen aus der Küche entgegengekommen und hat ihn am Arm gepackt.

»Ich hab sie gestern so richtig durchgefickt«, hat er geflüstert. »Hast du uns bis in den Keller gehört?«

Der Sanktus hat ihn am Schlawittl gepackt, aber der Mommsen hat gelacht und sein Handy in die Höhe gehalten.

»Ts, ts, ts. Ein schöner Beweis. Körperverletzung aus Eifersucht. Sehr gut. Trau dich«, hat er gesagt und ist am Sanktus vorbei in den Keller.

Die Kathi ist am Tisch gesessen und hat mit den Kindern geratscht. Der Schorschi hatte von der Maricruz zwei Spiegeleier bekommen, und die Mädchen haben Cornflakes mit Joghurt gefrühstückt.

»Guten Morgen«, hat die Kathi zu ihm gesagt, und der Sanktus hat nicht gewusst, ob er lachen oder weinen soll, aber nach dem gestrigen Gespräch mit seiner Frau war er positiv gestimmt. Wahrscheinlich wollte ihn der Mompe nur auf die Palme bringen.

»Guten Morgen beinand«, hat der Sanktus gesagt. »Und, wie war euer Abend gestern noch?«

»Wir sind gleich ins Bett«, hat die Kathi sofort geantwortet.

»Du bist gleich ins Bett, Mama. Die Betty und ich haben noch ein bisserl mit der Dana und der Selina gechattet.«

»Und ich war bis Mitternacht wach!«, hat der Schorschi behauptet.

»Ja. Genau. Wer's glaubt, wird selig«, hat der Sanktus gemeint.

Anscheinend war alles soweit im Lot. Die Kathi hatte wirklich nicht beim Mompe übernachtet.

Der Sanktus hat der Kathi von den Drengler-Neuigkeiten erzählt, und sie hat dabei in ihren Cappuccino hineingestarrt.

»Ich find das komisch, Sanktus. Aber wenn der Jens das so rausgebracht hat, denk ich, entspricht das der Wahrheit, oder?«

»Auf den Drengler ist bei solchen Sachen noch immer Verlass gewesen. Also, wir müssen vorsichtig sein.«

Jetzt hat er der Kathi tief in die Augen geschaut.

»Noch mal. Egal, ob du mir je verzeihen kannst, Kathi. Bitte pass auf und hör diese Tage auf mich, wenn's brenzlig werden sollte. Versprichst mir das?«

»Versprochen«, hat die Kathi nach einigem Zögern geantwortet. »Schließlich bist ja immer noch mein Ehemann.«

»So is's guad, Kathi. So is's guad!«, hat der Sanktus geflüstert, und schon ist der Mompe wieder reingekommen.

Der ist am Sanktus vorbei, hat »Moi-in!« gesäuselt und natürlich so getan, als wäre nichts geschehen. Kurz darauf sind die Wullmsdorffs erschienen, die den Gedanken hatten, heute nach Nymphenburg, zum Geburtsschloss König Ludwigs II., zu fahren. Der Sanktus hat sich angeboten, die Bagage zu kutschieren, und alle waren mehr als happy über dieses Angebot. Abfahrt wäre um 10 Uhr.

Jetzt ist der Sanktus zu seinen Brauern in den Garten hinunter. Der Giovanni hat ganz gschaftig Rosen geschnitten, der Schlauch-Gernot hat den Lkw mit dem Bierzelt, der gerade die Auffahrt heraufgekommen ist, eingewiesen, und der Haferl ist umeinander gerudert wie ein Dirigent, weil ja Event-Manager sprich Birthday-Planner und höhere Aufgabe.

Der Sanktus wollte gerade zum Schlauch-Gernot gehen, da ist die Regula von den Garagen daher geschossen gekommen.

»Mei, Sanktus«, hat die gerufen. »Schau, wie alles läuft. Ein Traum, oder? Noch drei Tage, na kann's losgehen. Ich bin so happy.«

Dann hat sie sich an den Sanktus gedrückt, ihm einen Kuss auf den Mund gegeben und ein Selfie gemacht.

»Das kommt in mein Tagebuch »*Die letzten Tage unter 50*«. Verstehst? Klar, oder?«

»Eh klar«, hat der Sanktus gemurmelt und ist sich mit seinem Handrücken über den Mund gefahren.

»Ich würd mit den Wullmsdorffs nach Nymphenburg fahren«, hat er gesagt.

»Aber du musst doch für meine Sicherheit hier sorgen«, hat die Regula genörgelt.

»Eh klar, Regula. Aber sie, die Freya, die kommt mir ned ganz koscher rüber. Ich horch die lieber amal aus. Was meinst?«

»Gscheiter Bub, mein ich. Passt. Seids halt rechtzeitig zum Abendessen wieder da, gell.«

NYMPHENBURG

Die Wullmsdorffs waren eigentlich total nette Leute. Der Theo war ein sehr förmlicher Mensch, aber wenn er einen herausgelassen hat, dann nicht von schlechten Eltern. Die

Freya, die auf den Sanktus den Eindruck eines biestigen, verdorrten Weibes gemacht hat, war in Wirklichkeit eine lebenslustige Dame mit einem scharfen Humor, und der Jürgen, Regulas Neffe, war auch gut zu haben. Alles in allem eine normale Familie, mit der sich der Sanktus schnell hat anfreunden können.

Schon im Auto hatte sich die Freya das Maul über ihre Schwägerin, die in ihren Augen nur wegen des Vermögens eingeheiratet hatte, zerrissen und kein gutes Haar an ihr gelassen.

»Ich sag das nur so offen, weil ich denke, Sie werden das alles vertraulich behandeln, Herr Sanktus. Aber lassen Sie sich das gesagt sein, Sie müssen nicht dieses Weibsstück schützen, sondern alle andern vor ihr. Das können Sie mir glauben.«

»Freya«, hat sie der Theo zurechtgewiesen. »Nicht vor fremden Leuten!«

»Aber die Mama hat doch recht, Paps«, hat der Jürgen mit seiner Semmelrogge-Stimme bekräftigt.

»Schon verstanden!«, hat der Sanktus möglichst nichtssagend kommentiert.

»Guckt!«, hat die Freya in diesem Moment ausgerufen. »Da vorne ist das Schloss!«

Der Sanktus ist in die nördliche Auffahrtsallee eingebogen und entlang des Kanals bis zum Schloss vorgefahren und hat direkt dort geparkt – eine Aktion, die dir im Sommer bei schönem Wetter nicht vorschweben braucht.

Er hat seine Gäste nun durch den großen Durchgang des Schlosses ins Innere des Nymphenburger Parks geleitet und einen Rundweg über die Badenburg, große Kaskade, Pagodenburg zum Café im Palmenhaus vorgeschlagen. Die drei Norddeutschen haben sofort zugestimmt, und es hat losgehen können.

Die erste halbe Stunde waren die Gespräche eher rar gesät, da die Wullmsdorffin geplättet von der Schönheit der bayerischen Schlösser und auch vor allem des Gartens. Auch bei den Seen waren eher die Schwäne und Enten wichtiger als alles andere, und Schatzi, schau hier und Schatzi, schau dort.

Der Wullmsdorff hat sich eher für den König Ludwig und dessen Leben interessiert. Zentrale Frage, war er schwul, der Kini, und wer hat ihn im Starnberger See umgebracht? Der Sanktus natürlich seit den Altherrenmorden Ludwigmäßig kompetent, hat alles erklären können, und eines war natürlich Fakt, der Preiß, also der Preuße war's, der dem schwermütigen Kini das Leben einst auf so hinterhältige Weise genommen hatte. So viel war klar. Der Wullmsdorff hat natürlich auf die Bayern selbst getippt, deren Säckel der Monarch seinerzeit definitiv zur Last gefallen war. Pattsituation sozusagen.

Dem Jürgen war's, schien's, alles egal. Er hat eigentlich nur in sein Handy geschaut und am kleinen See wäre er fast mit dem linken Fuß im Wasser gestanden, so wichtig hat er's mit seinem tragbaren Unding gehabt.

Am Ende des Rundwegs sind alle im *Palmencafé* gesessen und haben sich Kaffee und Kuchen schmecken lassen. Das Ambiente unter tropischen Pflanzen war für die Freya perfekt, und sie hat sich vom Sanktus zu einem Glas Sekt überreden lassen, was die Zunge natürlich gelöst hat. Der Theo hat sich zu einem Bier durchgerungen, nur der Jürgen war obstinat.

»Das ist 'ne Erbschleicherin«, hat die Freya angefangen. »Und Reinhard, Gott habe ihn selig, ist ihr auf die Spur gekommen. Sie hat schon zwei Männer vorher vernichtet.«

»Sanktus«, hat der Theo hinzugefügt und an seinem Bier

genippt, »Sie müssen das wirklich glauben. Freya hat einen Privatdetektiv angeheuert, der recherchiert hat.«

»Hat sie«, hat der Jürgen bestätigt, der kurz von seinem Handy aufgesehen hat.

»Ihr erster Mann, behauptet sie, habe sie mit ihrem Sohn sitzen lassen. Der Detektiv hat aber herausgefunden, dass es am Tag vor dem Verschwinden des Mannes einen Tumult im Hause ... wie hießen die noch mal, Schatz?«, hat die Freya gefragt.

»Podolinsky. Er hieß Michael, glaube ich.«

»Genau. Im Hause Podolinsky gab es einen Tumult. Am nächsten Tag war Michael weg und ward nie wieder gesehen. Eine Nachbarin behauptete, Regula wäre den ganzen nächsten Tag im Garten beschäftigt gewesen«, hat die Freya erklärt.

»Da hat sie ihn hinter dem Haus vergraben«, hat der Jürgen grinsend hinzugefügt.

»Sauber!«, hat der Sanktus gemeint. »Und der zweite?«

»Maximilian. Maximilian Zeilhofer, gut betuchter Besitzer eines Mietshauses in München. Bergsteiger par excellence«, hat der Theo referiert. »Er ist beim Bergsteigen auf einem schmalen Höhenpfad abgestürzt. Ausgerutscht. Nur Regula war dabei. Niemand anders konnte das Gegenteil beweisen. Sehr verdächtig.«

»Und wieder reicher geworden«, hat der Jürgen geflüstert.

»Aber wie soll sie es bei Ihrem Bruder bewerkstelligt haben?«, hat der Sanktus gefragt. »Sie hat für die Tatzeit ein Alibi.«

»Mit Mommsens Hilfe!«, hat die Freya fast herausgeschrien, sodass sich einige Leute im Café umgedreht haben.

»Mit dem Thore?«, vom Sanktus. »Aber der hat auch ein Alibi für die Tatzeit. War im Theater. Außerdem ist der ja ein Angestellter von Reinhard gewesen. Also in Niedersachsen.«

»Sanktus«, hat die Freya geflüstert, »in allen Geschichten über Regula, die unser Detektiv ans Tageslicht gezerrt hat, kam immer wieder ein enger Freund dieser Dame vor, dessen Beschreibung haarscharf auf diesen Mommsen passt.«

DER ZUSAMMENBRUCH

Die Ausflugstruppe ist spät am Nachmittag heimgekommen, da sich das Gespräch im *Palmencafé* doch länger hingezogen hatte. Der Sanktus hatte alle Szenarien hinterfragt und sich die Beweise des Detektivs genau darlegen lassen, aber es hat nun für ihn überhaupt kein Zweifel mehr bestanden, dass die Regula ihre Männer alle um die Ecke gebracht hatte.

Dann hatte es dem Sanktus auf einmal zum Pressieren angefangen, weil die Kathi, die Mädchen und der Schorschi sicherlich in Gefahr, wegen dem Mompe.

Der Mompe …

War dieser Mann geistesgestört? Schizophren, weil er doch irgendwie zwei Persönlichkeiten hatte? So, wie der Norman Bates in Hitchcocks *Psycho*? War so ein Mensch dann noch gefährlicher? Zumindest in der Magenschwinger-Mompe-Persönlichkeit? Jetzt müsstest du halt ein Psychologe sein für so was. Definitiv. Aber zur Kathi war er ja, soweit es der Sanktus beurteilen hat können, immer freundlich und zuvorkommend.

Und jetzt hat es den Sanktus gerissen, dass er mit einem Ruck vor den Garagen zum Stehen gekommen ist. Wenn geistig gestört, dann …? Ja! Wie hat's mit der Martina ausgesehen, weil wie wird so was vererbt? Nein, nein und no amal nein. Das hat nicht sein dürfen. Nicht die Martina, weil es war *seine* Martina und sicherlich nicht dem Mompe seine, nur weil der da auf einmal so dahergeschlichen gekommen ist. Herrschaftszeiten, war das eine Scheiße.

Der Sanktus ist ausgestiegen und ist zum Schlauch-Gernot gegangen. Die Wullmsdorffs sind direkt ins Haus, da sich Freya, die ein paar Gläschen Sekt zu viel hatte, noch etwas vor dem Abendessen ausruhen wollte.

Der Schlauch-Gernot war am Rotieren, aber das Zelt ist schon gestanden, und der Fußboden war schon zu einem Viertel verlegt.

»Morgen kommen die Dixie-Klos«, hat er lachend gerufen. »Die kannst na testen. Je nachdem, was's heut Abend zum Essen gibt. Schaut guad aus, oder?«

»Freili. Hat alles gut geklappt?«

»Scho, aber der Haferl regt mich auf. Der Herr Event-Manager. Der dreht jetzt dann noch durch. Das Zelt steht falsch, sagt er. Wir sollen es um 30 Grad drehen. Wegen dem Feng-Shui. So ein Aff. Da hinten, Sanktus, schau!«, hat er gesagt und zu dem hinteren Zeltausgang gedeutet.

»Was?«

»Da kann er ned naus!«

»Wer?«

»Na der Drache. Mensch, Sanktus. Du weißt auch gar nix.«

Jetzt hat sich der Schlauch-Gernot vor Lachen gekugelt.

»Aber für heut hör ma auf. Es ist dunkel, und wir müssen mit der Regula noch an *Schafkopf* vor dem Essen spielen.«

»Okay«, hat der Sanktus gesagt. »Na mach ma morgen mal an Wash-Up!«

»Abspülen kannst selber. Ich muss an Boden verlegen.«

»Update?«

»Zusammenfassung?«

»Weng meiner. Passt?«

»Passt. Ich sag's den anderen!«

Drinnen hat der Sanktus weder die Kathi noch die Kinder finden können, also hat er auf das Hallenbad getippt. Als er in die Küche gegangen ist, um sich ein Bier, das er seiner Meinung nach dem heutigen Tag mehr als verdient gehabt hat, zu holen, hat er den Piefke schon wieder mit der Maricruz streiten gehört.

»Maricruz«, hat der Piefke erklärt, »das sind Königsberger Klopse, die es heute zu Ehren der norddeutschen Gäste gibt, nöch. Bisher haste ja alles schön gemacht, aber nun mal rein die Kapern. Uff jeht's. Na mach!«

»Das sieht eh schon alles aus wie gekotzt. Und riecht genauso. Du vergewaltigst meine Cocina, Madre mia.«

»Dann, vaya con dios, my darling. Tschö. Ich schaff das schon alleine!«, hat der Piefke gemeint.

»Ich überlasse dir das Feld nie in diesem Leben, Idiota. Glaubst du, oder?«

»Na, dann lerne und staune, aber callate la boca, nöch, denn das Gezeter geht mir auf die Neven, Cucaracha!«

Jetzt hat die Maricruz einen Schrei losgelassen, hat aber weiterhin die Stellung gehalten, um keinen Zentimeter beizugeben.

Der Piefke hat gegrinst und die Kapern mit einem Schwung in den Topf geworfen, umgerührt und mit einem Löffel probiert. Dann hat er ein lautes »Mmh! Deliziös!« ausgerufen.

Die Maricruz hat den Kopf geschüttelt.

Der Sanktus ist die Treppen hinunter und hat sich in seinem Zimmer die Badehose geschnappt. Als er in den Schrank hineingegriffen hat, hat er auf einmal etwas Kaltes gespürt und, siehe da, die verschwundene Pistole aus dem Zimmer der Regula in der Hand gehabt. Was hat das nun bedeuten sollen? Dem Sanktus ist heiß geworden. Er hat jetzt die Nummer abfotografieren können und hat sie gleich der Schranner Bine per *WhatsApp* geschickt. Natürlich mit dem Kommentar, dass man ihm die Waffe nun aus irgendeinem Grund untergejubelt hatte, er aber leider ad hoc nicht wusste, warum.

Dann ist er ins Hallenbad hinüber. Dort hat der Bär gesteppt. Anscheinend ist Wasser-Volleyball gespielt worden, und alle waren beteiligt, sprich die Kinder, die Kathi, der Mommsen und die Regula. Die ist, wie sie den Sanktus gesehen hat, raus aus dem Wasser und auf ihn zu. Bevor der Sanktus schauen hat können, hat sie ihn mit ihrem nassen Badeanzug umarmt gehabt und hat ihm ein Bussi auf den Mund gedrückt. Der Sanktus hat wieder einmal nicht gewusst, wie ihm geschehen ist, und hat gute Miene zum bösen Spiel gemacht. Er hat kurz zu Kathi lugen können. Dort völlige Verwirrung Anfänger.

»Schön, dass du wieder da bist«, hat die Regula ihm ins Ohr geflüstert. »War's schön mit den Wullmsdorffs? Muss ich vor denen Angst haben?«

»Lustig war's. Logisch«, hat der Sanktus gestottert. »Nein. Denk ich nicht. Ich glaub nicht, dass sie hinter den Clown-Sachen stecken. Kann ich mir ned vorstellen. Und ihr? Habts recht einen Spaß?«

»Freilich. Deine Familie ist so lieb. Besonders der Bub. Morgen kommt übrigens meiner«, hat sie gesagt und ist zurück ins Becken gesprungen.

Der Sanktus sofort hinten nach und hat gleich zur Kathi wollen, aber da ist ihm der Mompe zuvorgekommen und hat die Mannschaften umgruppiert. Natürlich waren die Kathi, die Martina, der Schorschi und er in einem Team, sodass die Regula und die Betty für den Sanktus übrig geblieben sind.

Der Sanktus hat immer wieder versucht, Augenkontakt zur Kathi zu kriegen, aber die hat das Spiel sehr ernst genommen und, wer hätte es gedacht, ihre Mannschaft hat natürlich gewonnen.

Nach dem Spiel hat es der Mommsen auch irgendwie geschafft, die Kathi vom Sanktus fernzuhalten, und als er der Martina zumindest eine Botschaft mitgeben wollte, hat ihn die Regula zu sich hergezogen, sodass der Sanktus keine Chance hatte, seiner Familie die Erkenntnisse des Nachmittags mitzuteilen.

Der Sanktus wäre fast narrisch geworden. Lang würde er sich das nicht mehr bieten lassen.

Beim Abendessen hat künstliche Ausgelassenheit geherrscht. Die Regula hat Witze gemacht, der Theo hat sie erwidert, der Jürgen war einigermaßen freundlich, und der Mommsen hat mit der Kathi geschäkert. Alles in allem furchtbar aufgesetzt und gespielt. Die Freya hat dann von ihrem wunderbaren Nachmittag im Nymphenburger Schlosspark erzählt, und die Regula vom Wasserballspiel, als wenn es sich um die Olympiade gehandelt hätte. Die von Kessel hat angeregt zugehört und zwischendrin berichtet, dass sie nach Mittag einen wunderbaren Spaziergang gemacht habe. Die Brauer haben wie am Vortag im Windfang diniert, und der Sanktus hätte kotzen können.

Er wollte sich gerade visuell mit der Martina in Verbindung setzen, da hat der Piefke den Hauptgang, die Königsberger Klopse, angepriesen, und er und die Maricruz sind mit zwei Terrinen um den Tisch herumgetänzelt und haben aufgetan.

Der Schorschi hat die Nase verzogen, und die Maricruz hat ihm versprochen, dass sie ihm gleich Nudeln mit Tomatensoße bringen würde. Der Piefke daraufhin nur Kopfschütteln.

Als die Maricruz beim Jürgen angekommen war, ist etwas passiert. Der Jürgen hat der Hauswirtschafterin tief in die Augen gesehen und hat gefragt: »Na, Zuckerschnecke. Über die Klopse würd ich mich gerne mit dir nach Dienstschluss separat unterhalten.«

Daraufhin hat die Maricruz gelächelt und gemeint: »Sehr gerne Señor. Und ich mich mit Ihnen über gebrühte Würstchen.«

Dabei hat sie ihm einen Schöpflöffel Klopse mit Soße direkt auf seine Hose in den Schritt entleert.

Der Jürgen ist aufgesprungen und hat gebrüllt wie am Spieß: »Du Fotze! Du vermaledeite Fotze. Spinnst du?«

Dann ist er wie ein Wilder in Richtung seitlichen Holzkubus, wo sich eine weitere Einliegerwohnung, in der die Wullmsdorffs untergebracht waren, befunden hat, abgerauscht.

»Möchte noch jemand Klopse?«, hat die Maricruz gefragt, aber der Tisch war sprachlos.

»Maricruz!«, hat die Regula geschrien. »Bist du wahnsinnig? Du kannst doch nicht unseren Gast …«

»Doch, kann sie«, hat sie der Theo beruhigt. »Jürgen braucht ab und zu eine Maßregelung. Er ist kein schlechter Sohn, aber er übertreibt es oft. Mach dir keine Gedanken, Regula. Er wird es überstehen. Einen guten Appetit wünsche ich.«

Der Sanktus hat wieder versucht, Blickkontakt mit der Martina aufzubauen, und hat es geschafft. Die Betty hat nichts bemerkt, da sie wieder einmal mit dem Mompe im Gespräch vertieft war. Die Martina hat das Wort »Klo« mit den Lippen geformt und ist, nachdem sie den Teller mit den Piefke-Klopsen geleert hatte, aufgestanden. Der Sanktus hat es ihr nach zwei Minuten gleichgetan und ist ihr hinaus in den Eingangsbereich gefolgt. Ein Glück, dass es dort zwei Toiletten gegeben hat. So hat sich niemand wirklich gewundert, dass die beiden in die gleiche Richtung abgedampft waren.

Der Sanktus hat der Martina die Geschichte der Wullmsdorffs erzählt, und sie war baff.

»Ja, leck mich am Arsch«, hat sie gemeint. »Ich glaub das aufs Wort, aber zu uns ist der Mompe zuckersüß. Von gefährlich ist da gar nix. Nur die Regula macht sich ganz schön an dich ran, ha? Auffällig. Als ob sie dich von der Mama wegbringen will.«

»Derweil hat sie gesagt, ich soll kämpfen, weil ich bin ja Bayer, und ich muss mir die Mama zurückerobern.«

»Das brauchst, glaub ich, ned. Das hab ich im Gefühl. Auch, wie sie immer zu dir hinüberschaut. Das wird schon wieder.«

»Na haun ma ab. Fahr ma heim. Auf geht's.«

»Das macht sie nicht. Das will sie dem Mompe ned antun. Aber pass ja mit dieser Goaß da auf. Ned, dass das Wetter umschlägt und die Mama wieder sauer ist.«

»Martina, sag ihr bitte, ich will der nix. Und sag der Mama, ich weiß ned, was das soll und warum sie das macht, die Regula.«

»Ja, mach ich. Also, wir halten die Augen und Ohren offen. Die Betty auch.«

»Die Betty?«

»Ja. Ihr Vater hat sie angerufen und sie ausgefratschelt, was hier los ist. Du hast ihn ja anscheinend kontaktiert.«

Der Sanktus hat sich jetzt mit der flachen Hand an die Stirn gehauen.

»Und jetzt soll sie, so wie er, ermitteln, oder?«, hat er die Martina gefragt. »Der Drengler ist so ein Pfosten! Echt!«

»Egal. Am Samstag samma spätestens weg. Hab dich lieb«, hat die Martina gesagt und dem Sanktus ein Bussi gegeben.

»Ich dich auch!«, hat er geantwortet. »Passts auf euch auf!«

Jetzt hast du von drinnen Leute schreien gehört, und der Sanktus und die Martina sind schnell zurück ins Esszimmer.

Der Theo und der Jürgen haben gerade die Freya zu zweit, einer an den Schultern und einer an den Füßen, auf einen Perserteppich auf den Boden gelegt und ein Kissen unter ihren Kopf platziert.

Anscheinend war ihr übel geworden, denn der Geruch von Erbrochenem ist in der Luft gelegen. Sie hatte sich am Tisch auf ihren Teller übergeben. Freya war ohnmächtig, und der Theo hat gerufen: »Jürgen, ruf einen Krankenwagen!«

Der Rest ist regungslos dagestanden, nur der Haferl ist vom Wintergarten hereingeschossen gekommen.

»Stabile Seitenlage«, hat er gerufen. »Herrschaftszeiten, habts denn ihr gar nix glernt. Die wenn wieder speibt, erstickts.«

Dann hat er die Atmung gecheckt, den Mundraum auf Reste überprüft und die Freya in die vorher genannte Lage gebracht. Anschließend hat er den Puls gefühlt.

»Ned gut«, hat er gesagt und mit seinen Glupschaugen in die Runde geschaut.

Der Sanktus hat eine Nachricht an die Bine getippt. Die Antwort ist schnell gekommen. Sie schaut, in welches Krankenhaus die Freya gebracht wird und lässt den Mageninhalt überprüfen.

Jetzt hat der Sanktus endlich Blickkontakt zur Kathi gehabt. In ihren Augen hat er erste Zweifel gesehen.

MITTWOCH – WASH-UP

Gleich nach dem Frühstück haben sich die Brauer mit dem Sanktus im Geräteschuppen hinten im Garten getroffen. Sie hatten sich Stühle organisiert und sind wie die Grundschüler vor ihrem Lehrer gesessen. Mit großen Augen haben sie auf eine Vorstellung gewartet.

»Also«, hat der Sanktus angefangen. »Es ist einiges passiert, und wir müssen einen Kriegsrat abhalten, weil ich glaub, je näher wir an den Geburtstag kommen, desto ungemütlicher wird's.«

»Ich kann das Knistern in der Luft direkt spüren«, hat

der Haferl gesagt und in die Leere, beziehungsweise in die knisternde Luft gestarrt.

»Ich spür nur das Knistern von meinem Schokoladenpapierl«, hat der Schlauch-Gernot lachend eingeworfen.

»Stad, Schlauch«, hat der Sanktus gerufen. »Also, was haben wir?«, hat er sich eher selber gefragt. »Erstens: Bei den Selbstmorden hab ich von der Bine die Info gekriegt, dass die Neureuther eine geistig behinderte Tochter hat, die vermisst wird. Die Enkelin der Veselys hat man bisher auch nicht finden können. Also zwei vermisste Verwandte.«

»Unde?«, hat der Giovanni gefragt.

»Der alte Wullmsdorff wollte die Regula entmündigen, weil er gemeint hat, sie sei wahnsinnig. Das wollten die Neureuther als Anwältin und der Vesely als Arzt unter Dach und Fach bringen.«

»Klingt so, also mussten sie aus dem Weg geschafft werden«, hat der Piefke geschlussfolgert.

»Aber wie bringt man jemanden zum Selbstmord?«, hat der Haferl gefragt.

»Aus Liebe?«, hat der Haferl gefragt.

»Depp!«, der Sanktus. »Aber kriegen wir raus. Aber halt.«

»Ja, genau! Halt, mein lieber Sanktus!«, hat der Haferl beleidigt gemeint und den Sanktus vorwurfsvoll angeschaut. »Bei beiden geht wer ab. Beim Vesely die Enkelin und bei der Neureuther die Tochter. Könnte das ein Indiz sein, ha, Herr Chef-Ermittler?«

»Ja, hast ja recht, Haferl. Beruhig dich wieder«, hat ihn der Sanktus beschwichtigen wollen. »Das könnt durchaus sein, aber keiner weiß, wo sie sind.«

»Ja, denk mal drüber nach!«, hat der Haferl gegiftet. »Die sind entführt worden, damit sich die zwei Alten selbst umbringen. Erpresst. Leben gegen Leben. Der Vesely war krank, also scheiß drauf!«

»Und bei der Neureuther wiss ma 's ned! Aber irgendeinen Grund wird sie auch gehabt haben«, hat der Sanktus resümiert. »Genau. Du bist ein Genie, Fischhuber Andi.«

Jetzt hat der Haferl wieder gegrinst.

»Und wie schauts beim Mord aus?«, hat der Schlauch-Gernot wissen wollen.

»Wissen sie noch nichts Genaues. Anscheinend ist der Wullmsdorff mit einem Sack über dem Kopf irgendwohin gebracht worden. Es schaut nach einer richtigen Hinrichtung aus«, hat der Sanktus erklärt.

»Aber sonst nichts Neues?«, hat der Piefke gefragt.

»Nein. Kein Tatort.«

»Jetzt passts auf«, hat der Sanktus gesagt. »Ich war gestern mit den Wullmsdorffs in Nymphenburg. Da hat's auch interessante Geschichten gegeben.«

Dann hat der Sanktus berichtet, was ihm die Besucher über die männermordende Regula erzählt hatten.

»Dann kennt die den Mommsen schon ewig?«, hat der Haferl gefragt.

»Das versteh ich eben nicht, weil der hat ja eigentlich in den Molkereibetrieben gearbeitet. Das geht mir nicht in den Kopf. Hat sie ihn da hineingebracht? Und hat ihn der Reinhard dann auch gekannt, oder war ihm das bewusst?«, hat der Sanktus in die Runde gefragt.

»Fragen können wir ihn ja leider nicht mehr, nöch«, hat der Piefke gemeint.

»Nein, können wir nicht. Aber wenn ihr dem Mompe allein über den Weg laufts, passts auf! Der kann ganz schön zulangen.«

Und jetzt hat der Sanktus die Geschichte von seiner

Begegnung mit dem Mommsen und dem Magenschwinger erzählt.

»Isse brutaler Manne!«, hat der Giovanni ausgerufen.

»Und sonst so a Schlappschwanz!«, hat der Schlauch-Gernot gemeint. »Gestern war er bei mir herunten, da is a Ratz quer über den Weg glaufen. Da hätt sich der Mompe fast vor Angst in d' Hosn gschissen. So ein Depp!«

»Vielleicht ist er doch schizophren«, hat der Sanktus gemeint.

»Oder 'n verdammt guter Schauspieler«, hat der Piefke eingeworfen.

»Da fällt mir noch was ein«, hat der Sanktus gesagt. »Habt ihr eigentlich nachts einmal so ein Klopfen gehört? Ich weiß jetzt nicht, ob ich euch schon was davon erzählt hab oder nicht. So ein dumpfes Bumpern an der Wand.«

Aber ringsherum Kopfschütteln und Verneinen.

»Habts ihr sonst irgendwas herausgefunden?«, hat der Sanktus gefragt.

»Nein«, hat der Haferl geantwortet. »Nichts. Ab und zu kommt der Mompe vorbei, aber reden tut er eigentlich nicht mit uns. Manchmal kommt er von oben runter, manchmal von unten über die Garage raus.«

»Oder von der Seite über die Gebusch!«, hat der Giovanni vervollständigt.

»Der ist wirklich komisch«, hat der Schlauch-Gernot bestätigt. »Weiß man schon was von der Freya Wullmsdorff?«

»Noch nix. Ich ruf nachher noch die Schranner Bine an«, hat der Sanktus geantwortet. »Aber halt! Heute kommt noch der Sohn von der Regula. Benjamin, glaub ich, heißt er. Bin gespannt. Also halten wir weiter die Augen offen.«

»Äh, Sanktus, und was isse mit der Sache mit de Clowne?«, hat der Giovanni wissen wollen.

»Ich hab keinen Schimmer, wer die Regula da bedrängt. Eigentlich müsste es jemand von hier drin sein. Vorgestern hat die Musik genau zur richtigen Zeit eingesetzt, aber alle waren oben anwesend. Alle waren da.«

»Oder wir werden abgehört!«, hat der Haferl mit großen Augen gewispert.

»Stimmt«, hat der Sanktus bestätigt. »Weil es muss ja auch wer hier heraußen gewesen sein, der den Clown gegeben hat. Oder die Musik eingeschaltet hat, aber halt, das würde auch mit Funk gehen.«

»Da waren die Wullmsdorffs aber noch gar nicht da. Also müsst's ja einer von uns gewesen sein«, hat der Schlauch-Gernot gefolgert.

»Oder die Regula ist's selber und will nur auf sich aufmerksam machen«, hat der Haferl gemeint.

»Aber warum?«, hat der Sanktus gefragt.

BENJAMIN

Dann ist am Nachmittag der Benjamin angekommen. Mit einem amerikanischen Pick-up, für den du bestimmt ein Ölfeld besitzen musst, sonst kannst du dir die Mengen an Benzin, die dieses Auto schluckt, gar nicht leisten.

Als der Benjamin ausgestiegen ist, hat der Sanktus schon

gewusst, dass es Ärger geben würde. Regulas Sohn war circa
20 Jahre alt, hat, trotz der kühlen Jahreszeit, nur eine knie-
lange Hose und ein extrem weites T-Shirt angehabt. Über
der Schulter ist ein Sweatshirt gehangen, und die Kappe,
also die Baseball-Mütze, hat er in einem komischen Win-
kel getragen, wie es die Rapper gerne haben. Das mit dem
Rap war dem Sanktus, der gerade beim Schlauch-Gernot
im Zelt war, aber schon vorher klar, da der Bass der Musik
durch die geschlossenen Autoscheiben vom Tor unten bis
zum Zelt herauf bereits zu hören war. Eine Sonnenbrille
hat er natürlich auch noch aufgehabt. Logisch.

Und jetzt ist der Benjamin in seiner ganzen Pracht vor
dem Sanktus gestanden und hat diese Sonnenbrille abgenommen. Vom Gesicht her hat er der Regula ähnlich
geschaut. So viel man durch den Bart, den er getragen hat,
erkennen hat können. Seine Haare waren anscheinend
kurz geschnitten. Die Musik hat immer noch laut aus dem
Pick-up gedröhnt.

»He, was geht, Mann? Wer bist'n du?«, hat er den Sanktus gefragt.

»Sanktus, servus!«, der Sanktus.

Der Sanktus hat fast nichts verstehen könne, so laut war
die Musik.

»Sprisch nisch Latein mit mir«, hat der Benjamin gefa-
selt. »Hier sprischt man Deutsch!«

»Sanktjohanser! Grüß Gott!«

»Ah, du bist der, der wo auf die Mama aufpasst. Cool.
Give me five«, hat der gesagt und seine Hand hochgehalten,
und der Sanktus hat eingeschlagen. »Hier is ganz schön viel
krasse Scheiße am Laufen, hab'sch gehört. Und der Mama
geht's ned gut. Also, Mann, mach deinen Job, dass ja alles
klappt an diesem verfickten Geburtstag!«

»Ja, Benjamin. Mach ich. Du bist doch der Benjamin?«

»He, nenn misch Benny. Eigentlich bin isch bekannt als *DJ Ben*, aber das is egal.«

»Krass«, ist es dem Sanktus entfahren.

Dann hat der Benjamin das Auto abgeschlossen, und endlich war die Musik aus. Der Sanktus ist ihm die Stufen hinauf gefolgt, denn er hat wissen wollen, wie die Ankunft des Sprösslings wahrgenommen werden würde.

Der Benjamin hat geklingelt und der Butler Piefke geöffnet.

»Sie wünschen?«, hat er förmlich gefragt und seine Brille zurechtgerückt.

»He, krass, wer bist denn du? He leck misch doch«, hat der Benjamin lachend gemeint und den Piefke auf die Seite geschoben, sich an ihm vorbeigezwängt und »Maaama, dein Sohn ist da!« in den Flur geplärrt.

Der Sanktus ist ihm gefolgt.

Dann ist die Regula wie der Blitz von oben heruntergeschossen gekommen und hat gerufen: »Benny! Bennylein. Gott sei Dank bist du da!«

Dann ist sie ihn förmlich angesprungen und hat ihn fest gedrückt.

»Boah, isch brauch jetzt ein Bier!«, hat der Benjamin gerufen und die Maricruz gesehen. »He, Bitch. Hast du 'ne Halbe?«

Der Maricruz ist das Lächeln eingefroren, aber sie ist zum Kühlschrank.

»Cerveza con Veneno«, hat sie gemurmelt und ihm eine Flasche in der Hand gedrückt.

Der Benjamin hat fest angesetzt und das Gesöff simultan wieder im hohen Bogen ausgespuckt, aber schon prustend.

»Scheiße, Mann. Krass! Das ist alkfrei, Bitch.«

»Entschuldigung«, hat die Maricruz lächelnd gesagt und ist, bevor der Sohn noch etwas sagen hat können, verschwunden.

Dem Sanktus hat die Szene gefallen und dem Piefke, so wie's ausgesehen hat, auch.

»Lass den Pleampel stehen«, hat die Regula gesagt. »Komm. Ich bring dein Gepäck rauf, und dann trinken wir ein gescheites Bier.«

Und dann hat die Regula doch tatsächlich die schwere Tasche ihres Sohnes genommen und in den ersten Stock geschleppt.

Das Sanktus-Handy hat kurz darauf gepingt. »Anaphylaktischer Schock, Hülsenfrüchte«, hat ihm die Bine geschrieben. »Freya bleibt sicherheitshalber im Krankenhaus.«

DIE ANSCHULDIGUNG

Der späte Nachmittag und das Abendessen waren relativ ruhig verlaufen. Der Sanktus hatte mit den Mädchen und dem Schorschi noch einen Spaziergang durch den Forst unternommen. Der Grund war natürlich, die Damen alleine sprechen zu können. Doch es hatte nichts zu berichten gegeben. Sie waren am Vormittag mit der Kathi beim Joggen und nach dem Mittagessen in der Sauna gewesen, da der Mommsen anscheinend etwas Dringendes zu erledigen gehabt hatte. Theo und Jürgen hatten Freya im Krankenhaus besucht. Alles in allem ruhig. Keine Ausfälle oder Probleme. Alles gut.

Der Piefke hatte es beim Abendessen geschafft, nicht mit der Maricruz zu streiten, was wahrscheinlich daran gelegen hatte, dass die Regula ihrem Benjamin einen Schweinsbraten mit Knödel und Kraut versprochen gehabt hatte, anscheinend seine Lieblingsmahlzeit. Somit hatten die Hauswirtschafterin und der Butler zwei gemeinsame Feinde, die sie zusammengeschweißt hatten: den Sohn und das Schwein, beziehungsweise den Braten.

Der Sanktus hatte ihnen eine Stunde beim Kochbücherwälzen zugesehen und sie dann erlöst, da er sie in die Kunst des Schweinsbratens eingeweiht hatte. Danach waren die beiden sozusagen Verbündete und ein Herz und eine Seele. Es geht doch nichts über ein gemeinsames Feindbild.

Nach dem Abendessen ist die Familie zusammen am Kamin gesessen, aber ein besonderes Gespräch ist nicht entstanden, da eigentlich niemand den Benjamin gemocht hat. Irgendwann hat nur noch er geredet und von den Rap-Konzerten, die er veranstaltet, erzählt, und wie er an seiner eigenen musikalischen Karriere feilen würde. Wenn jemand etwas gesagt hat, hat er demjenigen sofort völlige Unwissenheit und Dummheit unterstellt, und so ist es dann gekommen, dass die beiden Wullmsdorff-Männer und die Kinder im Wintergarten bei den Brauern gesessen sind. Da war sozusagen eine Oase der Normalität und erdbebensicheres Gebiet. Auch die Maricruz hat sich hinausgesetzt, jedoch im sicheren Abstand zum Jürgen. Was für eine verdrehte Gesellschaft, hat sich der Sanktus gedacht. Der Mommsen ist mit der Kathi noch am Esstisch gesessen. Er hat ständig mit einem Glas Rotwein in der Hand in sie hineingeblubbert, und der Sanktus hätte nur zu gern gewusst, was er ihr wohl gerade eröffnet hat. Da war er fast ein bisserl nervös, der Sanktus.

Drinnen am Kamin sind somit nur noch der Benjamin, seine Mutter und seine Oma gesessen. Der alten von Kessel war der missratene Enkelsohn auch nicht so ganz genehm, hat man ihr angemerkt, aber sie hat familientechnisch gute Miene zum bösen Spiel gemacht.

Somit waren alle Bewohner in Sanktus' Dunstkreis, und der Herr Meisterdetektiv hat sich gewundert, ob nun trotzdem was passieren würde.

Und genauso war es!

Der Theo hatte sich gerade mit einem heftigen Plopp eine neue Flasche *Stern Dunkel* aufgemacht, da ist simultan die Beleuchtung des Zelts im Garten angegangen.

»Freya geht es den Umständen entsprechend gut«, hat der Theo referiert. »Ein allergischer Schock. Sie ist hochgradig auf Haselnüsse allergisch. Normal passt sie sehr auf, aber gestern hatte sie ein paar Gläschen zu viel. Vielleicht hat sie da beim Kuchen etwas übersehen. Na, ha. Ist ja noch mal gut gegangen.«

»He, Schlauch! Hast du scho a Licht im Zelt? Respekt, geht die Party heut scho los?«, hat der Haferl dazwischen geschrien, da er schon einen leichten im Tee gehabt hat.

»Naa. Hamma ja erst an Boden fertig gmacht, morgen mach'ma 's Licht. Aber du hast recht. Es leuchtet, also im Zelt.«

Jetzt haben alle hinuntergeschaut, und der Sanktus hat gedacht, er traut seinen Augen nicht.

»Da sitzt doch wer«, hat der Theo geflüstert und die Augenlider zusammengedrückt, um schärfer sehen zu können.

»Das ist ja …«, der Sanktus.

»Ja, das ist ja …«, der Haferl.

»Were isse?«, der Giovanni.

»Onkel Reinhard«, hat der Jürgen gerufen. »Da sitzt Onkel Reinhard!«

Drinnen hatten sie den Ausruf alle gehört, und die Kathi samt Mommsen sowie die Regula, die von Kessel und der Benjamin sind in den Wintergarten gestürzt gekommen.

»Was soll das?«, hat die Regula laut ausgerufen, und alle sind aufgesprungen und die Treppe hinunter zum Zelt gerannt.

Der Sanktus war mit dem Benjamin als Erste im Zelt. Schon von Weitem hatte er die Musik von Umbertos Eiswagen gehört, die in der Situation gespenstisch geklungen hat.

Das Zelt war nahe dem offenen Eingang, also bei einem offengelassenen Stück zwischen zwei Planensegmenten, beleuchtet. Nur zwei Meter weiter innen, sodass man ihn vom Haus oben gut sehen konnte, ist ein regloser Mann auf einem Stuhl gesessen. Unter ihm hatte sich eine rote Blutlache ausgebreitet.

Hättest du meinen können.

Beim genauerem Hinsehen ist dem Sanktus klar geworden, dass es sich um eine Vogelscheuche oder Ähnliches aus Stroh gehandelt hat, die hier platziert worden war. Am Strohkopf war eine Fotografie in Lebensgröße von Reinhard von Wullmsdorffs Gesicht befestigt worden, sodass es von Weitem ausgesehen hatte, als würde der Puddingbaron, wieder auferstanden, dort sitzen. Auf der Stirn war das Einschussloch mit roter Farbe markiert worden.

In den Händen, beziehungsweise auf den Knien, hatte die Figur ein Plakat wie Wullmsdorff auf der Theresienhöhe, nur dieses Mal stand darauf: »Regula, du hast mich auf dem Gewissen!«

Die Regula hat einen Wutschrei losgelassen, und der Benjamin ist total ausgetickt. Er ist auf die Figur zugesprungen und hat dagegengetreten, dass das Stroh nur so zwischen der ausgefüllten Hose, dem Hemd und den Schuhen herausgewirbelt ist.

»Welsche krasse Scheiße ist denn das, Mann? Wer will disch hier kaputtmachen, Mama?«

Dann ist er auf den Theo zu und hat ihn gestoßen.

»Du, weil die Mama geerbt hat, oder was? Weil du nix vom Reinhard gekriegt hast, oder was?«

»Nimm deine dreckigen Finger weg.«, hat der Theo gezischt.

»Oder du, Jürgen, du Spast? Brauchst du mehr Geld, oder was?«

»Komm her, und ich hau dir deine Rübe zu Brei!«, hat der Jürgen gerufen und ist in Boxstellung gegangen.

»Hörts auf!«, hat die Regula geschrien. »Hörts endlich auf!«

Dann ist sie weinend zu Boden gegangen.

»Wir waren doch alle oben zusammen!«, hat der Mommsen gemeint. »Das kann doch keiner von uns gewesen sein! Regula, wir müssen die Polizei verständigen.«

»Nein«, hat die Regula gekeucht. »Keine Polizei. Wir lassen uns nicht in den Wahnsinn treiben.«

»Außerdem hat dein Trottel alle Spuren kaputt gemacht«, hat der Sanktus gesagt und auf das Strohmassaker, das zerrissene Foto und die überall durch die Turnschuhe des

Möchtegern-Rappers verteilte angebliche Blutlache gezeigt. »Man könnt meinen, du wolltest die Spuren verwischen und arbeitest mit dem zusammen, der das hier veranstaltet hat.«

Jetzt ist der Benjamin auf den Sanktus zugesprungen, aber er ist nicht weit gekommen, denn der Haferl hat ihm einen Handkantenschlag versetzt, da würde sogar der Bruce Lee »Sie« sagen.

Der Benjamin ist zu Boden gegangen und hat sich das Genick massiert.

»Danke, Haferl«, hat der Sanktus gesagt. »Da schau! Zeitschaltuhr. Soviel zu *Wir waren ja alle zusammen*.«

DONNERSTAG –
MESSAGE VOM GRAFFITI

Der Sanktus ist am Donnerstagmorgen völlig verkatert aufgewacht. Das ist nicht nur an den Schnäpsen, die die Gesellschaft nach dem Vorfall am Vortag zur Beruhigung trinken hatte müssen, gelegen, sondern auch an der Tatsache, dass er sich die ganze Nacht das Hirn zermartert hatte, wie in diesem Fall alles zusammenhing. Und als er endlich, da völlig übermüdet, zur Ruhe gekommen wäre, hat er das Klopfen wieder gehört. Ein regelmäßiges Bumpern, das aus dem

Zimmer neben ihm zu kommen schien. Leider nur ein Problem: Neben dem Sanktus war kein Zimmer mehr.

In der Brauerei haben manchmal Leitungen geschlagen, vor allem Dampfleitungen. Aber hat das in diesem Haus der Fall sein können?

Heute war auf jeden Tag Erkundungstour, weil irgendwoher hat das Klopfen ja kommen müssen.

Der Sanktus ist nach dem Frühstück in den Garten hinaus, um das Zelt zu inspizieren. Der Boden war komplett verlegt, und der Schlauch-Gernot hat gerade den Einbau der Beleuchtung überprüft. Nicht dass du meinst, da wären Leuchtstoffröhren wie in einem Bierzelt angebracht worden, nein, weit gefehlt, hier sind Lüster von den Gestängen gebaumelt. Alles in allem eine sehr noble Angelegenheit. Am Eingang ist der Haferl gestanden und hat versucht, die falsche Blutlache mit einem Gartenschlauch wegzuspritzen.

Am hinteren Ende ist gerade das Warmluftgebläse zum Heizen der »Location« installiert worden, und der Schlauch-Gernot war nun fast ein bisserl im Stress. Und das in aller Herrgottsfrüh.

Der Sanktus hat ihn also in Ruhe gelassen und ist zum Giovanni, der bereits geliehene Pflanzen am Zelteingang, der gegenüber der Treppe zum Pool und Wintergarten gelegen ist, drapiert hat.

»Giardinere. Tutto bene?«

»Claro, Capo!«, hat der Giovanni geplärrt.

Der Sanktus hat überlegt, ob er den Giovanni jemals leise sprechen gehört hat. Ist ihm aber keine Gelegenheit eingefallen.

Er hat wieder über das Klopfen nachgedacht. Konnte sich irgendwo vielleicht noch ein Kellerabteil, das er bisher nicht entdeckt hatte, befinden? Er hat definitiv einmal ums Haus schleichen müssen.

Der Sanktus ist nun von der Treppe zum Pool entlang der Garagen, vorbei an der Treppe zum Hauseingang geschlichen. Er hat sich etliche Male umgesehen, aber ihn hat niemand beobachtet. Neben der Treppe ist das Gelände angestiegen. Alles war mit Büschen bewachsen. Anscheinend hatte man die ursprüngliche Landschaftsform beim Bau so beibehalten müssen und daher die Garagen und den Keller in die umliegenden Hügel gegraben.

Der Sanktus hat sich nun durch die Büsche geschlagen und war gespannt, wie es hinter dem Haus aussehen würde. Er hat versucht, so wenig wie möglich in dem Gestrüpp hängen zu bleiben, war aber auf verlorenem Posten. Die Äste sind ihm ins Gesicht gepeitscht, und er war sich sicher, dass er bereits einen Haufen Kratzer auf der Haut hatte.

Plötzlich hat er ein Rascheln, das von Schritten gekommen ist, gehört und sich sofort hinter einen dichten Busch geduckt. Er hat durch die Zwischenräume der Blätter gespäht und den Mompe erkennen können, der sich den Weg von hinten zum vorderen Garten gebahnt hat. Warum geht dieser Depp nicht durch das Haus, hat sich der Sanktus gedacht. Komischer Kerl. Der ist wirklich nicht ganz dicht. Jetzt hat der Sanktus gemerkt, dass sein Herz wie wild geschlagen hat, und hat tief durchgeatmet. Langsam hat er seinen Blutkreislauf wieder in normale Bahnen lenken können. Aber wenigstens hat ihn der Mompe nicht mehr stören können, da er ihn nicht zurückkommen hat hören.

Am hinteren Hausende ist der Hügel wieder abgefallen, und der Sanktus ist auf der Ebene des Kellergeschosses gewesen.

Er hat festgestellt, dass das Grundstück hier noch einige Quadratmeter groß und an der Grenze gut eingewachsen war, sodass niemand in diesen kleineren Garten hat hineinsehen können. Der Sanktus hat sich umgesehen und nun umgedreht. Da hat ihn fast der Schlag getroffen. Direkt hinter seinem Rücken, also jetzt nach dem Umdrehen vor seinen Augen, war eine kleine Terrasse, so wie es ausgesehen hat, einer weiteren Einliegerwohnung. Hat dieses Haus nur aus Einliegerwohnungen bestanden? Aber wo war der Zugang? Im Hausinneren hatte der Sanktus nichts entdecken können. Da war keine Tür. Die hätte gegenüber seiner Einliegerwohnung irgendwo neben dem Schwimmbadeingang sein müssen. Diese Wohnung hat nämlich direkt ans Schwimmbad gegrenzt. Der Sanktus ist nun auf die Terrasse und hat, die Hand über den Augen, in die Wohnung hineingelugt. Dabei hat er das Übergewicht gekriegt und hat sich an der Glastür abstützen müssen. Und nun ist der Sanktus noch einmal erschrocken, weil die Tür war nicht verschlossen und ist nach innen aufgegangen.

Er ist nun in einer kleinen Wohnung mit Einbauküche gestanden. Überall ist Kleidung herumgelegen. Auf dem Bett, auf dem Sessel vor dem Fernseher und sogar auf dem Boden. Das hat nach einer Männerwirtschaft ausgesehen, aber wer hat hier gewohnt? Der Mompe, der ihm entgegengekommen war, sicherlich nicht. Der hat ja oben im ersten Stock residiert. Aber wer dann?

Der Sanktus hat die Kleidung angesehen, doch ob er sie an jemandem bisher bemerkt hatte, hat er sich nicht erinnern können. Das Gewand war eher in Tarnfarben gehalten. So wie die Kleidung eines Jägers. Er hat sich weiter umgesehen, aber nichts hat auf die Persönlichkeit, die hier gehaust hat, schließen lassen. Keine Bilder an der Wand, keine Fotografien im Regal, nichts.

Der Sanktus ist nun zur Kochnische und hat in den Kühlschrank geschaut. Dort war nicht viel außer einigen Flaschen Bier zu finden. Etwas Toast, Butter und einge-schweißte Wurst. Und ein Teller mit Resten der Enchiladas, die die Maricruz am Vortag gemacht hatte. Aha, Gedanke beim Sanktus. Hier hat ein jemand mit Beziehung zum Haus gewohnt. Vielleicht ein Bekannter oder Verwandter von der Maricruz. Ein illegaler Einwanderer? Aber der müsste ja hier sein. Der Sanktus hatte einfach keine Ahnung. Zefix!

Nun ist er durch das Zimmer in den hinteren Teil geschli-chen. Dort war ein Bad mit Dusche untergebracht. Ein elek-trischer Rasierer ist in einem Regal gelegen, also definitiv Männerhaushalt. Leider hat es keine Bürste gegeben, an der der Sanktus die Haarfarbe des Bewohners hätte bestimmen können. Auch sonst war nirgends ein Haar im Bad zu fin-den. Also Ausbeute eher gering.

Gegenüber der Badtür war eine weitere, die wohl der Eingang vom Haus her hat sein müssen. Zwischen den bei-den Türen war ein breites Bücherregal platziert. Der Sank-tus hat sich nun die Titel angesehen. Alles in allem Frau-enbücher, die er auch von der Kathi her gekannt hat. Das hast du schon an der Farbe der Buchrücken feststellen kön-nen. Männerbücher sehen anders aus. Nicht so farbenfroh. Aber der Bewohner war doch männlich? Oder etwa doch nicht? Der elektrische Rasierer war keinesfalls für Frauen-beine. Da war sich der Sanktus sicher.

In der Eingangstür gegenüber war ein Spion eingelas-sen, durch den der Sanktus nun durchgespäht hat. Er hat den Eingangsbereich des Schwimmbads erkennen können. Genau den Ort, an dem ihn der Mommsen niedergeschlagen hatte. Langsam hat er nur die Klinke heruntergedrückt und die Tür aufgeschoben. Diese ist lautlos aufgeschwungen, und der Sanktus ist in den Gang zum Hallenbad hinaus. Von hier hast du nicht erkennen können, dass es sich um eine Tür gehandelt hat, da sie genau hinter dem großen Spiegel angebracht war. Den Mechanismus, mit dem man von außen hat öffnen können, hat der Sanktus nicht ausmachen können. Wahrscheinlich war irgendwo ein Knopf für einen elektrischen Türöffner. War der Mompe durch diese Tür gekommen, da er plötzlich aus heiterem Himmel vor dem Sanktus gestanden war? Wahrscheinlich!

Nun hat er Stimmen gehört, die immer lauter wurden, und hat sich sofort in die Wohnung zurückgezogen. Höchste Zeit zu verschwinden, weil lieber auf Nummer sicher gehen.

Draußen im Garten vor der kleinen Terrasse hat der Sanktus erst einmal durchgeschnauft. Die Terrassentür hatte er wieder angelehnt, sodass dem Bewohner nichts auffallen würde.

Er hat sich noch einmal umgesehen, und dann ist dem Sanktus hinter einem Busch auf der hinteren rechten Seite der Hecke der Handlauf einer Treppe aufgefallen. Ein erneuter Sicherheits-Rundumblick, und der Sanktus ist zu dem Handlauf hin und vor einem betonierten Treppenabgang gestanden. Von unten herauf ist ihm ein Geruch von Moder entgegengekommen. Faulig kein Ausdruck.

Langsam ist er in die Kühle der Betonwände hinuntergestiegen und vor einer Metalltür gestanden. Im Schlüsselloch ist ein einfacher Schlüssel gesteckt. Der Sanktus hat die Klinke betätigt und hat nun in einen dunklen Raum geschaut, in dem er nichts erkannt hat, da sich seine Augen noch an die Dunkelheit gewöhnen haben müssen.

Langsam hat das Bild des Raums vor ihm Konturen angenommen, und er hat ein metallenes Bettgestell erkennen können, auf dem eine benutzte Matratze und schmuddelige Bettwäsche gelegen sind. Links hat der Sanktus einen Lichtschalter entdeckt und ihn betätigt. Eine funzelige Lampe hat den Raum in ein eher diffuses Licht getaucht. Er war lediglich zehn Quadratmeter groß, und die Feuchtigkeit darin war mehr als unangenehm. Neben dem Bett ist ein Holzstuhl gestanden. Vor und neben dem Stuhl sind auf dem Boden mehrere Seile gelegen – und ein Jutesack!

Hier musste Reinhard Wullmsdorff wahrscheinlich vor seinem Tod gefangen gehalten worden sein. So viel war dem Sanktus klar. Diesen modrigen Geruch, hat er sich eingebildet, hat er auch an der Leiche an der *Bavaria* festgestellt.

Er hat nun den Boden rund um den Stuhl abgesucht, aber kein Milliliter Blut war zu finden. Also kein genetisches Material sicherzustellen. Der Sanktus hat noch ein paar Beweisfotos gemacht und vorsichtshalber die Seile und den Jutesack unter die Jacke gesteckt. Die würde er später der Bine aushändigen. Bestimmt konnte die KTU daran Spuren von Reinhard Wullmsdorff entdecken. Doch nun wiederum nichts wie weg und Rückzug über die Treppe.

Oben angekommen, hat der Sanktus über die Einfassung des Abgangs gelugt, weil Vorsicht ist die Mutter der Porzellankiste, und pfeilgrad ist da die Regula auf der Terrasse gestanden und hat sich umgesehen, als hätte sie etwas gesucht. Der Sanktus hat schon Angst gehabt, dass sie seinen Haarschopf entdeckt haben würde, aber das war Gott sei Dank anscheinend nicht der Fall.

Die Regula hat die Schultern gezuckt und ist durch

die Terrassentür zurück in die Wohnung und über das Schwimmbad zurück ins Haus.

Der Sanktus hat sich jetzt mit klopfendem Herzen durch das Gebüsch zurück zum vorderen Teil des Hauses geschlichen.

Der Mommsen ist ihm glücklicherweise nicht mehr entgegengekommen.

DER EKLAT

»Sanktus!«, hat die Regula gerufen, als der Sanktus vom Gebüsch her in das Zelt gekommen ist. »Ich hab dich schon überall gesucht.«

Da ist der Sanktus zusammengefahren, denn er hat immer noch die spähende Regula auf der Terrasse hinter dem Haus in Gedanken gehabt. Hatte sie ihn dort hinten wirklich gesucht.

»Bin schon da«, hat er gesagt. »Bin schon da.«

»Pass auf! Wegen dem Sicherheitskonzept. Morgen kommen noch vier Security-Leute. Die werde ich dir unterstellen. Sie werden auch bewaffnet sein.«

Wieder ist der Sanktus zusammengefahren. Das hat nichts Gutes verheißen.

»Keine Sorge«, hat die Regula, die den kurzen Zucker

anscheinend bemerkt hatte, gesagt. »Das sind Profis. Keine
Angst.«

»Okay. Wann kommen die?«

»Morgen. Hab ich dir doch gesagt.«

»Okay. Ja klar. Sorry!«

»Pass auf, Sanktus. Am Zelteingang kontrollieren sie die
Leute. Sie checken die Gästeliste, schauen in die Handta-
schen und gut ist's. Du lässt dein polizeigeschultes Auge
schweifen und prüfst, ob dir etwas verdächtig vorkommt.«

»Passt!«, hat der Sanktus bestätigt. »Wer kommt noch?«

»Der Caterer. Leck mich, war das ein Gschieß. Der hat
mit gestern abgesagt wegen Krankheit, aber er hat mir einen
Freund vermittelt. Die helfen sich anscheinend gegenseitig aus.
Der kommt mit seinen Köchen, Bedienungen und Obern.«

»Aha. Die werden dann auch von den Securities überprüft.«

»Hab ich jetzt nicht dran gedacht, aber hast recht.«

»Gut«, hat der Sanktus gemeint, »wie heißt der Caterer
und wo kommt er her?«

»Die sind aus München, aus der Au. Den Namen hab ich
mir ned gemerkt. Hiendl oder so ähnlich. Aber die kont-
rollierst du ja morgen eh. Ach, das wird so schön.«

Dann hat sie den Arm um Sanktus Hüfte gelegt und sich
an ihn geschmust. Der Sanktus Salzsäule kein Ausdruck.

»Komm, wir gehen in die Sauna. Jetzt chill' ma noch einmal vor dem großen Ereignis. Die Kathi und der Mompe,
mein ich, sind auch schon da.«

Jetzt ist der Sanktus doch gängig geworden, weil die
Kathi mit dem Mompe allein in der Sauna! So nicht! Mein
lieber Herr Gesangsverein.

So hat sich der Sanktus, Arm in Arm mit der Regula, von
dieser hinauf in den Außen-Wellnessbereich schieben lassen.

Im beheizten Vorraum haben sich die beiden ausgezogen und sind in die Dusche. Der Sanktus hat gesehen, dass sich die Regula die Zehennägel in einem kräftigen Rot lackiert gehabt hatte. Er hat der Regula beim Duschen zugesehen und war verblüfft, wie gut sie ihre Figur erhalten hatte, trotz ihrer 50 Jahre. Ihre Unterschenkel waren etwas fest, ist dem Sanktus aufgefallen, aber das hat ihn nicht gestört. Hat ihr einen natürlichen Touch gegeben.

Nun haben sich beide abgetrocknet, und die Regula ist nah an ihm vorbei und hat ihn in die Seite gezwickt.

»Auf geht's, bayerischer Löwe!«, hat sie gesagt, und der Sanktus gleich wieder die Kathi mit dem Mompe im Kopf.

Gerade, als sie in die Sauna gehen wollten, hat der Sanktus Stimmen einer Auseinandersetzung aus der Schwitzkabine gehört. Er also Tür auf und mit Karacho der Kathi zur Hilfe, doch keine Ehefrau weit und breit, sondern die Betty-Lou, die völlig nackt, mit bloßen Fäusten auf den nackten Benjamin eingeschlagen hat, der sich, so wie es ausgesehen hat, gerade über die nur mit einem Handtuch bekleidete Martina hermachen wollte.

Der Sanktus hat einen Sprung nach vorne gemacht, hat die Betty zur Seite geschoben und den depperten Buben der Regula an den Schultern gepackt. Der hat sich kurz umgeschaut, und schon ist die sanktjohansersche Rechte auf sein Gesicht niedergegangen. Dann die Linke in die Magengegend, und der Benjamin ist am Boden gelegen.

Die Regula hat einen Schrei losgelassen, da sagst du »Sie«, und hat ihrem Sohn noch eine Watschen verpasst, die ihresgleichen sehen hat lassen können.

»Ja, sag amal, hat's dich, du Hanswurst? Ich glaub's ja ned. Schau, dass d' dich schleichst. Aber schnell. Sonst fangst vom Sanktus noch eine. Das würd ich ned riskieren. Wir sprechen uns nachher«, hat die Regula gekeift.

»He, leckts misch doch alle!«, hat der Benjamin noch gerufen, sein Handtuch umgehangen und ist aus dem Wellnessbereich verschwunden.

»Martina, Entschuldigung. Ist dir was geschehen?«, hat die Regula gefragt.

»Nein, nein. Alles gut. Ihr seids ja Gott sei Dank rechtzeitig gekommen.«

»Wie ist das denn passiert?«, hat der Sanktus wissen wollen, als alle auf den Holzbänken der Sauna gesessen sind.

Die Betty-Lou, die normalerweise etwas gschamig war, ist vor lauter geschafft pudelnackt auf ihrem Handtuch gesessen und hat sich Luft zugefächelt. Was würde der Drengler sagen, wenn er wissen würde, dass der Sanktus seine Tochter nun auch so, wie sie Gott schuf, kannte. Der Sanktus hat schmunzeln müssen.

»Wir waren beide gerade hier in der Sauna herin, da ist der Benjamin gekommen. Er hat ein bisserl umeinander geblödelt und hat uns halt angemacht. Ob wir nicht auf ihn scharf wären, weil alle Frauen es auf ihn abgesehen hätten. Vielleicht waren wir etwas zu deutlich, und dann ist er grantig geworden. Eigentlich wollte er mich nur küssen, hat er gesagt. Also, ich weiß es ned. Auf jeden Fall seids ihr dann eh gekommen. Es is also nix passiert. Wäre es wahrscheinlich auch nicht«, hat die Martina die Lage geschildert.

Das denkst auch nur du, Gedanke vom Sanktus, weil er diesen Typ jungen Menschen gekannt hat. Der Benjamin wäre definitiv zum Äußersten gegangen.

»Wir duschen jetzt und gehen aufs Zimmer. Wir wollen am Nachmittag ein bisserl chillen.«

»Soll ich mitkommen?«, hat der Sanktus gefragt.

»Nein. Passt. Es sind ja die Brauer draußen, wenn was wäre«, hat die Martina gesagt und ihm zugezwinkert.

Der Sanktus hat eingewilligt, und die Mädchen sind verschwunden.

»Würdest du mir die Füße massieren?«, hat die Regula gesagt und ihm ihre frisch pedikürten Zehen in den Schoß gelegt. »Ich bin den ganzen Vormittag draußen auf und ab gerannt. Ich hab Platt- und Glühfüße.«

Der Sanktus hat ihre Füße in die Hände genommen und geknetet. Vielleicht würde er, wenn sie so entspannt war, etwas aus ihr herausbringen.

»Ah, tut das gut«, hat sie fast geschnurrt. »Weiter. Mach weiter!«

Der Sanktus war froh, dass er seinen Unterleib mit dem Handtuch eng umschlungen hatte. Wer weiß, was dieser Frau noch alles eingefallen wäre.

»Regula, wie geht's dir ohne deinen Mann«, hat er wissen wollen.

»Saugut, solang du weitermassierst«, hat sie mit geschlossenen Augen geflüstert. Sie hatte ihre Hände hinten auf dem Handtuch abgestützt, sodass sie ihren Busen gewinnbringend in Sanktus' Richtung hat recken können.

»Nein, ich mein generell. War er wirklich so ein Tyrann, der Reinhard?«

»Ja«, hat die Regula bestätigt. »Er war ein Sadist. Vor allem beim Sex. Seine Spielchen waren grenzwertig, und ich hatte immer Angst, dass ich draufgehe. Er hat mich oft gewürgt, dass ich keine Luft mehr gekriegt habe. Und wenn ich etwas falsch gemacht habe, hat er mich verdroschen, dass mir Hören und Sehen vergangen ist.«

»Und der Mompe?«

»Wie meinst du *Mompe*?«

»Warst du mit dem nicht mal zusammen?«

»Ich und der Thore?«, hat sie fast gekreischt. »Massier weiter. Bitte!«

Der Sanktus hat wieder ihre Füße geknetet.

»Gott bewahre. Das ist ein Schlappschwanz und ein Sesselfurzer. Ich brauch einen richtigen Mann. So einen wie dich!«

Dann hat sie sich senkrecht aufgesetzt und die Arme um den Sanktus geschlungen. Wenn der Sanktus nicht eh schon so geschwitzt hätte, wäre ihm der Schweiß aus allen Poren gelaufen.

Natürlich ist in diesem Moment die Saunatür aufgegangen, und die Kathi ist mit dem Mommsen hereingekommen. Die Regula war gerade dabei, ihn küssen zu wollen. Der Sanktus hat seine Frau nur aus dem Augenwinkel erkennen können, aber das Zusammenzucken ist ihm nicht entgangen. Er hat sich sofort losgerissen.

»Kathi!«, hat er angefangen.

»Komm, Thore«, hat die Kathi gesagt. »Wir gehen. Hier ist es mir zu voll!«

»Menno, Kathi. Nu komm doch. Da stehst du doch drüber«, hat der Mommsen gemosert.

Die Kathi hat hasserfüllt auf den Sanktus geblickt. Dann hat sie sich umgedreht und den nackten Mommsen hinter sich aus der Sauna herausgezogen.

»Regula«, hat der Sanktus gesagt, »was soll das? Einesteils soll ich kämpfen und dann so was. Ich versteh dich ned.«

»Kämpfe um mich, mein Löwe«, hat sie gesagt, sich zurückgelehnt und ihre Füße wieder in seinen Schoß gelegt.

Dann war nichts mehr aus ihr herauszubringen.

Später an diesem Abend ist der Sanktus bei den Bierbrauern draußen im Windfang gegessen und hat von außen beobachtet, wie der Mompe seine Kathi weiter umgarnt hat.

UNTER ZWEI FRAUEN

Am Abend hat es bei der Kathi an der Tür geklopft. Der Schorschi hat schon geschlummert, und die Kathi hat noch ein Buch gelesen, da sie nicht schlafen hat können. Die Ereignisse des Tages hatten sie zu sehr aufgewühlt, als dass sie ein Auge hätte zutun können.

Der Mommsen, der nach dem Eklat in der Sauna seine finale Chance gewittert hatte, hatte sie dazu bewegen wollen, bei ihm zu übernachten, aber sie hatte sich auf den Schorschi rausgeredet, der nicht allein in einem fremden Raum schlafen konnte.

Ihr war dieser ganze Trip nicht mehr geheuer, denn sie hat die Gefahr, die vom morgigen Geburtstag ausging, förmlich im Magen gespürt. Da würde etwas passieren. Diese Gabe hatte sie von ihrer Oma geerbt, die ständig irgendwelche Vorzeichen, wie ein Klirren im Gläserschrank oder Ähnliches, gedeutet hatte. Das hatte fast an Aberglauben gegrenzt, aber so schlimm war es bei der Kathi nicht.

Sie hatte lange überlegt, ob sie, so wie der Sanktus bekräftigt hatte, mit den Kindern das Weite suchen sollte, aber nun war sie sich sicher, dass sie das hier durchziehen musste. Besonders nach dem Kuss, bei dem sie die Regula mit dem Sanktus in der Sauna ertappt hatte. Mit ihrem Sanktus!

Die Kathi hat geöffnet, da steht doch tatsächlich die Regula in Morgenrock und rosa Puschelsandalen vor ihrer Tür.

»Darf ich reinkommen?«, hat sie gefragt.

Die Kathi hat erst gezögert und ein ziemlich dummes Geschau gemacht, dann die Regula jedoch mit einer einladenden Handbewegung hereingebeten. Die Regula hat eine Flasche Prosecco und zwei Gläser dabeigehabt. Sie hat die Flasche entkorkt und eingeschenkt. Ob die Kathi überhaupt etwas wollte, hat sie gar nicht gefragt.

»Kathi«, hat sie angefangen. »Darf ich Kathi sagen?«

Die Kathi hat genickt.

»Kathi. Ich muss mit dir reden, aber ich weiß nicht genau, wo ich anfangen soll!«

Die Kathi hat erst einmal gewartet.

»Du hast mich ja heute sozusagen mit dem Sanktus in der Sauna erwischt. Und da wollte ich …«

»Ja?«, hat die Kathi herausfordernd gefragt.

»Der Sanktus und ich lieben uns! So, jetzt ist's heraußen. Wir sind seit dem Sommer ein Paar.«

Die Kathi hat sich jetzt verschluckt und mit der Hand auf ihren Brustkorb gegriffen. Erzürnt kein Ausdruck.

»Was?«, hat sie lauter gefragt als geplant. »Seit dem Sommer?«

»Wir haben uns an der Nordsee kennengelernt. Bei diesem Craftbier-Treffen. Wir wussten damals schon, dass wir den *Sternbräu* kaufen. Daher war ich am Bier interessiert. Ich war da oben im Urlaub und bin zu diesem Event, und so ist eines zum anderen gekommen. Schau!«, hat die Regula gesagt.

Jetzt hat sie in der Tasche ihres Mantels gekramt und der Kathi ein Selfie von ihr und dem Sanktus mit einem eindeutigen Nordseestrand im Hintergrund gezeigt, auf dem sie dem Sanktus einen Kuss auf den Mund gegeben hat.

Der Kathi ist heiß geworden bei so viel Unverfrorenheit.

»Das … das … das ist ja …«, hat die Kathi nur noch herausgebracht.

»Und die Affäre, auf die du ihm gekommen bist …«, hat die Regula den Satz begonnen.

»Das war gar nicht die Lena, sondern du?«, hat die Kathi aufgebracht gepiepst.

Die Regula hat ihre Hand genommen und genickt.

Jetzt haben beide Frauen das Glas mit dem prickelnden Inhalt geext.

»Weißt du, Kathi«, hat die Regula das Gespräch wieder aufgenommen, »der Reinhard war ein Tyrann und Sadist. Er hat mich geschlagen, misshandelt, und das nicht nur körperlich. Ich habe ihn gehasst! Als ich den Sanktus kennengelernt habe, war ich in einer tiefen Depression. Durch ihn bin ich da rausgekommen. Er hat so viel Einfühlungsvermögen und mich immer wieder bestärkt, meinen Mann zu verlassen. Manchmal, hab ich mir gedacht, er verabscheut Reinhard genauso wie ich. Das war fast gespenstisch.«

»Und jetzt?«, hat die Kathi gefragt.

»Bist du mit dem Thore glücklich?«, hat die Regula gefragt. »Er ist der leibliche Vater deiner Tochter.«

Dann hat die Regula noch einmal eingeschenkt, an das Glas der Kathi angestoßen, ausgetrunken und ist mit einem leisen »Denk drüber nach« aus dem Zimmer verschwunden.

Die Kathi ist mit ihrem Sektglas dagesessen und war einfach nur platt.

FREITAG - DAS FINALE

Der Sanktus ist aufgewacht und hat als Erstes die Nachrichten geprüft. Drei Stück hat das Telefon angezeigt.

Die ersten beiden Nachrichten waren von der Schranner Bine: »Waffe nicht registriert. Obacht geben!« Und: »KTU informiert. Kellerloch wird inspiziert.« Da war der Sanktus gespannt.

Die dritte Nachricht war von einer anderen Person: »Wie vermutet. Alles nach Plan!«

Der Sanktus hat geschmunzelt. Sehr gut. Nun hat es losgehen können.

Das Frühstuck war anlässlich des 50. bombastisch, und das Duo Maricruz/Piefke hatte alles gegeben. Der Tisch war mit Rosenblüten und Blumensträußen übersät, und die Auswahl an Speisen war unerschöpflich. Natürlich hat auch der Champagner nicht fehlen dürfen, von dem sich der Sanktus zu seinem Lachs gleich zwei Gläser genehmigt hat. Die Kathi hat ihn keines Blickes gewürdigt, und die Martina war eher niedergeschlagen. Wahrscheinlich hatte sie die Kathi ob der Dinge des Vortags eingeweiht, und seine Tochter hatte die Hoffnung aufgegeben, dass der Sanktus jemals wieder in die Wohnung am Johannisplatz einziehen würde. Er hat es dann doch geschafft, mit ihr Blickkontakt aufzunehmen und ihr zugezwinkert. Die Martina hat sich umgesehen, dann verstohlen zurückgezwinkert, und der Sanktus hatte Gott sei Dank verstanden. Jetzt war es ihm wohler ums Herz.

Der Schorschi hat seine Spiegeleier verdrückt und von der Schule erzählt. Er hat sich riesig gefreut, dass die Ferien nächste Woche vorbei sein würden und er seine Freunde wieder treffen konnte. Freuen auf die Schule? Beim Sanktus wäre das nie vorgekommen.

Die Regula ist natürlich neben dem Sanktus gesessen und hat mit ihm gefußelt, also mit ihren Füßen unter dem Tisch über seine gestreichelt. In der Hand hat sie ein Glas Schampus gehabt. Der Sanktus hat dezent gelächelt, und als die Kathi kurz hergesehen hat, hat sie ihm einen eisigen Blick zugeworfen.

»Sanktus«, hat die Regula gesagt, »in einer halben Stunde kommen die Caterer zum Aufbauen.«

»Die Firma *Hiendl* aus der Au?«, hat der Sanktus lächelnd gefragt.

»Ja, so ähnlich. Schaust du, dass alles klappt und unterziehst sie einem Check?«

»Logisch!«, hat der Sanktus gesagt, hat seinen Kaffee ausgetrunken und ist aufgestanden.

Im selben Moment sind die beiden Wullmsdorffs hereingekommen und haben die Regula beglückwünscht. Natürlich haben sie gute Miene zum bösen Spiel gemacht, weil beide hätten der Regula wahrscheinlich lieber den Hals umgedreht als ihr die besten Glückwünsche für ein gesundes und langes Leben zu überbringen. Der Sanktus hat die Gelegenheit zum Abmarsch genutzt und war froh, der Gastgeberin zu entkommen.

Kaum war er unten am Zelt angekommen, sind auch schon zwei weiße Sprinter-Busse die Auffahrt heraufgekommen. »Q. Himsl Catering« ist bei beiden in schwarzer Schrift aufgeklebt gewesen, und der Sanktus hat gedacht, ihn streift ein Bus, als der Graffiti zur Fahrertür herausgesprungen ist.

»Servus Oida!«, hat er gerufen. »*Himsl Catering* meldet sich zur Stelle. Binser, Pröbstl. Auf geht's. Ausladen.«

Der Sanktus hat den Graffiti vor lauter Freude umarmen wollen, aber der hat abgewehrt.

»Depp! Wir kennen uns doch ned.«

Strategisches Geschau.

»Stimmt. 'tschuldigung«, hat der Sanktus gemurmelt.

Aus dem zweiten Bus sind der Grieche Nikos und der Türke Murat herausgesprungen, wobei der Sanktus an ihren Gesichtern hat erkennen können, dass sich die beiden während der ganzen Fahrt wieder einmal gehänselt hatten.

Der Nikos hat dem Murat eine Kopfnuss gegeben, und der Murat hat ihm mit der flachen Hand ins Genick gehauen. Der Nikos, musst du wissen, hat ausgesehen wie der Schauspieler Elias M'Barek.

»Jetzt is a Ruh!«, hat der Graffiti gerufen, und die beiden waren still.

Der dicke Binser und der dürre Pröbstl haben den Sanktus mit einem leisen »Sers!«, also »Servus« nasal ausgesprochen, begrüßt und haben mit den beiden Südländern die Kochutensilien, die silbernen Warmhaltewannen, das Geschirr, die Tischdecken, die Gläser und alles, was du für ein Buffet so brauchst, ausgeladen.

»Servus, Graffiti, was duasd na du do?«, hat der Schlauch von hinten geplärrt, aber der Sanktus hat ihm bedeutet, still zu sein.

»Inkognito!«, hat er gezischt.

Der Haferl ist nun auch aus dem Zelt gekommen und hat den Himsl Quirin mit großen Augen angestarrt.

»Sie sind also der berühmte Graffiti?«, hat er gehaucht. »Sehr erfreut. Fischhuber Andreas. Neu im Ermittler-Team.«

»Servus!«, hat der Graffiti kurz angebunden geantwortet, aber der Haferl ist keinen Schritt weggegangen und hat den Graffiti ehrfürchtig weiter beobachtet.

»Wie kommst du jetzt da her? Wie ist jetzt das gegangen?«, hat der Sanktus wissen wollen.

»Die Bine hat mich angerufen und mir die Lage beschrieben. Also, dass praktisch Gefahr im Verzug ist. Dann hab ich ja gar ned auskönnen, oder?«

»Ja, und der andere Caterer?«

»Der? Dem hab ich ein Angebot gemacht, das er nicht hat ablehnen können. Frag ned weiter, bitte.«

Den Sanktus haben die Einzelheiten gar nicht interessiert, weil er eigentlich nie etwas über die Geschäfte seines Freundes hat wissen wollen. Das hätte die Freundschaft zu sehr belastet.

»Guad na!«, hat der Graffiti gemeint. »Murat, Binser, Nikos! Ihr bauts das ganze Zeug im Zelt auf. Sanktus, du machst, was auch immer du tun musst, und der Pröbstl und ich peilen mal die Lage und machen eine kleine Inspektion der Location. Passt?«

»Passt!«, seitens Sanktus. »Aber zuerst muss ich euch überprüfen. So als Security. Verstehst.«

»Buam!«, hat der Graffiti laut gerufen, sodass es auch der letzte Depp gehört hat. »Zeigts mal bitte eure Ausweise her! Ihr müssts euch beim Security-Chef registrieren. Anscheinend trauen sie uns hier nicht.«

Dann hat er sich hingestellt, also ob ihn der Sanktus hätte abtasten wollen und dabei ein furchtbar genervtes Gesicht gemacht. Und das war gut so, denn in diesem Moment ist die Regula die Treppe runtergekommen.

»Grüß Gott«, hat die den Graffiti begrüßt. »Von Kessel-Wullmsdorff. Ich bin Ihre Auftraggeberin.«

»Himsl, angenehm. Das sind meine Mitarbeiter, der Herr Binser, der Herr Pröbstl, der Herr Yildirim und der Herr Nicolaides.«

»Sehr gut. Ich denke, das passt. Sanktus?«

»Passt«, hat der Sanktus streng gesagt und hat die Ausweise mit Beamtenblick zurückgegeben.

»Oiso, pack ma 's!«, hat er gerufen, und die Mitarbeiter haben ausgeladen.

Nach einer halben Stunde haben die Burschen immer noch aufgebaut, aber niemandem ist aufgefallen, dass es nur noch drei Personen waren, die sich darum gekümmert haben, das Zelt wie ein Speiselokal aussehen zu lassen.

Der Sanktus hat einen Rundgang durch den Garten gemacht. Warum, hätte er nicht sagen können, aber er hat einfach beschäftigt sein wollen. Der Schlauch-Gernot hat die Zapfanlage, die die Firma *Himsl* mitgebracht hatte, aufgebaut. Da hat der Sanktus lachen müssen, weil diese mobile Apparatur hat er gekannt. Die hat der Graffiti definitiv vom Hanspeter aus der *Bierwerkel* gehabt. Der Sanktus ist zum Schlauch-Gernot und hat ihn zur Seite gezogen.

»Tu den *Bierwerkel*-Aufkleber weg. Der verrät uns!«

»Pfeilgrad«, hat der Brauer gesagt und hat ein *Haidhauser Bierwerkel* Pickerl mit den Fingernägeln weggepfriemelt.

Beide haben gegrinst und genickt.

Der Giovanni hat kleine Blumenstöckerl auf jedem Tisch verteilt.

»Ciao, Sanktus. Guckst du. Isse so schöne!«, hat er gerufen und seinen Gärtnerhut zurecht gezogen.

»Perfetto!«, hat der Sanktus gerufen und ein Taucher-Okay-Zeichen mit Daumen und Zeigefinger geformt.

»Sanktus!«, hat er den Graffiti von hinten gehört. »Schau amal her!«

Der Sanktus ist zum Graffiti, und der hat ihm auf dem Handy ein Foto gezeigt, und Sanktus wieder einmal baff. Es hat sich um ein Foto der kleinen Einliegerwohnung gehandelt. Von außen im hinteren Garten durch die Büsche aufgenommen.

»Isser des?«, hat der Graffiti gefragt.

»Des isser!«

Auf dem Foto war durch die Glastür deutlich der Mompe zu erkennen, der gerade nackt aus dem kleinen Bad gekommen war. Aber warum hat der da unten gewohnt, wo er doch oben ein Zimmer gehabt hat?

»Alles klar bei euch? Läuft es?«, haben sie in diesem Moment den Mommsen von hinten in seinem norddeutschen Slang fragen gehört.

Der Graffiti hat das Handy schnellstens in seine Hosentasche verschwinden lassen.

»Himsl, Catering«, hat er gesagt und dem Mommsen die Hand hingestreckt.

»Mommsen, angenehm. Das ist mein Haus. Frau von Kessel-Wullmsdorff feiert hier. Wenn also etwas wäre, können Sie sich gerne an mich wenden. Äh, Sanktus, hätten Sie kurz Zeit auf ein Wort?«

»Da meld ich mich gern«, hat der Graffiti gesagt. »Aber der Herr Sanktus hat jetzt leider keine Zeit, weil ich mit ihm alles durchgehen muss, und wir wollen ja die Feier von der Frau von Kessel-Wullmsdorff nicht verzögern. Da müssten S' nachher einfach noch amal vorbeikommen, gell, Herr Mommsen.«

Der Mommsen hat jetzt etwas kariert geschaut, ist aber abgedampft.

»Und den findet die Kathi toll, oder was? Will sie dich wirklich wegen dem verlassen?«

»Woher weißt jetzt das schon wieder?«, hat der Sanktus gefragt.

»Ein Himsl weiß alles«, hat sich der Graffiti gebrüstet. »Nein, im Ernst. Die Lena hat's mir erzählt.«

»Die Lena?«, hat der Sanktus gefragt. »Triffst du die wieder?«

»Ja. Wir sind uns zufällig über den Weg gelaufen«, hat der Graffiti gesagt. »Wir treffen uns nächste Woch schon wieder. Sie hat ja den Deppen nicht mehr. Hätt ich ihr gleich sagen können, dass man mit einem Polizisten nix anfängt.«

»Und?«

»Was und?«

»Hat sie sonst noch was erzählt?«

»Nein, nix. Hätt sie was erzählen sollen?«

»Nein, nein, nix, gar nix!«

Und jetzt hat der Graffiti gelacht. Lauthals.

»Gib's zu. Du hast mit ihr gevögelt, und die Kathi ist dir draufgekommen. Drum ist sie sauer und steigt diesem blonden Volldeppen nach! Komm! Gib's halt zu!«

»Zefix, ja! Aber der ist der leibliche Vater von der Martina.«

»Ja, weng meiner. Gott sei Dank hat sie nix von dem und kommt rein dir nach. Ja, leck mich doch am Arsch. Ist das geil. Vögelt der die Lena. Verreck. Aber die ist schon a Sünde wert, oder? Muss man ihr lassen.«

Der Graffiti hat sich einmal um die eigene Achse gedreht und dabei in die Hände geklatscht.

»Graffiti?«

»Ja?«

»Jetzt langt's wieder. Du bist ja schließlich der Caterer.«

»Hast recht. Sorry«, hat er eingelenkt und sich geräuspert. »Aber jetzt pass auf. Der Kerl da ist ned ganz sauber. Da brauchst keine Angst haben. Die Kathi holst du dir schon zurück. Was mir komisch vorkommt: Hier gibt er den Waschlappen, und unten in der Wohnung hat er noch Liegestütze und Sit-ups gemacht, dass du meinst, er will zum Militär.«

»Das ist's ja. Mich hat er schon verdroschen. Vom Feinsten«, hat der Sanktus erzählt.

»Okay. Da müss' ma vorsichtig sein.«

Jetzt hat der Graffiti zur Einfahrt hinuntergeschaut. Ein Auto mit serbischer Nummer ist den Weg heraufgekommen.

»Jetzt wird's spannend«, hat er gesagt. »Wer is na des?«

Das Auto hat vor den Garagen geparkt, und vier Männer sind ausgestiegen. Alle in schwarzen Uniformen mit gelber Aufschrift »Jovanović-Security«.

»Das sind der Regula ihre Serben«, hat der Sanktus gesagt. »Die hat sie schon angekündigt.«

»Gut! Na lass dir die Ausweise zeigen, und dann meldest dich bei mir! Klar?«

»Klar!«

Der Sanktus ist zu dem Auto hin und hat die Security-Leute begrüßt. Eine Frau war unter ihnen.

»Servus, bin der Sanktus.«

»Jovanović, Milan. Bin ich Chef von diese Gruppe.«

Der Jovanović war groß gewachsen, kahlköpfig, jedoch mit einem voluminösen Bart. Der hat den Sanktus sofort an den Helsinki von *Haus des Geldes* erinnert.

»Das ist Ivo Tomić, das da Dragan Petrov, und Mädel ist Božana Vuković.«

Die Securities haben zum Fürchten ausgesehen. Da waren ein paar Jahre Zuchthaus dabei, Meinung vom Sanktus. Der Tomić war sicherlich 120 Kilo schwer, ebenfalls kahlköpfig und auf der Kopfhaut tätowiert, der Petrov dürr, wirre dunkle Haare, jedoch die Seiten rasiert, Unterarme voller

Bilder, und die Vuković war eine schwarzhaarige, schlanke rassige Frau mit dunklem Lippenstift und massenhaft Eyeliner im Gesicht. An ihr hat der Sanktus nichts auszusetzen gehabt, lediglich ihr kalter, ja fast grausamer Blick hat ihm etwas Angst gemacht.

Er hat sich die Pässe geben lassen und diese fotografiert. Der Jovanović hat nichts dagegen gehabt und hat sie schweigend wieder an sich genommen und an seine Kollegen verteilt.

»Passts auf! Wir müssen eigentlich nur den Eingang hier am Zelt kontrollieren. Alle Gäste, die kommen, müssen sich auf der Gästeliste befinden. Wenn wer nicht drauf ist, sagt mir Bescheid. Ansonsten müsst ihr halt die Augen offen halten und vor allem auf Frau von Kessel-Wullmsdorff aufpassen. Sie hat Angst vor einem Übergriff, da sie viele Drohungen in den letzten Tagen erhalten hat.«

»Da!«, hat der Jovanović bestätigt und seinem Gefolge anscheinend die Sanktus-Worte ins Serbische übersetzt.

Der Sanktus hat die Fotos der Pässe an den Graffiti gesendet und die Antwort abgewartet.

Einstweilen ist die Regula mit einem weiteren Glas Champagner des Weges gekommen, und der Jovanović ist mit ausgebreiteten Armen auf sie zugekommen.

»Regula Dušica. Wie lange haben ma uns nicht mehr g'sehen?«

»Milan, Spatzerl. Geh her. Lass dich drücken!«

Der Sanktus hat die Augen verdreht, und die Božana hat es ihm mit verschränkten Armen gleichgetan. War sie dem Sanktus gleich sympathisch.

»Nett, ha?«, hat er sie gefragt, aber sie hat ebenfalls die Augen verdreht und sich abgewandt.

»Kommts alle erst einmal rein und trinkts an Schluck.

Dann könnts euch da heraußen einrichten, gell, Milan«, hat die Regula, anscheinend schon etwas angetrunken, gesäuselt, und die Gefängnisgesellschaft ist ihr ins Haus gefolgt.

Das Sanktus-Handy hat gebimmelt. Eine Nachricht vom Graffiti.

Keine Gaudi. Müssen reden, hat die Nachricht angezeigt.

»Das ist ein Terrorkommando. Diese Serben haben als Söldner in Afghanistan für die USA gearbeitet. Leck mich am Arsch, wo hat die Regula denn die her? Der Jovanović war dort im Krieg ihr Anführer, und die Vuković ist die Krasseste. Die tötet aus Lust und Gaudi. Der Dürre war auch in Afghanistan, aber der Dicke, der Tomić, ist neu. Sanktus, dass die da sind, bedeutet nichts Gutes! So viel ist klar.«

»Ja, aber was soll denn das?«, hat der Sanktus gefragt.

»Ich glaub, die Regula hat wirklich Angst. Sie kann sich keinen Reim drauf machen, wer sie mit dem Clown-Brimborium deppert machen will. Wenn da heute wer auftaucht, dann gehört der der Katz. So viel ist klar. Da muss sich derjenige warm anziehen, bei diesem Personenschutz. Bist ned du sogar heute denen ihr Chef?«, hat der Graffiti gemeint und hat sich schiefgelacht. »Da hast ja a sauberes Personal! Mi leckst am Arsch!«

Der Sanktus hat der Schranner Bine eine Nachricht bezüglich der Serben geschrieben, und die Antwort ist postwendend gekommen.

»Ois klar. Bis glei. Bussi. Bine.«

Was hat nun das bedeuten sollen?

Doch die Frage ist nicht lange offengeblieben, denn schon ist ein Knattern zu hören gewesen, und ein indischer Hindustan Ambassador Model 69 ist die Auffahrt heraufgeknattert. Am Steuer des kleinen indischen Wagens ist der Bhupinder gesessen, auf dem Beifahrersitz die Schranner Bine.

Der Hindustan ist hinter dem Zelt auf der Wiese, die als Parkplatz ausgewiesen war, zum Stehen gekommen, und die beiden sind ausgestiegen.

Beide in schwarzer Hose, weißem Hemd, beziehungsweise Bluse und schwarzer Weste. Über dem Arm haben sie eine Bistroschürze gehabt. Dann sind die Hintertüren aufgegangen, und die Ashwini und, jetzt halt dich fest, der Drengler sind ausgestiegen. Beide genauso bekleidet wie die Bine und der Bhupinder.

»Ah!«, hat der Graffiti gemeint. »Da ist ja mein Bedienungspersonal. Sehr gut. So mag ich das.«

Der Sanktus hätte laut jubeln können vor Freude. Jetzt hat nichts mehr schiefgehen können.

»Griaß di, Sanktus«, hat die Bine gemeint. »Da simmer. Wir passen schon auf, dass dir nix passiert heut. Gell, Ashwini?«

»Freili«, hat die Inderin gesagt.

»Tja, Sanktus Gambrinus«, hat der Drengler angefangen. »Da biste wohl platt, dass ich auch zu deinem persönlichen Schutze hier bin. Nö? Hab ich euch schon mal erzählt, dass ich einst in der Botschaft in Nairobi die deutsche Botschafterin …«

»Nein, Jens, aber das war bestimmt spannend«, hat der Sanktus gesagt. »Das erzählst mir morgen, gell!«

»Na, wenn de meinst«, hat der Drengler gesagt und hat etwas von ein wenig mehr Dankbarkeit gemurmelt.

»Ich weise euch jetzt mal in den Dienst ein«, hat der Graffiti gesagt und gerufen: »Pröbstl! Geh amal her da. Zoag dene amal ois! Merce dir!«

Dann hat er sich wieder dem Sanktus zugewandt.

»Also, obacht gebn, länger leben. Host mi?«

»Eh klar! Aber a bisserl flau ist's mir jetzt schon im Magen«, hat der Sanktus bestätigt. »Da kommen die ersten Gäste. Schau!«

EIN IRRENHAUS

Das erste Taxi ist die Auffahrt heraufgekommen, und drei bunte, weibliche Gestalten sind ausgestiegen. Ausgesehen haben sie, als wären sie in den 80ern oder 90ern hängen geblieben.

Eine schlanke, größere Mittfünfzigerin mit langen dunklen Haaren, bekleidet mit einem grünen Hosenanzug und weißer Bluse, ist auf den Sanktus zugekommen und hat sich beim Abhaken der Gästeliste durch die Božana vorgestellt.

»Servas, ich bin die Bibi Edenkofler aus Murau. Und wer bist du?«

»Sanktus, nur Sanktus aus Haidhausen!«

»Fesch! Gfoist ma. Leiwand. Echt leiwand!«, hat sie gesagt, hat der Božana den Ausweis wieder abgenommen und ist in Richtung Zelt, wo die Regula mit einem Glas Champagner ihre Gäste begrüßt hat.

Großer Aufschrei und Bussi-Bussi, kannst du dir ja vorstellen. Die Božana hat die Augen verdreht, dass du nur noch das Weiße sehen hast können.

Die zweite Dame war mit einer Jeansjacke, Bluejeans und ebenfalls weißer Bluse bekleidet. In den blondierten Haaren ist eine Sonnenbrille mit rotem Gestell gesessen. *True Romance* jetzt Sanktus Gedanke.

»I bin die Melli. Griaß di«, hat sie kaugummikauend gesagt, und dem Sanktus war klar, dass hier gerade die drei Kronzeuginnen der Mordnacht am Einlaufen waren. Und das war die Muschi.

Um Gottes willen! Das hat ja schon gut angefangen.

»Mia drei san die besten Freundinnen von der Retschi!«, hat die Melli von sich gegeben und mit dem Zeigefinger einen Kreis angedeutet, der auch die Dritte Ankommende eingeschlossen hat.

Dann hat das die Felicitas sein müssen. Die war einfach nur vogelwild.

Sie hatte bräunliche Haare mit blonden Strähnchen, eine rote Plastikjacke, die oberhalb der Hüfte bereits aufgehört hat, ein weißes Top und kurze Jeans, die nicht mal ganz die Arschbacken bedeckt hatte. Darunter eine dunkle Netzstrumpfhose.

»I bin d' Fe!«, hat sie gesagt und dem Sanktus mit ihren rot lackierten Fingernägeln über die Backe gestrichen. Dann hat sie ein »Schatzi« nachgeschoben.

Erneutes Kopfschütteln bei der Božana.

Als die Drei weg waren, hat die Božana den Zeigefinger in den Mund geschoben und so getan, als ob sie kotzen müsste. Der Sanktus und sie haben daraufhin herzhaft gelacht, und kurz war ihm entfallen, dass diese Frau gerne zum Spaß tötete. Zumindest laut dem Graffiti.

Die weiteren Gäste waren Bekannte, vor allem Damen von Vereinen, bei denen die Gastgeberin anscheinend Mitglied war, weitere Familienmitglieder und, so wie es ausgesehen hat, Menschen mit höheren Würden, also kommunale Politiker aus Bayern und Niedersachsen, selbst ein bekannter Schriftsteller war dabei, der Geschäftsführer der *Sternbrauerei* und weitere höhere Persönlichkeiten des *Wullmsdorffschen Molkerei*-Managements. Alles in allem eine normale Geburtstagsgesellschaft, wäre da nicht Regulas Onkel Heinz gewesen, der für seine 80 Jahre sehr rüstig war und jeder Frau einen sexistischen Witz ans Ohr geklebt hat. Lachen hat eigentlich nur er können. Doch getoppt hat das nur noch eine gute alte Bekannte von Reinhard Wullmsdorffs Eltern, Wilhelmine Söderbom, die sich nach der Begrüßung sofort an den ihr zugewiesenen Platz gesetzt und ihren ersten Cognac bestellt hatte. Sie war eine kleine, dürre, gebückte Person mit bläulich-grauem Haar und einer dicken Brille, die ihre Augen auf das Vielfache vergrößert hat. Als alle Gäste angekommen waren, war sie bereits bei Glas Nummer fünf. Gerade hat sie wieder den Finger in Richtung Bhupinder gehoben und Nachschub bestellt.

Die drei Zeuginnen waren trinkfest und haben Champagner in sich hineingeschüttet, da sagst du »Sie«, der Rest der Gesellschaft jedoch hat es anscheinend langsam angehen lassen.

Die vier Securities sind vor dem Zelt gestanden und haben sich auf Serbisch unterhalten. Alle haben geraucht.

Zuletzt sind Theo und Jürgen Wullmsdorff, begleitet von der von Kessel, zu den Gästen hinzugestoßen, und wieder Geschrei und Bussi-Bussi angesagt. Das Gebussel hat den Sanktus inzwischen richtig aufgeregt, aber mei!

ABENDESSEN

Als dann alle beim Abendessen gesessen waren, war einigermaßen Ruhe eingekehrt. Das Zelt war perfekt in Weiß eingerichtet und in einem sanften, warmen Licht beleuchtet. Die Blumen, die der Giovanni überall verteilt gehabt hat, waren das i-Tüpfelchen in einem Meer aus weißen Tischdecken und weiß bezogenen Stühlen. Die Tische waren in drei Reihen angeordnet, und es waren circa 120 Personen anwesend. Mittig waren die Reihen für eine kleine Tanzfläche unterbrochen. Quer dazu am hinteren Ende war der Tisch der Gastgeberin angeordnet, wo sie mit ihrer Mutter, dem Theo, dem Jürgen und dem Mompe gesessen ist. Neben dem Mompe natürlich die Kathi samt Kindern und Betty Lou.

Der Drengler ist ständig um die Betty-Lou herumgeschwanzelt, hat ihr Cola gebracht und gezwinkert, dass du meinst, er hat einen Schlaganfall, aber die Betty hat sich nicht beirren lassen und hat alles Mögliche von ihm an Getränken haben wollen. London Lemming in *Johnny English 3* großes Vorbild. Der Drengler logischerweise am Schwitzen, weil Gscheithaferl und ja keine Blöße geben. Ständig hat er sein Tablett weggestellt und mit seinem Handy geappt. Wahrscheinlich Wasserstandsmeldungen an die Drengler Ulrike, seine Frau.

»Das ist zu auffällig, Jens«, hat ihn der Sanktus zurechtgewiesen. Daraufhin Lätschenziehen seitens Drengler.

Der Bhupinder war in seinem Element und hat die Gäste, vor allem die weiblichen, versorgt. Beim Aufnehmen der Bestellungen hat er mit seinem Kopf gewackelt, dass es eine echte Freude war. Die Bine und die Ashwini haben gekellnert, dass du gemeint hast, sie haben noch nie etwas anderes in ihrem Leben gemacht. Beim Essenausteilen sind sie dann noch von der Maricruz unterstützt worden, und alles war in bester Ordnung. Das Essen haben die Herren Binser, Nicolaides und Yildirim wie die Profis hergerichtet. Auch der Schlauch-Gernot und der Haferl waren ebenfalls in ihrem Element. Der Gernot hat gezapft wie ein Weltmeister, und der Haferl hat ihm beim Einschenken assistiert, um dann wieder die Essensausgabe zu kontrollieren und danach durch das Zelt zu hüpfen, um nach dem Rechten zu sehen. Der Blick immer fokussiert auf Perfektion.

Der Sanktus hat immer wieder versucht, Blickkontakt mit der Kathi herzustellen, aber sie ist im stets ausgewichen. Selbst, wenn er direkt vor ihr am Tisch vorbeigelaufen ist. Nur die Martina hat ihn durch ein warmes Lächeln aufrechterhalten.

Komischerweise ist niemandem aufgefallen, dass der Graffiti und der Pröbstl gefehlt haben.

Nach dem Essen, es war schon lange dunkel, hat die Beleuchtung des Zelts auf ein sanftes Pink gewechselt, also somit Klubatmosphäre, und man ist zum gemütlichen Teil übergegangen. Natürlich hatte die Regula vorher eine kleine Rede über ihren Lebensweg, ihren großen Verlust und ihre weiteren Pläne gehalten. Wie alle Reden hat auch diese mit »So, liebe Gäste« angefangen. Warum haben alle Ansprachen in Bayern so angefangen? Warum nicht »Meine lieben Gäste«, oder nur »Liebe Gäste«? Nein! Das »So« hat immer dabei sein müssen.

Der Sanktus war wieder einmal von Regulas Schauspielkunst begeistert, weil die trauernde Witwe, die sie erneut mit Bravour gegeben hat, war absolut authentisch. Kein Schmarren, weil sogar Tränen im Publikum geflossen sind.

Und wie hat es anders kommen können, das »So, liebe Gäste« hatte es ja angedeutet, hat ein Alleinunterhalter mit Keyboard und Akkordeon das Zelt betreten und zum Aufspielen angefangen.

»Ich wünsch mir Tulpen aus Amsterdam!«, hat die Tante Wilhelmine geplärrt und einen Fünfeuroschein in die Höhe gehalten. Wahrscheinlich war sie bereits bei ihrem zehnten Cognac, von den Rotweinhumpen, die sie in sich hineingebechert hat, ganz zu schweigen. Der Sanktus hat sich wegdrehen müssen.

Die Security-Serben sind draußen vor dem Zelt gestanden und haben in der inzwischen kalten Abendluft eine nach der anderen geraucht, das Bedienungs-Quartett ist immer noch auf Hochtouren gelaufen, weil der Durst anscheinend immens.

Der Akkordeonspieler hat nun den typischen Tararaaaa-Auftakt der *Oberkrainer* verlauten lassen, und schon ist's mit Volks- und volkstümlicher Musik in die erste Stufe des Abends hineingegangen.

Und wenn du glaubst, es wird nicht mehr schlimmer, dann liegst du falsch, weil jetzt ist die Stunde der Hyperaktiven gekommen, sprich alle Vereinsmädels haben unbedingt etwas Lustiges zum Geburtstag aufführen müssen. Der Sanktus hat sich in die früheren Familienfeste erinnert gefühlt, bei denen Klopapiertorten mit Gedichten umrandet verschenkt wurden. Die Tante Mary hatte bei Männergeburtstagen immer ihren Auftritt als verlassene Liebschaft mit Hornbrille, Pelzmantel, Altweiberhut, und der Sanktus hatte mit seinen Cousins einmal die *Glocken von Rom,* nur mit Unterhose, einer Pfanne, Kochlöffel, Hut und Trenchcoat bekleidet, aufgeführt. Das, wenn du nicht kennst, *Google* machts möglich. Und du wirst es nicht glauben, das schlimmste Spiel aller Zeiten ist nun, nachdem der

Kirchenchor Regulas Leben in selbstgedichteten Zeilen auf die Melodie vom *Jäger aus Kurpfalz* zum Besten gegeben hatte, annonciert worden. Das Tanzspiel. Und zwar von den Weight-Watchers-Mädels, die alle über 80 Kilo ihr Eigen genannt haben. Alle Gäste haben zwei Karten ziehen müssen, auf denen Tiere vermerkt waren. Das eine Tier warst du selbst, mit dem anderen Tier hast du tanzen müssen. Dann dichteten die Mädels eine an den Haaren herbeigezogene Geschichte mit einem noch viel schlimmeren Versmaß, und die beiden genannten Tiere haben miteinander tanzen müssen. Einfach nur furchtbar! Aber alle Gäste, selbst die hochwohlgeborenen, haben mitgemacht, und das Gelächter rundherum war riesengroß.

»Wir laden ein zum festlichen Tanz. Es paart sich das Gnu mit der Graugans.«

Brutal, oder?

Auch dieses Spiel ist in Sanktus' Familienfeier-Vergangenheit gespielt worden. Der Sanktus war das Bison und hatte die Schnecke gezogen. Bald hatte er gemerkt, dass die Schnecke die grausame alte Tante Hetty war. Er hatte alles versucht, um mit der blonden, knackigen Cousine Tamara tanzen zu können, doch niemand wollte mit ihm die Schneckenkarte gegen das Chamäleon tauschen, das die Tamara gewonnen hatte. Nicht um alle Versprechen und Leistungen der Welt. Der Sanktus hatte kurzerhand die Veranstaltung für eine längere Rauchpause mit seinem Cousin Michi verlassen und gehofft, der wilden Alten durch Aussitzen zu entkommen. Doch als sie beschlossen hatten, dass das Spiel bereits vorbei sein hatte müssen, und wieder das Lokal betreten hatten, wurden Bison und Schnecke aufgerufen, und der Sanktus hat sozusagen bildlich der Katz gehört. Das Bussi der Tante zum Dank für den Tanz hat er heut noch gerochen.

Fauliger Mundgeruch gepaart mit Pfefferminz. Aber auch den Michi hatte es erwischt. Die Freundin von Tante Mary, Else, hatte ihm trampelnderweise blaue Zehennägel beim Pflichttanz der Biene Maja mit der Drohne Willi beschert. Grausam, diese Erinnerung. Wirklich grausam.

Der Sanktus hat wieder einmal versucht, mit der Kathi Blickkontakt aufzunehmen, aber sie war nicht am Platz. Logisch, weil sie gerade mit dem Mompe umeinander geschwoft ist. »Alle rufen jetzt juhu, es tanzt die Kuh mit dem Känguru!« Na bravo. Aber tanzen hat er können, der Mompe, und wie er den Sanktus gesehen hat, hat er ihm zugezwinkert und ist sich mit der Zunge über die Lippen gefahren. Der Sanktus hat innerlich gekocht und die Fäuste in den Hosentaschen geballt.

Danach war die Regula mit dem Brauerei-Geschäftsführer dran. »Das Tanzbodenfest ist wunderbar. Es tanzt die Maus mit der Anaconda.« Zum Speiben!

Der Sanktus hat eine bunte Gestalt im Augenwinkel gesehen und sich umgedreht. War da wirklich ein Clown durch die stehenden, das Tanzpaar beklatschenden Leute gelaufen? Dem Gesicht der Regula nach schon, und nun auch dem Gesicht des Geschäftsführers nach. Dem war die Puddingbaronesse gerade mit Karacho auf die Zehen getreten.

Danach Zeit für Gespräche und leise Musik im Hintergrund. Die Regula hat sofort ein Glas Schampus geext. Der Sanktus ist postwendend raus zu den Serben, aber dort hatte niemand einen Clown gesehen.

Nun ist eine Rede der von Kessel mit einem Loblied auf ihre Tochter gekommen. Was war sie für ein nettes Kind, eine gute Schülerin und welche Schicksalsschläge hatte sie nicht schon hinnehmen müssen. Den Verlust des Vaters, der Männer, aber immer wieder hatte sie es geschafft, sich erneut hochzurappeln. Unsere tolle Regula!

Plötzlich ist hinter der von Kessel ein Clown, der ein Rad geschlagen hat, vorbeigezischt, und das Publikum hat geklatscht, weil jeder die nächste Showeinlage vermutet hat. Der Sanktus hat zur Regula gesehen. Sie war weiß wie eine Wand, und dem Mommsen daneben hast du die pure Mordlust angesehen. Aha, der wahre Mompe zeigt sein Gesicht, hat sich der Sanktus gedacht. Na bravo!

Kaum war die Lobrede zu Ende, ist der Mommsen nach draußen gestartet und hat den Sanktus zu den Serben mitgezogen.

»Ihr findet jetzt sofort diese Clowns! Milan, Sanktus. Los geht's. Und kommt mir ja nicht mit leeren Händen zurück. Ihr habt zehn Minuten.«

Die Securities sind sofort ausgeschwärmt, der Sanktus ist jedoch zurück ins Zelt. Dort ist ein Beamer aufgebaut worden. Das hat nichts Gutes verheißen können.

PENNYWISE

Die Serben sind nach einer Viertelstunde zurückgekommen, doch mit leeren Händen. Wie zu erwarten, denn der Sanktus war sich sicher, dass derjenige, der versucht hat, seit Tagen ein Geständnis aus der Regula herauszubekommen, kurz vor dem Showdown, der definitiv noch kommen würde, niemals klein beigeben würde und sich hätte fassen lassen.

Drinnen im Zelt war ein Rumoren zu hören. Tante Wilhelmine war betrunken vom Stuhl gefallen, und der Akkordeonspieler hat gerade versucht, sie wieder aufzurichten. Doch das war bei der gummiartigen, dürren Alkoholikerin gar nicht so einfach. Theo Wullmsdorff hat sich dann ein Herz gefasst und seine Tante, die bei ihnen in der Einliegerwohnung genächtigt hat, dorthin geführt. Ein einsames Glas Cognac ist verlassen auf dem Tisch zurückgeblieben.

Dann hat sich der Beamer wie von Geisterhand eingeschaltet, und ein Schnaufen ist durch das Publikum gegangen. Das Licht ist auf einmal gedimmt worden, und die Gäste waren nur noch als Schemen zu erkennen. Auf der Leinwand hinter Regula war der Kopf des Clowns Pennywise aus der Neuverfilmung des Stephen King Romans *ES* zu sehen. Absolute Stille!

Der Clown hat irgendwie animiert sein müssen, denn der Sanktus hatte die Filme erst mit der Martina angeschaut, aber diese Szene war ihm nicht bekannt.

»Guten Abend, Regula«, hat der Clown angefangen. »Alles Gute zu deinem runden Geburtstag. Alle, die dich liebhaben, aber vor allem auch alle, die dich hassen, sind heute zu dir gekommen. Zu deinem letzten Geburtstag in Freiheit, denn du hast große Schuld auf dich geladen.«

Der Sanktus ist sich vorgekommen wie bei Tarantinos *Inglorious Basterds*, als Shosanna Dreyfus auf der Leinwand ihres Kinos in der Endszene erscheint. Wie die Regula reagiert hat, hat er nicht erkennen können.

Pennywise hat seinen Mund aufgerissen und seine langen Zähne gezeigt. Der Sanktus hat die Regula jetzt rufen gehört: »Machts des Liacht o, des Liacht o, Zefix no amoi!«

Dann hat sie einen lauten Schrei herausgelassen.

»Du hast drei Männer auf dem Gewissen, Regula«, hat der Clown weitergemacht.

Nun ist eine anschwellende Musik gespielt worden, und das Foto eines lächelnden Mannes ist erschienen.

»Michael Podolinsky, ermordet im eigenen Haus 2003«, neues Bild, »Maximilian Zeilhofer, beim Klettern in die Tiefe gestürzt 2012«, Bildwechsel, »Reinhard Wullmsdorff, hinterhältig entführt und erschossen 2021. Gestehe deine Taten und büße für deine Sünden.« Dann hat der Clown seinen Schlund aufgerissen und die spitzen Zähne wurden immer länger.

Plötzlich ist das Bild verschwunden, und ein Krachen war zu hören. Das Licht ist wieder angemacht worden, und mitten im Raum ist Benjamin, Regulas Sohn, gestanden. Zu seinen Füßen der zerstörte Beamer, den er auf den Boden geworfen hatte. Sein Gesicht war wutverzerrt. Dem Sanktus war gar nicht aufgefallen, dass er bisher den ganzen Abend gefehlt hatte.

»Hört auf, ihr Spackos! Lasst die Mama in Ruhe. Sie hat nix getan. He, Scheiße noch mal. Was seid ihr für verfickte Arschlöcher?«

»Benny«, hat die Regula von ihrem Tisch aus gerufen, doch der Sprössling hat sich umgedreht, und als er den Sanktus gesehen hat, fluchtartig den Raum verlassen.

Brav, Sanktus-Gedanke. War er wohl nach dem Eklat mit der Martina nicht zum Fest zugelassen. Anscheinend hatte er sich aber trotzdem draußen herumgetrieben. Frag lieber nicht, warum, Meinung vom Sanktus.

Die Regula hat ihrem Sohn wortlos nachgestarrt, und die Gäste haben die Regula wortlos angestarrt. Du hättest eine

Stecknadel auf den Boden fallen hören können. Die Regula hat wie in Zeitlupe durch das Zelt auf die ratlosen Gesichter geschaut. Sie hat den Mund geöffnet, aber nichts herausgebracht. In ihrem Blick hat der Sanktus Angst und Verwirrung zu entdecken gemeint. Sie hat die stille Menge immer wieder von rechts nach links und umgekehrt fokussiert.

Gerade, als sie zu einem Satz ansetzen wollte, sind vier Gestalten zum Zelteingang hereingestürzt. Der Graffiti und der Pröbstl mit je einem maskierten Clown im Polizeigriff.

Die Menge hat sofort ihre Stimme wieder gefunden, und ein lautes Murmeln war die Folge. Die Clowns haben zu Boden gesehen, sodass der Sanktus die Gesichter nicht erahnen hat können. Die Regula ist zu der Tanzfläche vorgekommen, und der Sanktus hat die Securities dorthin begleitet. Die Clowns haben immer noch auf den Boden geschaut.

Die Regula ist langsam auf sie zugeschritten und hat die Clownsperücken mit einem Schwung vom Kopf der beiden heruntergezogen.

Es sind ein Rotschopf und ein dunkler Haarbusch zum Vorschein gekommen.

Die Regula hat den Clowns unter das geschminkte Kinn gegriffen und sie gezwungen, ihr in die Augen zu sehen. Nun hat sie der Sanktus erkannt. Es waren die Maricruz und der Jürgen.

Die Regula hat erschrocken gezuckt.

»Raus!«, hat sie gebrüllt. »Sofort!«

Dann hat sie sich an die Gäste gewandt.

»Bitte entschuldigt diesen Auftritt. Die Angst vor meiner Beteiligung an den Wullmsdorffschen Werken muss tief sitzen, wenn man sich zu solch infamen Beschuldigungen hinreißen lässt. Aber wir lassen uns das Fest nicht vermiesen. Ich werde rechtlich gegen diese Leute vorgehen. Aber jetzt tanzt und lasst es krachen. Das Leben ist zu kurz, um sich mit solchen Auftritten aufzuhalten.«

Dann hat sie dem Akkordeonspieler ein Zeichen gegeben, das Licht ist wieder auf Pink gewechselt, und die Regula hat sich einen norddeutschen Politiker zum Tanz geschnappt.

Keiner hat bemerkt, wie sich Theo Wullmsdorff zum Ausgang geschlichen hat.

Draußen ist die Schranner Bine bei der Maricruz und dem Jürgen gestanden. Sie wurden inzwischen vom Milan und der Božana festgehalten. Der Sanktus ist sofort hinzugestoßen.

»Herr Sanktus!«, hat die Bine gerufen. »Hierher, bitte!«

Der Sanktus war kurz baff, weil warum befragt die Bine die Delinquenten nicht selber, aber es waren ja die Securities anwesend, die nicht wissen sollten, dass die Kripo hier war.

»Maricruz? Wie passt das zusammen?«, hat der Sanktus wissen wollen.

»Mein Name ist Maricruz Santiago. Ich bin Jürgens Freundin«, hat der Sanktus die Hauswirtschafterin sagen hören.

Die beiden haben mit der Schminke komisch ausgesehen.

»Gut. Dann haben Sie den ganzen Clown-Hokuspokus veranstaltet?«, hat die Bine gefragt.

»Klar«, hat der Jürgen geantwortet. »Wir sind schon seit Tagen hier. Bevor wir hier einzogen, haben mein Vater und ich in einer kleinen Pension gewohnt. Maricruz haben wir vorher schon eingeschleust, um die Lage zu peilen.«

»Es war alles meine Idee«, haben sie den Theo auf einmal aus dem Hintergrund vernommen, »Ich wollte ein Geständnis aus dieser Xanthippe herauslocken. Mein Bruder wollte sie für unzurechnungsfähig erklären lassen. Dieses Weib ist irr. Sie bringt alle ihre Männer um. Bei Reinhard wollten wir das verhindern. Aber es ist uns nicht gelungen. Stattdessen gehören ihr 51 Prozent der Firma. Sie wird alles ruinieren oder verkaufen. Da hatten wir die Idee, sie auffliegen zu lassen. Sie so in die Enge zu treiben, um ihr ein Geständnis zu entreißen. Aber nun hat es nicht funktioniert.«

Verzweifelt hat er zu Boden geschaut.

»Dann warst du als Clown verkleidet im Garten und hast die Eiswagenmusik gespielt?«, hat der Sanktus den Jürgen gefragt.

»Ja, oder die Maricruz. Je nachdem, wer im Zimmer war und wer in Aktion. Hat gut funktioniert, oder?«

»Ja, Respekt!«

»Aber es ist niemand zu Schaden gekommen«, hat die Maricruz eingeworfen.

»Maricruz, wissen Sie, wie der anaphylaktische Schock bei Frau Wullmsdorff zustande gekommen ist?«

»Ich kann es nur vermuten«, hat die Maricruz geantwortet. »Ich denke, die Regula hat ihr irgendwie Mandeln oder Ähnliches untergemischt.«

»Die Polizei wird sich sicherlich bei Ihnen melden. Bleiben Sie am besten in der Nähe«, hat die Bine gemeint, und der Theo hat kopfnickend bestätigt.

»Wir gehen wieder in die Pension. Die haben wir vorsichtshalber für solch einen Fall nicht aufgegeben«, hat der Theo gesagt. »Auf Wiedersehen. Und Sanktus … Danke!«

MEXICAN STANDOFF

Das Fest ist nur langsam wieder in Schwung gekommen, da viel zu viel zu diskutieren war. Waren die Anschuldigungen richtig, also war die Gastgeberin eine Mörderin, oder war alles Lug und Trug, und die Regula war wirklich die trauernde, zu bemitleidende Witwe? Gewusst hat es auf jeden Fall niemand. Das Gemurmel unter den geladenen Gästen war immens.

Die drei Wullmsdorffs hatten das Gelände verlassen, und das Duo Graffiti/Pröbstl war erneut unauffindbar, was jedoch niemandem außer dem Sanktus aufgefallen ist.

Der Akkordeonspieler hatte sich nach der Videobotschaft mit Kopfschmerzen verabschiedet. Die Martina und die Betty-Lou hatten die Rolle des DJs übernommen und spielten Musik über ihre Handy-Apps. Der Alleinunterhalter hatte ihnen das technische Gerät dazu überlassen. Irgendwie war ihm nur wichtig gewesen, schnellstmöglich aus dieser Anstalt entkommen zu können. So war er zu jedem Deal bereit gewesen. Er würde den Rest am nächsten Tag abholen, so seine Aussage.

Die Mädchen hatten einen Riesenspaß, und sogar der kleine Schorschi hat bei der musikalischen Auswahl mitmachen dürfen. So waren alle beschäftigt, und dem Sanktus ist gleich aufgefallen, dass sein Rivale, der Riesenarsch-Mompe, die Situation, dass die Kinder vom Tisch weg waren, sofort ausgenutzt hat. Ständig hat er an der Kathi gegraben, und die hat es, so wie der Sanktus bemerken hat können, leider zugelassen. Nur ihr Blick hat den Sanktus irritiert. Er hat die Kathi jetzt 13 Jahre gekannt, aber so ein Geschau hatte er bei ihr noch nie entdeckt. Die Kathi hat völlig emotionslos in die Runde geschaut, und der Mompe hat fast an ihrem Ohrläppchen geknabbert. Schauderhaft!

Zumindest waren aber die Darbietungen der Vereinsdamen so, wie es ausgesehen hat, zu Ende. Das war schon einmal eine große Erleichterung, und schön langsam ist die Stimmung wieder zurückgekommen.

Der Sanktus hat den Haferl beobachtet, wie er zu den Kindern gegangen ist, der Betty etwas ins Ohr geflüstert hat und dann zur Regula an den Tisch geschlichen ist. Die hat ihn angesehen, er hat ihr die Hand gereicht, und sie ist mit ihm auf die Tanzfläche gegangen.

Beide haben ihre Schuhe ausgezogen, und *You never can tell* von Chuck Berry ist aus den Lautsprechern ertönt. Das war das Musikstück von Jack Rabbit Slims Twist Contest aus *Pulp Fiction*, und wenn du den Haferl und die Regula angeschaut hat, hast du wirklich meinen können, du hast den Vincent Vega alias John Travolta und die Mia Wallace alias Uma Thurman vor dir. Die beiden haben tatsächlich getanzt wie im Film, und der *Finger Dance* war natürlich auch dabei. Das Publikum ringsum hat gestaunt und mit offenen Mündern dem Tanzpaar zugesehen. Das hätte der Sanktus dem Haferl nicht zugetraut. Getanzt hat er mit der Regula wie der Lump am Stecken. Glamourös kein Ausdruck. Die Menge hat getobt, und die beiden haben immer mehr Leute auf die Tanzfläche geholt, und das Zelt hat auf einmal wieder zu leben begonnen. Die Geburtstagsfeier war zurück. Natürlich hat auch der Mompe mit der Kathi getanzt und mit seinen Wurstfingern vor ihren Augen herumgefuchtelt, dass der Sanktus das pure Kotzen gekriegt hat. Wie wenn er den Sanktus extra provozieren hätte wollen, so hat er sich aufgeführt. Dem Sanktus ist der Kamm geschwollen, aber er hat sich innerlich zur Ruhe gezwungen. Am besten wäre nun ein Rundgang in der frischen Luft. Sozusagen nach dem Rechten sehen.

Er ist zur Schänke. Beim Schlauch-Gernot war alles in Ordnung. Der ist mit dem Giovanni seitlich an einem Tisch gesessen, und die beiden haben Bier getrunken. Der Bhupinder und die Ashwini hatten eine Cola vor sich. Alle vier haben erschöpft den Daumen nach oben gereckt und »Alles klar!« gerufen. Dann hat der Sanktus nach der Bine Ausschau gehalten. Die hat inzwischen mit dem Drengler einen Jive getanzt, da die Kinder beim Auflegen bei den Oldies hängen geblieben waren. Auch der Drengler tanzmäßig ganz vorne dabei. Wahrscheinlich hatte er den *Goldstar Super Plus Tanzkurs* gemacht. Die Kathi hat immer noch mit dem Mompe herumgefetzt, aber ihr ist kein Lächeln ausgekommen, was den Sanktus etwas beruhigt hat.

Nun ist er aus dem inzwischen stickig gewordenen Zelt nach draußen. Dort sind wie immer die Securities gestanden und haben geraucht. Dem Sanktus ist schon beim Zuschauen schlecht geworden. Wie hat man nur so viel qualmen können? Auch sie haben das Okay-Zeichen gegeben, und der Sanktus ist in Richtung Haus, um dort nach dem Rechten zu schauen.

Oben an der Treppe vor der Eingangstür sind der Binser, der Murat und der Nikos gestanden.

»He, was machts denn ihr hier?«, hat der Sanktus gefragt.

»Aufpassen!«, hat der Nikos gesagt. »Der Chef und der Pröbstl machen eine kleine Inspektion.«

»Im Haus?«, Frage vom Sanktus.

»Im Haus!«, Antwort vom Nikos.

»Na wird's scho passen«, hat der Sanktus gemeint und ist hinein.

Drinnen war die Eingangshalle schummrig beleuchtet. Der Sanktus ist in das Esszimmer, doch dort war niemand. Auch in der Küche kein Graffiti. Er ist nach oben und hat in den Zimmern und der Einliegerwohnung nachgesehen. Die Wohnung war leer, da die Wullmsdorffs ja bereits aufgebrochen waren. Die Zimmer vom Mommsen, der Regula und der Kathi waren auch verwaist. Hinten und vorne kein Graffiti. Nada, niente.

Nun ist er in den Keller hinunter. Auch in der Wohnung, in der er und die Brauer untergebracht waren, war niemand zu finden, und das Absuchen des Vorratskellers und des Technikraums hat ebenfalls nichts ergeben. Das Schwimmbad war zwar beleuchtet, aber auch dort war niemand. Kein Graffiti, kein Pröbstl.

Plötzlich hat der Sanktus Stimmen gehört.

Es waren die Martina, die Betty und der Schorschi. Das Musikauflegen war ihnen zu langweilig geworden, und der Haferl hatte übernommen.

»Wir gehen jetzt ins Schwimmbad. Die Mama hat's erlaubt«, hat der Schorschi kundgetan.

»Okay. Habts recht. Wenns den Graffiti sehts, sagts ihm bitte, ich hab ihn gesucht, gell!«, hat der Sanktus angeschafft.

»Mach ma, Papa!«

Und schon sind sie zum Umziehen und der Sanktus zurück zum Fest.

Dort hat der Bär gesteppt, und der Haferl hat sich hinter dem Pult, das der Akkordeonspieler dagelassen hatte, ausgetobt. Ein DJ par excellence. Anscheinend war nun *Dirty Dancing* angesagt, und die Regula ist, als sie den Sanktus gesehen hat, wie ein Wirbelwind auf ihn zu.

»Wo warst denn die ganze Zeit?«, hat sie wissen wollen.

»Kontrollgang. Alles in Ordnung«, hat der Sanktus geant-wortet.

Der Haferl hat nun *These Arms of Mine* von Otis Red-ding aufgelegt. Die Regula hat sich dem Sanktus an den Hals geschmissen und eng umschlungen einen Schieber mit ihm getanzt. Dem Sanktus war das Ganze eher wieder unange-nehm, weil er vor den Augen der Kathi eher Abstand zur Regula hat halten wollen. Sicher ist sicher. Doch alles hat nichts genutzt, denn die Regula ist wie eine Klette an ihm gehangen. Aus den Augenwinkeln hat der Sanktus gesehen, dass inzwischen auch die Serben im Zelt waren und rauchend an der Bar ein Bier getrunken haben. Seltsam für Securities.

Und nun hat der Sanktus die Kathi gesehen, an der der Mompe drangeklebt ist. Ihr Kopf war an seiner Schulter, und er hat ihr etwas ins Ohr geflüstert und sie immer wie-der auf die Wange geküsst.

Der Sanktus war mit der Regula nur noch wenige Meter von den beiden entfernt, sodass er gesehen hat, dass der Mompe seine Hände an Kathis Hintern gehabt hat. Das Brodeln im Sanktus ist stärker geworden.

Dann war das Lied aus und Otis Redding war verstummt. Der Haferl hat *Do you Love Me* aufgelegt, und der Mompe hat sich den Hemdkragen aufgestellt, die Kathi ganz nah zu sich herangedrückt und hat seinen Unterleib zum Takt der Musik an der Kathi gerieben. Sie hatte ihre Arme um seinen Hals geschwungen und hat es ihm gleichgetan. Es war *Dirty Dancing* pur. Der Mompe ist etwas in die Knie gegangen und hat bei den *Work-Work*-Textstellen so getan, als würde er in die Kathi hineinstoßen. Dabei hat er den Sanktus mit kühler Miene gemustert. Das Gesicht von der Kathi hat der Sanktus nicht sehen können, denn der Mompe hat immer drauf geachtet, dass der Sanktus in ihrem Rücken war.

Dann hat er leicht gegrinst.

Und das war dann zu viel für den Sanktus.

Er hat die Regula auf die Seite gedrückt, ist zum Mompe hinübergesprungen, hat ihm die Kathi aus den Armen gerissen und ihm eine aufgestrichen, dass der Mompe, der diesen Ausbruch nicht erwartet hatte, rücklings zu Boden gegangen ist. Der Sanktus hat ein Klicken gehört und etwas Kaltes in seinem Rücken gespürt. Die Waffe einer der Securities.

»Hände hoch«, hat er gleich darauf die Bine hinter sich gehört und sich langsam zur Hälfte umgedreht. Der Milan hatte seine Waffe auf ihn gerichtet, die Bine ihre auf den Milan und von hinten ist die Božana angesprintet gekommen und hat mit zwei Waffen auf den Sanktus und die Bine gezielt.

Der Mommsen hat sich langsam aufgerappelt, hat in seiner Jacke, die über einem Stuhl in der Nähe gehangen ist, gekramt und sich ein Taschentuch herausgeholt. Damit hat er sich das Blut von der Lippe, die von Sanktus' Schlag aufgeplatzt war, abgewischt. Die Kathi ist regungslos wie bestellt und nicht abgeholt dagestanden. Dem Sanktus war nun klar, dass sie der Mommsen irgendwie unter Drogen gesetzt haben musste.

Die Musik war inzwischen aus, und im Zelt war es mucksmäuserlstill.

»Waffen runter!«, hat die Bine gebrüllt.

»Ne!«, der Milan. »Sanktus, du rührst dich keinen Millimeter. Sonst ist letzte Rühren.«

Die Gäste sind dagestanden und haben geschaut wie die Schwalberl, wenn's blitzt.

Der Sanktus hat dem Mommsen in die Augen gesehen und hat pure Überheblichkeit erkannt. Fies kein Ausdruck.

Doch plötzlich war Erstaunen im Mompe-Blick, und der Sanktus hat es gewagt, sich doch etwas weiter umzudrehen. Von hinten sind der Graffiti und der Pröbstl in das Zelt hereingekommen. Sie waren jeweils in Damenbegleitung. Der Graffiti hatte eine hübsche junge Blondine im Arm, die etwas verwahrlost ausgesehen hat, der Pröbstl eine kleine, etwas dicke Frau mit Down-Syndrom. Es hat sich um die Nichte der Veselys und die Tochter der Neureuther handeln müssen. Hinter den beiden ist der Mompe in das Zelt gekommen …

Aber der Mompe war doch grad noch … Ja, der eine Mompe ist neben dem Sanktus gestanden, und den zweiten Mompe hatte der Graffiti im Schlepptau.

Zwillinge! Logisch! Zwillinge. War der Sanktus ein Idiot gewesen. War doch eigentlich klar. Nicht schizophren, nur Brüder. Der brave und der böse Mompe. Hoffentlich war der brave der Vater von der Martina. Das Raunen in der Menge war groß.

Plötzlich ist die Regula von der Seite in Richtung Bine geschossen, wahrscheinlich, um ihr im Affekt die Waffe abzunehmen, aber der Graffiti ist ihr zuvorgekommen und hatte auf einmal auch zwei Pistolen in der Hand. Eine war auf die Regula, eine auf den braven Mompe gerichtet.

»Einen Schnauferer«, hat der Graffiti zum bösen Mompe gesagt, »Und ich erschieß deine Komplizin und deinen Bruder!«

Frau? Gedanke beim Sanktus. Logisch. Die Regula war mit dem bösen Mompe zusammen. Drum war der auch in der Vergangenheit öfter bei ihr gesehen worden. Die beiden waren sozusagen Komplizen.

DAS ENDE

Im Zelt war es immer noch still. Der Sanktus hat nach hinten sehen können. Der Rest der Graffiti-Crew hatte die beiden anderen Securities im Visier. Einige der Gäste haben nun den Veranstaltungsort verlassen, andere haben immer noch regungslos am gleichen Ort verweilt.

Der Sanktus hat gefühlt, wie ein Schweißtropfen von seiner Stirn in sein rechtes Auge gelaufen ist. Er hat blinzeln müssen.

»Und jetzt?«, hat er gefragt.

»Jetzt legen alle die Waffen weg«, hat die Bine einen Versuch gestartet, doch Kopfschütteln bei den Serben. Der böse Mompe hat laut aufgelacht.

»Warum lachst du so saudumm?«, hat die Regula echauffiert gefragt.

»Hat nicht ganz funktioniert, dein Plan!«, hat der Mompe gemeint.

»Ha! Du Volldepp!«, hat sie geplärrt. »Den Kaas kann ich mir selber erzählen.«

»Was war denn der Plan?«, hat die Bine gefragt.

»Den Sanktus heute so zu reizen, dass er im Affekt von den Serben erschossen wird«, hat der Graffiti von hinten gesagt. »Die Regula hat seit Tagen vorgebaut, dass sie und der Sanktus ein Liebespaar wären. Er hätte dann aus Liebe zu ihr den Wullmsdorff erschossen. Die Tatwaffe liegt mit seinen Fingerabdrücken in seinem Zimmer. Und der Herr zu meiner Linken hier hätte dann die Kathi getröstet. Keine Angst, Sanktus, die Waffe hab ich schon verschwinden lassen.«

»Rüdiger«, hat der brave Mompe, also der Thore, gesagt und zu seinem Bruder geschaut. »Was treibst du für ein

Spiel? Warum hattest du mich betäubt und weggesperrt. Und was ist mit diesen beiden Frauen?«

Anscheinend war der Thore nicht mit von der Partie, hat sich der Sanktus gedacht.

»Aus Liebe!«, hat der Sanktus den Haferl von hinten hauchen gehört. »Wie ich gsagt hab. Aus Liebe!«

»Damit haben Ihr Bruder und Frau Wullmsdorff …«

»Von Kessel-Wullmsdorff«, hat die Regula die Bine unterbrochen. »So viel Zeit muss sein.«

»Damit hat diese Frau Herrn Vesely und Frau Neureuther in den Tod getrieben. Sie sollten Selbstmord begehen. Nur dann würden die Nichte und die Tochter am Leben bleiben. Somit waren die Zeugen, die Reinhard Wullmsdorffs Plan ausführen sollten, Regula für geistig unzurechnungsfähig erklären zu lassen, beseitigt.«

»Was seid ihr beide für gemeine Arschlöcher?«, hat der Thore in den Raum gestellt.

»Und nun musste nur noch Reinhard Wullmsdorff sterben«, hat sich der Drengler dazwischen gemogelt, der auf einmal auf dem Tableau erschienen war. »Und das hat Frau Regula ja gut hinbekommen. Nichtsdestotrotz habe ich die Akten meiner lieben Bekannten Sigrid Neureuther vor meiner Anreise sicherstellen können. Es hat Ihnen also nichts geholfen, liebe Regula. Wir haben alles gegen Sie in der Hand.«

In diesem Moment hat der Milan seine linke Hand gehoben und mit seiner zweiten Waffe, die bisher niemand aufgefallen war, auf den Drengler gezielt.

»Ach herrjeh«, hat der nur gesagt. »Das war nun suboptimal, nö.«

Wäre die Situation nicht so prekär gewesen, hätte der Sanktus laut aufgelacht.

»Wer hat nun Herrn Wullmsdorff umgebracht?«, hat die Bine gefragt. »Ich tippe auf Rüdiger Mommsen. Herr Wullmsdorff wurde hierhergelockt und im Keller im hinteren Garten gefangen gehalten und dann exekutiert. Anschließend wurde er von Rüdiger in einem Transporter zur *Bavaria* gebracht. Stimmt's? Wir werden die Spuren eh finden.«

»Ja, freilich war er's. Ich ned«, hat die Regula hinausgeplärrt, und somit hatte der Sanktus wirklich von Anfang an recht gehabt.

»Halt's Maul, du Schlampe!«, hat der Rüdiger im abfälligen Tonfall gesagt.

»Nein, halt ich nicht«, hat die Regula geplärrt. »Du hast sie alle umgebracht. Michi, Max und Reinhard. So schaut's aus. Und den alten Stern hast du auch auf dem Gewissen.«

Und jetzt ist alles wie in Zeitlupe gegangen.

Der Rüdiger hat auf einmal eine kleine Waffe in der Hand gehabt. Kaum hatte er den Arm gehoben, hat er sie auf die Regula abgefeuert. Der Sanktus hat sich geistesgegenwärtig fallen lassen und über ihm ist eine ohrenbetäubende Salve an Pistolenschüssen losgegangen. Er hat gehört, wie mehrere Körper zu Boden gegangen sind.

Der Raum hat nach Schießpulver gestunken und war mit Nebel gefüllt.

Der Sanktus hat, als sich der Rauch verzogen hat, aufgesehen. Der Graffiti und die Bine sind noch gestanden. Der Milan und die Božana waren zu Boden gegangen. Wahrscheinlich erschossen vom Graffiti und der Bine. Von Milans Kopf war nicht mehr viel übrig. Die Regula ist regungslos neben dem Sanktus gelegen. Ihr Kleid war blutdurchtränkt. Sie hat nicht mehr geatmet. Leider hat es auch den Drengler erwischt gehabt. Er ist am Boden gelegen und hat sich mit einer Hand die Schulter gehalten. Anscheinend war dort eine Kugel von Milan eingeschlagen. Die Bine war bereits bei ihm. So, wie es ausgesehen hat, war die Verletzung nicht lebensbedrohlich, denn der Drengler war schon wieder am Palavern.

Doch wo war der Mompe? Der Echte und der Falsche? Der Rüdiger war verschwunden, der Thore ist jedoch ebenfalls erschossen am Boden gelegen. Der Sanktus hat zur Kathi geschaut. Sie hat die kleine Waffe von Rüdiger in der Hand gehabt.

FEST AUS!

Der Sanktus ist zur Kathi und hat sie in den Arm genommen, doch sie hat nicht reagiert und nur starr nach vorne geblickt.

»Es kommt eh gleich ein Notarzt«, hat die Bine gesagt. »Der kann sich dann um sie kümmern.«

Und schon sind die ersten Blaulichter die Auffahrt heraufgekommen. Die verbliebenen Gäste, die schon vor Beginn der Schießerei das Zelt fluchtartig verlassen hatten, sind draußen gestanden, um nun ihre Aussagen gegenüber der Polizei zu machen.

Der Pröbstl, der Binser, der Murat und der Nikos sind an einem Tisch gesessen und hatten ein Bier vor sich. Die beiden überlebenden Securities waren mit Kabelbinder gefesselten Händen auf dem Rücken neben ihnen gesessen und haben sauer dreingeblickt. Der Haferl, der Giovanni, der Piefke und der Schlauch sind neben dem Drengler gekniet und haben ihn beruhigt, da der Verletzte bereits eine Wundinfektion und die Amputation seines rechten Arms prophezeit hat. Also war es nicht so schlimm.

»Sanktus«, hat die Bine gemeint, »schau du zu den Kindern. Ich kümmer mich um die Kathi. Auf geht's!«

Der Sanktus hat der Kathi ein kurzes Bussi gegeben, und er hat geglaubt, eine Regung in ihrer Mimik zuerkennen.

»Könnte *Scopolamin* sein«, hat die Bine gemeint. »Auch *Devil's Breath* genannt. Macht ziemlich willenlos. Könnte ihr der Rüdiger verabreicht haben. Musst du nur ins Gesicht blasen und schon ist's vorbei.«

In dem Moment ist der Graffiti ins Zelt hereingekommen und sofort zu Bine und Sanktus.

»Die Martina ist weg. Wahrscheinlich hat sie der Rüdiger. Die Betty und der Schorschi sind draußen bei deinen Kollegen.«

Nun ist der Kathi ein jämmerlicher Klagelaut entfahren, und dem Sanktus hat es einen Stich ins Herz versetzt. Ihm ist schwindlig geworden und dann schwarz vor Augen.

HEUTE

Der Sanktus war bei der Lena untergekommen, da es die Kathi nach der Woche in Planegg nicht mehr mit ihm ausgehalten hatte. Was die Leute über ihn gedacht haben, war ihm egal. Sollten sie doch annehmen, die Lena und er wären nun endgültig ein Paar.

Die Polizei hat nun schon seit einer Woche nach der Martina gesucht, doch kein Ermittlungserfolg in Sicht. Keine Spur von Rüdiger Mommsen und Kathis Tochter.

Die Inspektion des Kellerlochs hatte ergeben, dass Reinhard Wullmsdorff wirklich dort gefangen gehalten und exekutiert worden war.

Das Skelett von Michael Podolinsky wurde, wie von Freya Wullmsdorff vermutet, im Garten des früheren Wohnhauses von Regula gefunden.

Sanktus' Schwester Anna war übergangsweise bei der Kathi am Johannisplatz eingezogen, um im Haushalt zu helfen und der Kathi in dieser schwierigen Zeit beizustehen.

Der Sanktus war auch eher nicht zurechnungsfähig und hatte sich in der *Bierwerkel* Urlaub genommen. Er war tagtäglich mit dem Graffiti zugange, und beide haben alles versucht, um herauszufinden, wo die Martina versteckt wurde.

Beide hatten das Mompesche Haus durchsucht. Der Graffiti hatte hinter dem Bücherregal in dem kleinen Appartement im hinteren Teil den Zugang zu zwei Zellen gefunden. Dort waren die Nichte der Vesely und Sieglinde Neureuthers Tochter seit Wochen gefangen gehalten worden. Anscheinend hatten die Regula und der Rüdiger nicht gewusst, was sie nach der Erpressung zum Selbstmord mit den beiden Frauen anfangen hatten sollten. Im Vorraum der Zellen hatte der Graffiti den Thore an Regulas Geburtstag betäubt aufgefunden. Anscheinend hatte er wirklich nichts mit den kriminellen Handlungen des Paares zu tun. Ihn hatten sie sich nur als unwissenden Handlanger gehalten. Regula hatte ihn in den Molkereibetrieben untergebracht, um ihn für Rüdiger in der Nähe zu haben. Alle hatten in einer der Einliegerwohnungen des Hauses gewohnt, das das Trio extra so umgebaut hatte. Die Zwillinge waren anscheinend ihr Leben lang unzertrennlich gewesen und hatten sich bei allen Gelegenheiten, selbst bei der Wienreise mit der Kathi, ausgetauscht. Auch beim ersten Treffen im Büro in Thalkirchen hatte der Sanktus den Rüdiger vor sich gehabt. Doch nun war der leibliche Vater von Martina tot. Er war genauso schnell aus ihrem Leben verschwunden, wie er hineingeplatzt war.

Der Sanktus ist mit der Lena gerade beim Frühstück gesessen, da hat sein Mobiltelefon geklingelt.

»Wenn's der Graffiti ist«, hat die Lena angefangen, doch der Sanktus hat ihr bedeutet, still zu sein, indem er den Zeigefinger auf die Lippen gelegt hat.

Er hat den Lautsprecher angeschaltet, und beide haben aufmerksam zugehört. Die Anweisung des Anrufers war unmissverständlich.

Nach dem Gespräch haben sich der Sanktus und die Lena in die Augen geblickt, und beide haben Angst im Blick ihres Gegenübers gesehen.

Der Sanktus hat nun drei Personen eine Mitteilung gesendet und langsam die Augen geschlossen.

Bald würde die Martina wieder frei sein.

Nun sitzt der Sanktus auf dem Betonboden des Malzturms und trinkt einen Schluck aus seinem *Stern Dunkel*. Dunkles zur dunklen Stunde ist sein Gedanke. Er muss grinsen. Rüdiger hatte ihn angerufen und genauso erpresst wie den Vesely und die Neureuther. Sein Leben gegen das seiner Tochter. Der Sanktus hat seinen Monolog noch genau im Kopf.

»Hallo, Sanktus. Erkennst du mich? Hier sind Rüdiger und Martina. Martina, sag *Hallo* zu deinem Stiefvater. *Hallo, Sanktus. Bitte hilf mir. Hol mich hier weg*. Wie du hörst, ist sie bei mir. Ich mein es ernst. Du hast mir meine Frau und meinen Bruder genommen. Und so nehme ich dir deine Tochter oder dein Leben. Du kannst wählen. Spring heute Abend vom Malzturm in deiner verfickten Brauerei, und sie ist frei. Dann sind wir quitt. Dein Leben liegt sowieso in Schutt und Asche. Das hat Thore gut hinbekommen. Also, was hält dich? Ich werde deinen Sturz per Kamera verfolgen. Du brauchst mich daher gar nicht suchen. Also dann. Guten Flug! *Sanktus, nicht!*«

Der Sanktus steigt auf die kleine Mauer, die die Plattform des Malzturms begrenzt. Nach unten sehen kann er nicht, aber er weiß, dass dort die Kamera ist, die seinen Sturz nun gleich aufnehmen wird.

Martina wird heute noch frei sein.

Er breitet die Arme aus und lässt sich fallen …

CREDITS –
ENDE NICHT GUT, ALLES NICHT GUT?

Liebe Sanktusfreunde,

dies ist ein durchaus plausibles Ende nach all den Irrungen und Wirrungen, die der Sanktus in diesem Band durchleben hat müssen. So könnte die kriminologische Laufbahn des Alfred Sanktjohanser, negativ gesehen, rein theoretisch ausgehen.

Ich danke allen Sanktus-Fans für die langjährige Treue und euren vehementen Aufforderungen, einen siebten Teil zu schreiben.

Ich danke allen Buchhandlungen, Büchereien, Wirtshäusern und anderen Lokalitäten, die mir in den letzten Jahren Lesungen ermöglicht haben.

Auch gebührt mein Dank dem *Gmeiner-Verlag* und im Besonderen meiner Lektorin Claudia Senghaas, der ich diese Reihe zu verdanken habe.

Ebenfalls sag ich meinen Testlesern und vehementesten Kritikern Teresa Pancritius und Quirin Schröfl ein herzliches Danke für eure Zeit und euer Engagement. Ihr seid mir auf alle Fehler und Schliche gekommen.

Quirin, vielen Dank für die Post-Credit-Szenen, sowohl für die Idee als auch für die Ausführung als Co-Autor.

Für alle Fans, die dieses Ende nicht akzeptieren, gibt es wie in den Marvel-Filmen zwei Post-Credit-Szenen.

Hört also nicht auf und lest auf der nächsten Seite weiter, denn »Maybe the Sanktus will return!«

Euer Andi

POST CREDIT 1 –
PLANEGG, MITTWOCHABEND –
DIE ABSPRACHE AND MORE

Der Sanktus hat leise bei der Kathi an der Tür geklopft. Keine Antwort. Dann noch einmal, und die Kathi hat geöffnet.

»Sanktus?«

»Darf ich reinkommen?«

»Freilich. Komm rein. Was gibt's?«

»Kathi, wir müssen aufpassen. Hier stimmt wirklich was ganz krawottisch ned. Bitte glaub mir endlich.«

»Ich weiß. Ich hab's auch gemerkt. Denk dir nichts. Ich bin so eine damische Kuh!«

»Und ich ein Volldepp. Pass' ma gut zsamm, oder?«

Jetzt haben beide gelacht und sich auf das Bett gesetzt. Der Schorschi hat auf der Schlafcouch selig geschlummert. Der Sanktus ist hin und hat seinem Buben ein Bussi auf die Stirn gegeben und über die Haare gestreichelt.

»Pass auf, Kathi. Die spielen ein Spiel mit uns. Ich glaub, die wollen mir den Mord am Wullmsdorff in die Schuhe schieben. Darum macht sich die Regula so an mich ran. Sie will dich vollends in die Arme vom Mompe treiben. Dann hat sie mich für sich und kann mich als Bauernopfer verwenden. Sie haben mir eine Pistole untergejubelt, auf der meine Fingerabdrücke sind. Die ist eigentlich bei der Regula im Zimmer gewesen. Auf einmal war sie bei mir im Schrank. Ich Depp hab sie natürlich angefasst, und jetzt sind meine Fingerabdrücke drauf. Ich wollt sie am Samstag mitnehmen und der Bine geben, aber jetzt ist sie wieder aus meinem Schrank verschwunden. Die hat definitiv die Regula. Du wirst sehen, das ist die Tatwaffe vom Wullmsdorff-Mord mit meinen Fingerabdrücken drauf. So schaut's aus!«

»Aber der Wullmsdorff ist doch umgebracht worden, bevor du sie überhaupt kennengelernt hast. Wie will sie denn das machen?«, hat die Kathi gefragt.

»Das weiß ich auch noch nicht, aber sie macht auffällig viele Selfies mit mir. Da ist eine Geschichte schnell zusammengebastelt!«

»Aber du kannst ja das Gegenteil beweisen«, hat die Kathi gemeint und ist blass geworden.

»Genau, Kathi«, hat der Sanktus bestätigt. »Deshalb muss sie mich aus dem Weg räumen. Wie ihre drei anderen Männer. Und das soll meines Erachtens am Freitag passieren. Sie werden versuchen, uns auseinanderzubringen, und am Schluss können sie jedem ein Märchen auftischen, das besagt, der Sanktus war's, weil er mit der Regula durchbrennen wollte. Du, als verletzte Ehefrau, glaubst natürlich alles und bist mit dem Mompe in alle Ewigkeit glücklich.«

»Und wenn sie nicht gestorben sind …«, hat die Kathi geschlossen.

»Genau!«, der Sanktus.

Jetzt haben sich beide tief in die Augen geschaut.

»Kathi«, hat der Sanktus gesagt, und eine Träne ist ihm über die Backe gelaufen.

Er hat sich zur Kathi vorgebeugt und hat sie küssen wollen, aber sie hat ihn weggeschoben. Der Sanktus blödes Geschau kein Ausdruck.

»Halt. Ich muss dir was beichten«, hat die Kathi geflüstert.

»Du mir?«

»Ja. Es steht unentschieden!«

»Wie?«

»Ich hab mit dem Thore geschlafen. Aus Trotz und Wut.«
Die Kathi hat beschämt nach unten geschaut.

»Und?«, hat der Sanktus gefragt. »Wie war's?«
Die Kathi hat's gerissen, und sie hat wieder hochgeblickt.

»Saufad!«, hat sie gemeint und lachen müssen. »So fad,
wie er halt überhaupt ist. Immer zuvorkommend, immer
dezent, immer nett. Aber halt kein Mann. Halt einfach ned
du!«

Der Sanktus hat geschmunzelt.

»Warum ist er eigentlich überhaupt aufgetaucht?«, hat
der Sanktus wissen wollen.

»Er ist über die sozialen Medien draufgekommen, dass
die Martina existiert und zu mir gehört. Bleibt ja heutzutage nix mehr verborgen. Aber lenk jetzt ned ab. Wie war
die Lena?«

»Gut!«, hat der Sanktus gesagt, und die Kathi hat ihm
lachend in den Bauch geboxt. »Nein. Es war ohne Emo-
tion. Auch eine reine Trotzreaktion. Schnell durch, und die
Anspannung war weg. Ned so wie bei dir.«

»Ned, gell?«

»Nein!«

Und jetzt hat die Kathi den Sanktus ausgezogen und er
sie. Dabei haben sie sich intensiv an allen Stellen geküsst
und gestreichelt. Es war der intensivste Sex, den sie je hatten.

POST CREDIT 2 –
DER FLUG DES PHÖNIX

Samstag, 09:07 Uhr, Lenas Wohnung
Der Inhalt der Mail, die der Sanktus an die drei Personen, nämlich an die Kathi, die Bine und den Graffiti, schreibt, ist: Anruf gekommen. Wie erwartet. Treffen uns in einer Stunde im Kontor!

10:13 Uhr, Firma Himsl Im- und Export
»Also vom Malzturm in der *Sternbrauerei* sollst du springen? Und wie will er es kontrollieren?«, fragt der Graffiti.

»Mit einer Kamera«, antwortet der Sanktus.

»Dann muss er schon in der Brauerei gewesen sein«, meint die Kathi.

Sie sieht zwar immer noch sehr schlecht aus, aber es ist nun ein Hoffnungsschimmer erkennbar, dass sie ihre Tochter bald wieder in den Armen halten würde.

»Okay«, stimmt die Bine zu. »Wie finden wir die Kamera?«

»Betriebsausflug!«, sagt der Graffiti und lacht.

11:58 Uhr, Sternbrauerei, Brauereihof
Ein weißer Kleinbus mit der Aufschrift »Q. Himsl Catering« hält an der Mauer der Brauerei. Der Sanktus, der Graffiti und der Nikos steigen aus, klettern über eine Leiter auf das Wagendach und von dort auf die Mauer. Sie springen auf der anderen Seite in den Brauereihof und halten auf den Malzturm zu. Alle tragen blaue Arbeitshosen der *Sternbrauerei*, die sie gerade bei Piefke und Haferl geholt haben.

Rüdigers Kamera würde nur verwirrte Brauereimitarbeiter filmen, die einen Schankwagen abholen wollen. Alle sind darauf bedacht, auf den Boden zu schauen, um keinesfalls mit dem Gesicht in die versteckte Kamera zu sehen.

Gegenüber des Malzturms parken am Wochenende die Brauerei Lkws. Daneben steht mitten im Hof ein Mast mit Flutlichtern zur Hofbeleuchtung. Die drei nähern sich von hinten.

»Da hängt sie dran«, sagt der Nikos und zeigt auf ein kleines schwarzes Gerät, das am Mast befestigt ist. Die Gruppe entfernt sich nun etwas von der Kamera, falls diese auch über ein Mikrofon verfügt.

»Die Kamera filmt wahrscheinlich die ganze Höhe des Malzturms. Aber wir haben Glück. Die haben die Bäume im Hof stehen lassen. Der kann nur deinen Absprung und den Aufprall filmen«, reportet der Nikos. »Gut, dass noch Laub dran ist.«

»Und des is a gmahde Wiesn für uns«, ergänzt der Graffiti. »Nikos, was meinst?«

»Jepp, gmahte Wiesn, Chef!«

Dem Sanktus ist es noch nicht so klar, aber es wird schon werden.

12:26 Uhr, München-Innenstadt
Die drei stellen den Lieferwagen in der Nähe der Brauerei ab und fahren mit der Trambahn in die Innenstadt. In der Kaufingerstraße wird der Sanktus neu eingekleidet.

13:45 Uhr, Sternbrauerei
Zurück in der Brauerei betreten die Drei das Sudhausgebäude durch einen Nebeneingang, um nicht auf dem Film der Kamera zu erscheinen. Oben auf dem Dach des Malz-

turms bereiten sie alles vor, was sie für ihre Aktion benötigen.

Zwei Stockwerke drunter öffnen sie im Raum, wo der Steinausleser der Schroterei steht, ein großes Fenster.

»Die Länge von oben könn ma jetzt nur schätzen. Und wir müssen drauf aufpassen, dass wir Utensilien in der Farbe von der Turmwand hernehmen, sonst kommt er uns drauf«, meint der Graffiti und sieht nach oben.

»Wegen der Länge: Im Sudhaus gibts eine Zeichnung vom Gebäude. Da können wir's rausmessen«, empfiehlt der Sanktus.

»Guad, jetzt hol ma no an Sepp und treffen uns mit der Bine und der Kathi.«

15:39, Firma Himsl Im- und Export

»So, habts alles kapiert?«, fragt der Graffiti in die Runde.

Alle nicken. Sie schauen auf den Sanktus im neuen Outfit aus der Innenstadt.

»Passt«, bestätigt die Kathi und hält Sanktus' Hand. »Wird schon schiefgehen.«

»Also, ich hol euch mit dem Nikos und dem Sepp um 17 Uhr ab. Wir fahren in die Brauerei. Der Sanktus kommt dann um 19 Uhr für jeden ersichtlich durch das Tor. Passt?«

»Passt!«, alle.

16:05, Firma Himsl Im- und Export

»Du kriegst heut einen Anruf von der Bine wegen einem Leichentransport aus der *Sternbrauerei*«, erklärt der Graffiti dem Leichenseppi die Lage.

»Scho wieder. Sag amal, spinnts ihr?«

»Nein, Seppi, hör zu!«, sagt der Graffiti und erklärt ihm den Plan.

»Okay, kapiert«, stimmt der Seppi zu. »Und ich mach ein Riesengezeter, weil der Sanktus ja mein Spezi war.«

»Genau, aber übertreib 's ned!«

»Nie im Leben. Könnts euch auf mich verlassen«, bestätigt der Seppi.

17:34 Uhr, weit entfernt
Rüdiger Mommsen sitzt vor seinem Rechner und prüft die Verbindung zu seiner Kamera. Martina sitzt, mit den Händen an den Stuhl gefesselt, neben ihm. Sie versteht noch nicht, was passieren wird.

19:02 Uhr, weit entfernt
Es hat zu regnen angefangen, und die Sicht der Kamera ist zusätzlich zu dem Stück, das der Baum verdeckt, eingeschränkt. Leider war keine andere Möglichkeit vorhanden, das Gerät zu befestigen. Der Sanktus taucht links unten im Bild auf. Er hat den Kragen hochgestellt und scheint im Regen zu frieren. Martina sieht ungläubig auf den Bildschirm.

19:09 Uhr, weit entfernt
Der Sanktus steht nun oben auf dem Malzturm und sieht in die Tiefe. Er hat eine Bierflasche in der Hand.

»Deine letzte Halbe, Sanktus!«, flüstert Mommsen.

Martina versucht zu schreien, kann aber nicht, da ihr Mommsen voraussehend den Mund mit einem Stück Kleband verschlossen hat.

Dann verschwindet der Sanktus wieder.

»Zum Wohl«, flüstert Mommsen.

18:56 Uhr, Sternbrauerei
Der Sanktus und der Graffiti betreten die Plattform des

Malzturms und treffen noch letzte Vorbereitungen für die bevorstehende Aktion.

»Bist fit?«, fragt der Graffiti.

»Weiß ned«, antwortet der Sanktus. »Wird scho werden.«

»Freili. Und dann hast die Martina wieder. Des is 's doch wert, oder?«

»Hoffentlich merkt der nix. Des is kein Blöder!«

»Nie und nimmer. Das Laub von den Bäumen ist noch total dicht. Der merkt des nie.«

»Graffiti!«, sagt der Sanktus und umarmt seinen Freund. »Danke für alles.«

Der Graffiti klopft ihm auf den Rücken.

»Eh klar! Hättst du genauso gemacht. Sag amal, hast du a Fahne? Du riechst nach Whisky.«

»Hab ma a bisserl an Mut antrinken müssen. Aber denk dir nix. Ned viel. Muss ja heut noch fliegen!«

Der Graffiti lacht.

»Auf Haidhausen!«, sagt er.

»Auf die Au!«, der Sanktus.

Jetzt lachen beide, aber der Sanktus hat Tränen in den Augen.

Der Sanktus begibt sich zum Rand des Gebäudes. Er klettert auf die Mauer, die die Plattform begrenzt, und öffnet die Arme wie ein Pfarrer beim Gebet. Er schließt kurz die Augen, denkt an Martina, die Kathi und an sein einziges Glück, seine Familie. Dann springt er ab. Beim Absprung schreit er laut auf.

19:17 Uhr, Schroterei, Sternbrauerei
Der Sanktus fällt. Die Zeit scheint nun für den Sanktus ganz langsam zu vergehen, denn jetzt geschehen viele Dinge gleichzeitig.

Ein Bungeeseil, das der Sanktus und der Graffiti am Nachmittag an einem Dreibein auf der Plattform montiert haben, zieht sich in die Länge. Ziemlich genau, als der Sanktus auf der Höhe des zuvor geöffneten Fensters ist, ist die maximale Dehnung des Seils erreicht und der Sanktus fällt in einen Klettergurt, der mit einem Karabiner am Seil befestigt ist, und den der Sanktus unter Jacke und Hose trägt. Zwei Arme, die vom Nikos, greifen nach ihm und ziehen ihn durch das am Nachmittag geöffnete Fenster. Zeitgleich wirft die Kathi den *Seppi*, bei dem es sich um eine Übungspuppe der Münchner Polizei handelt, durch das Selbige hinaus. Auch der Seppi hat heute in der Kaufingerstraße ein neues Outfit bekommen. Logischerweise genau das gleiche wie der Sanktus.

Noch bevor der Nikos den Karabiner lösen kann, fallen sich der Sanktus und die Kathi in die Arme. Der Nikos und die Bine tun es ihnen gleich.

»Hat's passt?«, hören sie den Graffiti, der von der Plattform heruntergekommen ist und in die Umarmungen einfällt.

19:18 Uhr, weit entfernt
Martina entfährt ein erstickter Laut, als sie den Sanktus am Boden aufschlagen sieht. Sie beginnt zu weinen.

19:20 Uhr, weit entfernt
Mommsen sitzt stumm vor dem Monitor und lächelt. Es ist vollbracht. Regula und Thore sind geräćht. Er sitzt einfach da und sieht den am Boden liegenden Sanktus an, bis die Polizei und ein Notarzt ankommen. Wer sie gerufen hat, weiß er nicht, und es ist ihm auch egal. Am besten gefällt ihm der dicke Leichenwagenfahrer, der Zeter und Mordio

schreit. Es ist der gleiche wie an der *Bavaria*. Scheint ein Bekannter des Verstorbenen zu sein.

Als der Leichenwagen das Gelände verlässt, schaltet Mommsen aus und schenkt sich einen *Aquavit* ein.

Sonntag, 10:34 Uhr, Stachus München
Am Münchner Stachus hält ein schwarzer Kleintransporter. Der Fahrer öffnet die Schiebtür, und eine blonde junge Frau steigt aus. Ihre Hände sind mit einem Kalbelbinder zusammengebunden, über dem Mund hat sie einen silbernen Klebestreifen. Ihr Haar ist strähnig, ihre Kleidung schmutzig. Der Fahrer steigt hastig wieder ein und fährt in Richtung Hauptbahnhof. Ein junger Mann nähert sich Martina, entfernt Kabelbinder und Klebestreifen und ruft sofort die Polizei.

Rüdiger Mommsen wurde zwei Wochen später in einem TGV nach Paris von der französischen Polizei verhaftet. Bei einem darauffolgenden Verhör stellte sich heraus, dass er seinen Bruder Thore von Kindesbeinen an unterdrückt, ihn für seine Zwecke, ja sogar mittels Rollentauschs für kriminelle Handlungen benutzt hatte.

Dies alles war dem Sanktus nicht wichtig, denn er hatte nun das wieder, was er im Laufe dieses Falls öfter beinahe verloren hätte:

Seine Familie

Die Angst, dass durch einen weiteren Rollentausch Rüdiger Martinas Vater sein könnte, hat ihm die Kathi Gott sei Dank definitiv nehmen können.

ENDE

BAYERISCH - HOCHDEUTSCH:
WÖRTERBUCH

Boazn	zwielichtiges Lokal, Bar, Kaschemme
Dodl	langweiliger Mensch
Flitscherl	Flittchen
Fotzn	Mund, Maul
Geschau	Blick
Goaß	Geiß
Gschaftig	wichtigtuerisch
Großkopferte	Reiche Leute
Gschamig	schüchtern
Gspusi	Verhältnis, Freundin
Hamperer	Kasperl, Kaspar
Isarpreiß	Münchner norddeutscher Abstammung
Jucherzer	Jauchzen, Glücksruf
Kletzen	Trottel, (getrocknete Frucht)
Krawottisch	ungestüm, jäh
Manderl	Männchen
Mankeln	etwas schlau und mit Geschick zustande bringen; erreichen; betrügerisch manipulieren
Muhackl	Mürrischer Mensch
Noagerl	Neige, Rest im Glas
Plattert	glatzköpfig
Schepperlaff	Spielzeugaffe, der Becken zusammenschlägt
Stad	still
Stampern	Shoppen gehen
Watschn	Ohrfeige

Der »Sanktus« muss ermitteln:

GMEINER SPANNUNG

WWW.GMEINER-VERLAG.DE
Wir machen's spannend